Jürgen Breest

Die Bestie vom Bürgerpark

Jürgen Breest

Die Bestie vom Bürgerpark

Bremen-Krimi

Igel Verlag *Literatur*

Jürgen Breest

Die Bestie vom Bürgerpark

2. Auflage 2018

ISBN: 978-3-86815-559-4
© IGEL Verlag *Literatur & Wissenschaft*, Hamburg www.igelverlag.com
Alle Rechte vorbehalten.
Umschlaggestaltung unter Verwendung zweier Fotos von
© serge-b; womue - Fotolia.com

Igel Verlag *Literatur & Wissenschaft* ist ein Imprint der Diplomica Verlag GmbH

Die Deutsche Bibliothek verzeichnet diesen Titel in der
Deutschen Nationalbibliografie.
Bibliografische Daten sind unter http://dnb.d-nb.de verfügbar.

I

Spengler schwitzte, obwohl es kühl war im Wartezimmer. Die sommerliche Hitze, die sich vor den gardinenlosen Fenstern mit blauem Himmel und blendendem Sonnenlicht bemerkbar machte, hatte die Betonmauern des Hochhauses noch nicht durchdrungen jetzt um halb neun.

Spengler wartete auf eine MRT-Untersuchung. Die Abkürzung stand für Magnetresonanztomographie, wie er im Internet herausgefunden hatte. Er wußte darüber nur, daß man von Kopf bis Fuß in eine Röhre geschoben wurde und ganz still liegen mußte. Allein diese Vorstellung trieb ihm den Schweiß auf die Stirn. Gottlob hatte er ein sauberes Taschentuch eingesteckt, mit dem er sich abtrocknen konnte, allerdings nicht unter den Armen. Aber Irmgard hatte ihm gesagt, daß er sich nicht ausziehen mußte für die Einsargung. Sie hatte so etwas schon mal über sich ergehen lassen müssen und ihm ein ‚Allesnichtsoschlimm' mit auf den Weg gegeben.

Es war weniger die Angst vor der Untersuchung, die ihm zu schaffen machte, als vielmehr der Verdruß über zunehmende körperliche Unzulänglichkeiten, die sich ziemlich unvermittelt bei ihm eingestellt hatten, und zwar gleich an mehreren Punkten. Es begann mit einem schlechten EKG, das er routinemäßig einmal im Jahr machen ließ, weil er zu hohem Blutdruck neigte. Eine Katheter-Untersuchung brachte an den Tag, daß es an der Herzdurchblutung mangelte, so daß in absehbarer Zeit zwei Stents gesetzt oder sogar Beipässe gelegt werden mußten. Sodann ließ seine Sehkraft nach, was auf grauen Star zurückzuführen war und eine Katarakt-Operation nach sich ziehen würde, wobei ihm Plastiklinsen ins Auge montiert werden sollten. Ein schauderhafter Gedanke.

Und neuerdings die Beschwerden in den Beinen, wenn er länger als eine halbe Stunde laufen mußte. Ein unangenehmes Ziehen in den Waden und Oberschenkeln, das sich zu handfestem Schmerz steigerte, je länger er auf den Beinen war. Das ließ ihn in Panik geraten, denn seine anderen ‚Zipperlein' konnte er mit sich selbst abmachen, die mußten zu keinen Störungen bei der Arbeit führen, aber wenn die Beine versagten bei einem Polizisten, der viel im Außendienst zu tun hatte, dann hörte der Spaß auf.

Deshalb saß er jetzt hier und versuchte verzweifelt, sich über die neuesten Skandalgeschichten von trunksüchtigen oder drogenabhängigen Film-Stars in der ‚Bunten' zu informieren. Vor ihm war noch eine Frau mittleren Alters dran, die so entspannt in einem Taschenbuch las, als hätte sie das Selbstverständlichste von der Welt vor sich. Hübsch war sie und in ein helles Sommerkleid gehüllt, das ihre ansehnlichen Körperformen betonte. Das leichte Lächeln auf den vollen Lippen und der freundliche Blick, den sie an das Buch verschwendete, waren Versprechungen, die ganz bestimmt nicht ihm galten, diesem leicht verfetteten Mann Mitte Fünfzig, der sich ständig die Halbglatze trocknen mußte.

An was konnte so eine erfrischende Erscheinung leiden? Welche Defekte verbargen sich in diesem perfekten Körper? Warum mußten diese zarten Füße in Riemchen-Sandalen mit den bunt lackierten Nägeln in die Röhre?

Als habe sie seine Fragen gespürt, hob sie schnell den Blick und zwang Spengler, den seinen zu senken. Zu unerwartet traf ihn dieser Blitz aus blauen Augen. Zu peinlich war ihm dieses Ertapptwerden. Er räusperte sich und griff erneut nach dem Taschentuch.

Ja, verdammt! Er war Mitte Fünfzig, aber noch kein alter Mann. Warum fürchtete er, daß dieser Frauenblick nur Abwehr bedeutete? Konnte sich nicht auch Interesse für ihn darin verbergen? Schließlich war man ja kein Aufreißer mehr, wollte nur noch wahrgenommen werden. Es fiel schwer, sich an die kalte Gleichgültigkeit in den meisten Frauenaugen zu gewöhnen.

Wenn er allerdings beobachtete, wie sich sein Kollege Friedberg bemühte, bei Frauen anzukommen, war er froh, dank seines Pappi-Looks nicht mehr im Angebot zu sein. Dieses Theater mit Yvonne Uphoff! Seit ein paar Wochen hatten sie eine junge Kommissaranwärterin im Team, und alle Kerle spielten verrückt. Yvonne war sexy, ohne eigentlich hübsch zu sein, und Spengler hätte es begrüßt, wenn sie ihre Uniform eine Nummer größer ausgesucht hätte. Außerdem parfümierte und schminkte sie sich auffallend und genoß es sichtlich, daß so viele Kollegen ihr den Hof machten. Von Mobbing konnte jedenfalls keine Rede sein. Man hörte ja gelegentlich, daß Frauen in anderen Dienststellen ihre Probleme hatten mit männlichem Dominanzgehabe.

Sicher hatte Friedberg die Uphoff auch heute früh mit in den Bürgerpark genommen, wo man eine männliche Leiche auf einer Parkbank gefunden hatte. Offensichtlich ein Obdachloser, total alkoholisiert, mit starken Verletzungen am Hals und auf der Brust. Möglicherweise Kratz- und Bißwunden, so als hätte die ‚Bestie vom Bürgerpark', wie sie allgemein genannt wurde, wieder einmal zugeschlagen und diesmal sogar einen Menschen angefallen. Schon seit Monaten trieb dieses Tier, vermutlich ein verwilderter großer Hund oder sogar ein verirrter Wolf, sein Unwesen im Stadtwald und im Bürgerpark, hatte Enten, Kaninchen, Katzen und zwei junge Rehe gerissen. Jäger versuchten ständig, seiner habhaft zu werden, aber in einem öffentlichen Park herumzuschießen, war sehr kompliziert. Schließlich wollte man keine Liebespaare bei nächtlichen Rendezvous erlegen, denn erschwerend kam hinzu, daß das Tier nur nachts jagte und sich tagsüber versteckte.

Friedberg hatte ihn angerufen, als er sich gerade rasierte, und angeboten, ihn zu Hause abzuholen. Spengler hatte kurz überlegt und war genau wie Friedberg völlig überrascht, als er sich sagen hörte: „Nee, tut mir leid, aber ich habe um halb neun einen Arzttermin, den ich auf keinen Fall versäumen darf. Nimm mit, wen du willst, aber laß mich heute morgen in Ruhe. Grüß Yvonne!"

Als er das Telefon abstellte, flüsterte er: „Du wirst alt, Spengler." Das war ihm noch nie passiert: wegen eines Arzttermins einen wichtigen Einsatz abzusagen. Sollte sich herausstellen, daß der Obdachlose wirklich von der Bestie zerfleischt worden war, mußte sich die Mordkommission nicht weiter damit beschäftigen. Aber ein wenig unwahrscheinlich war es schon, daß ein Tier einen Menschen umgebracht haben sollte ...

Besonders irritierte ihn, daß er kein schlechtes Gewissen hatte, daß er sich mit einem ungewohnten Trotz sagte: meine Gesundheit geht vor. Daß ich heute in diesem Zustand bin, ist mit Sicherheit eine Folge des ständigen Streß'.

Frau Mertens, die hübsche Frau mit dem Taschenbuch, wurde von einer vierschrötigen Assistentin in den ‚Maschinenraum' gerufen. Frau Mertens würdigte ihn keines Blickes mehr, sondern eilte beflissen zur Einsargung. Das letzte, was Spengler von ihr sah, waren ihre gebräunten Waden, die wie aus edlem Holz gedrechselt wirkten.

Spengler seufzte und blickte enttäuscht zur Tür zum Flur, durch die ein wirklich alter Mann im Rollstuhl hereingeschoben wurde. Ein junger Mann mit dem unbeteiligten Gesicht eines Pflegers stellte den Alten in einer Ecke ab, warf sich auf einen Stuhl, griff sich die oberste Zeitschrift vom Stapel und fing wie wild an zu blättern. Jedesmal, wenn er eine Seite umschlug, hört es sich an, als würde sie herausgerissen. Gegrüßt hatten weder er noch der Alte, was man letzterem nachsehen konnte, denn der schien nicht mehr zu realisieren, wo er sich befand und was man von ihm wollte. Er schnaufte, starrte aus wäßrigen Augen vor sich hin und zog unentwegt Rotz in der Nase hoch.

Was für Gegensätze: Frau Mertens und der Alte! Und Spengler irgendwie mittendrin. Von beiden trennten ihn bestimmt zwanzig Jahre, einerseits bedauerlich, andererseits tröstlich.

Der Anblick des Alten weckte seinen Stolz. Wenn dieses gebrechliche menschliche Wesen noch den Aufenthalt in der Röhre überstand, dann hatte er verdammt noch mal die Pflicht, sich zusammenzureißen und seine kläglichen Anwandlungen zu unterlassen. Daß er schwitzte, konnte ja auch am Wetter liegen.

Frau Mertens hatte den ‚Maschinenraum' offensichtlich durch eine andere Tür verlassen, denn als die vierschrötige Assistentin ihn hereinbat, war der Raum, in dem alles weiß glänzte, leer. Nur ein leichter Parfumgeruch erinnerte noch an die Verschwundene. Die Assistentin mit den kurzen braunen Haaren und dem treuherzigen Hundeblick half ihm auf die Liege und forderte ihn auf, den Gürtel mit der Metallschnalle und alle anderen Metallgegenstände abzulegen.

Er gehorchte, gab ihr den Gürtel, fingerte Münzen aus der Hosentasche, wobei eine zu Boden fiel, die sie eilfertig aufhob, und warf seinen Lamy-Kugelschreiber und den Siegelring in die Aluschale, die sie ihm hinhielt.

Er legte sich hin, hörte sich die Beruhigungsfloskeln der Assistentin an, bekam eine Klingel für den Notfall in die rechte Hand, sagte sich, daß jeden Tag unzählige Menschen auf der Erde genau wie er verarztet wurden, und lächelte der jungen Frau mit den breiten Schultern noch einmal zum Abschied zu, bevor er in die Röhre geschoben wurde.

Er lag ganz still, damit seine Lendenwirbel ein gutes Bild abgaben, lauschte auf die merkwürdigen Geräusche, die die Maschine bei ihrem Einblick in sein Innenleben machte. Er hatte schon viele Tote gesehen und in der Pathologie die grauslichsten Verstümmelungen menschlicher Körper ertragen müssen, aber jetzt war es ihm trotzdem unheimlich, daß die Beschaffenheit seiner Lendenwirbel ans Tageslicht geholt werden sollte. Auch die Röntgenaufnahmen beim Zahnarzt mit deutlich sichtbaren Knochen des Ober- und Unterkiefers hatten ihm nicht behagt. Da gab es einfach eine Schranke zwischen den eigenen Körperlichkeiten und denen der anderen.

Der Gedanke an die eigene Sterblichkeit konnte auch einem Kriminalbeamten zu schaffen machen. Er würde später Irmgard zum Essen einladen, dachte er, und die Idee tröstete ihn. Ihre Gegenwart würde ihn innerlich wieder festigen, hoffte er.

Er hatte sie vor etwa zehn Jahren kennengelernt, als er im Flur des Amtsgerichts wartete, um als Zeuge in einem Mordprozeß auszusagen. Sie kam mit Anwalt Jahn aus einem anderen Gerichtssaal und trug ihm Akten hinterher. Der Anwalt verabschiedete sich von ihr, weil er noch einen weiteren Termin wahrnehmen mußte, und sie ließ sich seufzend neben Spengler auf die Bank fallen, die Ordner an die Brust gepreßt.

„Einen Augenblick Luft schnappen," sagte sie kurzatmig und lächelte Spengler an.

Er lächelte zurück, denn sie gefiel ihm auf Anhieb. „Die Juristerei hat ganz schön Gewicht." Er zeigte auf die Akten.

„Das können Sie laut sagen."

So kam man ins Gespräch. Da er ihren Chef, den Anwalt Jahn, kannte, und sie gern über ihre Arbeit redete, fiel die Unterhaltung nicht schwer, zumal sie ihn, wie sie ihm später gestand, ebenfalls auf Anhieb mochte. So lag es nahe, sich zu einem Abendessen zu verabreden.

Die Freundschaft erwies sich als haltbar und belastbar, denn ein Kripo-Beamter ist kein einfacher Partner. Sie war geduldig und tolerant und dankbar für seine Treue, denn sie hatte einige negative Erfahrungen mit Männern hinter sich. Er schätzte an ihr vor allem ihren Humor und ihre Offenheit in sexueller Hinsicht. Sie war überhaupt nicht verklemmt, aber keineswegs darauf aus, ihre körperlichen Reize ständig bestätigt zu bekommen. Und sie hatte ihre Reize, obwohl sie eine Schönheit auf den zweiten Blick war. Eher herb und trotzdem sinnlich mit üppigen Lippen und großen ausdrucksvollen blauen Augen. Sie brauchte keine Schminke oder auffällige Kleidung, alles an ihr war schlicht und zuverlässig, auch ihr Sexappeal.

Die Gedanken an Irmgard ließen ihn die Zeit vergessen, so daß er überrascht war, als die freundliche Assistentin ihn aus der Röhre zog. Er erhielt seinen Gürtel und die Metallgegenstände zurück und wurde gebeten, bei der Anmeldung auf die Fotos zu warten. Den schriftlichen Befund würde man direkt an seinen Orthopäden Doktor Hausmann schicken. Spengler bedankte sich und erhielt die schlichte bremische Antwort: „Da nich für."

Von der Sankt-Jürgen-Straße, in der sich die Praxis befand, nahm er ein Taxi in die Innenstadt, weil ihn nichts ins Präsidium zog. Er hatte sich den Vormittag freigenommen, und dabei mußte es nun bleiben, auch wenn es lästig war, mit der großen Fototüte unterm

Arm einen Stadtbummel zu machen. Am Wall ließ er sich absetzen, spazierte durch die Sögestraße, über den Marktplatz, durch die Böttcherstraße zum Martini-Anleger an die Weser. Absichtlich hatte er eine Touristenroute gewählt, um sich wie ein Fremder in seiner Heimatstadt zu fühlen. Außerdem suchte er immer das Wasser, denn seine große Leidenschaft war das Segeln. Und er war froh, daß Irmgard diese Leidenschaft teilte und kein Bootsmuffel war wie so manche Ehefrauen seiner Vereinsfreunde in Mittelsbüren. Das bewahrte ihn auch vor zu viel Vereinsmeierei, sie konnten sich zu zweit ganz und gar auf ihre Törns auf der Unterweser konzentrieren.

Er setzte sich auf eine Bank und schwitzte, denn die Sonne brannte wieder vom Himmel, als würde sie dafür bezahlt. Schattige Plätze gab es nur weiter weg an der Schlachte, und die waren durchweg besetzt. Das gewärmte Holz der Bank heizte noch von unten, so daß sich der Genuß, am Wasser zu sitzen, in Grenzen hielt. Schiffsbewegungen auf der Weser fanden nicht statt, und überhaupt fragte sich Spengler, was er hier zu suchen hatte, wo doch Arbeit genug auf ihn wartete.

Und prompt klingelte das Handy. Friedberg. Sollte er annehmen? Seufzend fügte er sich, schon um das nervige Klingeln zu beenden.

„Was tust du gerade? Bist du mit deinem Termin durch?" hörte er die aufgeregte Stimme seines Kollegen.

„Gerade eben."

„Prima. Dann könntest du ja deinen Hintern gleich hierher bewegen."

„Bitte?" Friedbergs überheblicher Ton ärgerte ihn. Fehlte nur noch, daß er ‚fetten Hintern' sagte.

„Es gibt Neuigkeiten. Bei dem Toten im Bürgerpark handelt sich um Mord, wie die ersten Untersuchungen ergeben haben. Der Mann wurde in volltrunkenem Zustand stranguliert. Die Kratz- und Bißwunden wurden postmortal zugefügt. Genaueres nach der Obduktion heute abend oder morgen früh. Wie ist es? Kann ich mit dir rechnen?"

Bist du neuerdings mein Vorgesetzter? hätte Spengler gern gefragt, aber er grummelte nur: „Immer langsam mit die jungen Pferde. Ich hab noch einen anderen Termin in der Stadt, und es bleibt dabei, daß ich erst nach dem Essen komme."

„Deine Entscheidung. Ich wollte dich nur rechtzeitig miteinbeziehen. Die Bildung der Kommission läuft ..."

„Gehört Yvonne Uphoff auch dazu?" unterbrach Spengler.

„Warum nicht? Yvonne war mit im Bürgerpark und ist sehr interessiert an dem Fall."

„Ach, du nennst sie schon beim Vornamen?"

„Mein Gott, sie ist gerade zwanzig. Wie soll ich sie anreden? Mit Fräulein? Das bring ich nicht fertig. Und für ‚Frau' ist sie einfach zu jung. Natürlich sieze ich sie. Zufrieden?"

„Dein Ton gefällt mir nicht."

„Ach, du dickes Ei! Der Chef mault. Hör mal, ich reiß mir hier den Arsch auf, bereite alles vor, damit du später die Leitung übernehmen kannst, und du hast nichts Besseres zu tun, als dich über meinen Ton zu beschweren."

„Ich vermute mal, daß Frau Uphoff bei dir in Hörweite sitzt und bewundernd zu dir aufblickt, weil du so cool mit Opa Spengler umspringst."

„Du spinnst."

„Konntet ihr schon die Identität des Toten feststellen?"

„Nein. Er hatte keinerlei Papiere bei sich."

„Dann macht Fotos, zeigt sie in der Obdachlosen-Szene herum und gebt sie an die Tageszeitungen."

„Was glaubst du eigentlich, was wir hier treiben? Däumchen drehen? Ist alles schon in die Wege geleitet."

„Entschuldige. Hab ich dich wieder einmal unterschätzt."

„Was geht hier eigentlich vor? Wir reden miteinander, als ob ..." Friedberg zögerte.

„Als ob?" setzte Spengler nach.

„Ach nichts, lassen wir's schwimmen. Bis später", sagte Friedberg verschnupft.

„Vielleicht liegt's an der Hitze. Bis später."

Wütend stopfte Spengler das Handy in die Brusttasche und rannte los, Jacke und Fototüte unterm Arm. Er mußte sich bewegen, um sich wieder einzukriegen, wie man in Bremen sagte. Schließlich fand er eine schattige Bank, die gerade von einem verliebten Pärchen geräumt worden war.

Merkte Friedberg eigentlich nicht, wie er sich manchmal im Ton vergriff? Oder war das Absicht? Spürte er instinktiv, daß bei Spengler die Kräfte nachließen, und versuchte er so, sich in Position zu bringen?

Sie arbeiteten zwar schon viele Jahre zusammen, aber trotzdem war sich Spengler nicht sicher, ob der Kollege letztlich loyal war. Daß sie fachlich gut harmonierten, stand außer Frage, daß sie sich gegenseitig inspirierten und befeuerten, war eine Tatsache, und dennoch diese Unsicherheit in hierarchischer Hinsicht.

„Scheiße", flüsterte er und zog das Handy aus der Tasche. Er wählte die Nummer der Kanzlei, in der Irmgard arbeitete. Eine Kollegin meldete sich und gab an Irmgard weiter.

„Hallo", sagte er gespielt munter.

„Hallo. Wie war's? Haben sie dir schon was gesagt?"

„Nee. Ich schleppe nur irgendwelche Fotos mit mir herum. Der Befund geht direkt an die Praxis."

„Und wie fühlst du dich?"

„Wie von den Toten auferstanden", sagte er lachend.

„Bist du wieder im Präsidium?"

„Nein. Ich sitze hier an der Schlachte und habe keine Lust. Nicht mal Boote sind unterwegs."

„Sehen wir uns heute abend?"

„Lieber schon heute mittag."

„Oh, das wird eng. Ich habe viel zu tun."

„Ich auch. Aber manchmal muß die Arbeit eben warten."

Irmgard zögerte. Sie senkte die Stimme, als sie besorgt fragte: „Ist was mit dir? Du wirkst so komisch."

„Komisch? Nach Lachen ist mir eigentlich nicht. Dafür schwitze ich zu sehr. Ich würde dich nur gerne sehen, bevor ich mich wieder mit Toten abgebe."

„Moment." Spengler hörte, wie sie mit einer Kollegin flüsterte. „Gut, wir können uns um zwölf für eine halbe Stunden im Bahnhofsrestaurant treffen." Sie arbeitete in der Bahnhofsstraße.

„Prima. Dann muß ich ja nur noch eine Stunde mein Leben allein ertragen. An solchen Sommertagen pflegte mein Vater zu sagen: ‚Der Tag ist wie gemalen'. Bis gleich. Ich freu mich."

„Bis gleich." Ihre Stimme verriet ihre Irritation.

Er vertrödelte noch eine Viertelstunde auf der Bank, bis sie ihm zu hart wurde, lief zurück zum Markt und in die Obernstraße, aber die Auslagen der Geschäfte ödeten ihn an. Er flüchtete zu Karstadt, wo es wenigstens eine Klimaanlage gab. In der Abteilung für Herrenoberbekleidung schaute er nach Oberhemden, die er ganz gern kaufte, weil er sie nicht anprobieren mußte, denn er kannte seine Kragenweite. Ein blauweiß fein gestreiftes gefiel ihm, aber als er daran dachte, daß er dann neben Jacke und Fotos auch noch eine Plastiktüte herumschleppen mußte, verging ihm jegliche Einkaufslust. Er fuhr die Rolltreppen rauf und runter, bis er sich einigermaßen abgekühlt hatte.

Er ließ sich Zeit auf dem Weg zum Bahnhof, betrachtete in einem Schaufenster Armbanduhren und fragte sich, weshalb einige dieser Chronometer so unerschwinglich teuer waren, obwohl sie doch nur eine Aufgabe hatten, nämlich mit Zeigern und Zahlen kundzutun, wie spät es war. Okay, Datumsanzeige und Stoppuhr waren nicht zu verachten, zumal nicht bei einem Polizisten, aber all die anderen Extras waren überflüssige Spielereien. Nun denn, jedem das Seine, dachte er und spürte, wie sich die Schmerzen in den Beinen wieder bemerkbar machten, hinten in den Waden und vorn in den Oberschenkeln. Es wurde Zeit, daß er einen Stuhl unter den Hintern bekam.

Pünktlich um zwölf betrat er das Restaurant, wo Irmgard schon an einem Zweiertisch auf ihn wartete. In Bahnhof zu essen, war insofern empfehlenswert, als man nicht lange auf die Mahlzeit warten mußte. Reisende hatten es in der Regel eilig.

Er küßte Irmgard, die eine Speisekarte in der Hand hielt, auf die Wange und setzte sich.

„Hallo, schön dich zu sehen."

„Tag, mein Lieber. Immer für eine Überraschung gut, oder?" Sie lächelte verunsichert.

Schon stand ein Kellner am Tisch und fragte, ob sie bereits gewählt hätten. Sie bestellte Labskaus mit Spiegelei und er den Tagesteller, ohne zu wissen, was ihm darauf serviert würde. Er hatte ohnehin keinen Appetit. Aber Durst, so daß er um ein großes Pils vom Fass bat.

„Bist du sehr in Eile?" fragte er und wischte sich den Schweiß von der Stirn, der hohen Stirn, um nicht Halbglatze zu sagen. ‚Halbglatze' – was für ein Wort!

„Weniger in Eile als in Sorge. Passiert ja nicht oft, daß du mich von der Arbeit abhältst."

„Mittagspause hättest du doch sowieso gemacht."

„Was heißt Mittagspause? Joghurt und Müsli-Riegel zwischen zwei Telefonaten. Aber was soll's. Was ist mit dir?"

„Was soll sein? Ich hatte Lust, dich zu sehen. Ein freier Vormittag und schönes Wetter, da kommt man eben auf dumme Gedanken."

„Mich treffen zu wollen, ist also ein ‚dummer Gedanke'." Sie lachte, wurde aber sofort wieder ernst. „Was los ist, möchte ich wissen."

„Eigentlich nichts. Nur wird einem manchmal bewußt, daß man alt und klapprig wird. Und vorhin war so ein Moment. Plötzlich stehst du da und denkst, nun geht es langsam zu Ende."

„Armer Jochen." Sie tätschelte seine Hand. „Hat mindestens noch zwanzig Jahre vor sich und denkt an sein Ende."

„Du nimmst mich nicht ernst", murmelte er und spürte, wie sich Verdruß in ihm breit machte. „Es geht mir nicht gut, und keinen interessiert das." Das klang kindisch, wurde ihm klar, aber das erhöhte nur noch seinen Ärger. Er bereute, diese Frau, die ihm so fremd gegenüber saß, alarmiert zu haben.

„Natürlich nehme ich dich ernst, nur verstehe ich nicht, weshalb eine MRT-Untersuchung bei dir eine derartige Katastrophenstimmung auslöst."

„Vergiß es. Ich geh nachher wieder brav in den Dienst und schau mir die neueste Leiche an."

Der Kellner brachte das Essen. Spengler wurde mit einer Rindsroulade überrascht, die von Rotkohl und Salzkartoffeln umrahmt war. Genau das Richtige bei der Hitze, dachte er und trank erstmal Bier, um sich Appetit zu machen.

Sie aßen schweigend. Jeder hing seinen Gedanken nach, weil eine Störung aufgetreten war, die etwas Neues in ihrer Beziehung darstellte. Sie waren kein Ehepaar, das tagtäglichen Umgang gewöhnt und bis in kleinste mit allen Gefühlsbewegungen des anderen vertraut war. Sie hatten sozusagen ein Sonn- und Feiertagsverhältnis und konnten mit jeder Begegnung ein kleines Fest veranstalten. Sie beschränkten sich auf die angenehmen Seiten der Zweisamkeit und ersparten sich Verstimmungen und Kränkungen. Dieses Verhaltensmuster hatte Spengler durchbrochen, er hatte sich schwach und anlehnungsbedürftig gezeigt und seine Freundin quasi in die Rolle einer Beschützerin gedrängt.

„Tut mir leid, wenn ich vielleicht ein wenig unsensibel reagiert habe," sagte Irmgard schließlich.

„Macht nichts. Was geht dich auch mein Innenleben an."

„Oh!" Sie zuckte zusammen.

Verflucht! schimpfte er mit sich, wieso machst du alles nur noch schlimmer? „Ach, weißt du, mein Innenleben ist so verödet, daß ich niemandem einen Blick da hinein zumuten kann. Ich hab heute keinen guten Tag und hätte dir diesen verquälten Mittagstisch ersparen sollen. Es fehlte noch, wenn ich dich nun auch verstimmt hätte. Entschuldige bitte." Jetzt nahm er ihre Hand.

„So etwas kommt vor. Wir sind schließlich erwachsene Menschen." Sie entzog ihm die Hand.

‚Erwachsene Menschen' – sie versucht, das alte Rollenspiel wieder heraufzubeschwören, dachte er und war nicht erfreut über diese Distanz, die sie spüren ließ.

„Manchmal denke ich, wir könnten einige Schwierigkeiten vermeiden, wenn wir zusammenziehen würden. Ich habe oft das Gefühl, daß wir uns gar nicht richtig kennen."

Sie schüttelte den Kopf und schob den nur halb geleerten Teller von sich weg. „Jochen, was soll ich dazu sagen? Ich mag dich wirklich sehr gern, und ich finde, unsere Beziehung lief bisher prima, so wie wir sie ja beiderseits gewollt haben. Außerdem bin ich nicht bereit, hier und heute mal eben so über grundlegende Änderungen zu reden, bloß weil dir eine Laus über die Leber gelaufen ist."

Da hatte er sein Fett. ‚Laus über die Leber' – eine Laune also, mit der er die Pferde scheu machte. Die Ohrfeige hatte gesessen. Zumindest war er froh, nun auch einen Grund zu haben, sich nicht länger mit der Roulade abquälen zu müssen. Er schob seinen Teller neben den von Irmgard, beide geradezu ein Sinnbild für ein verkorkstes Rendezvous.

Er fuhr mit dem 24er Bus bis Heinrich-Hertz-Straße und ging zu Fuß zum Präsidium. Immerhin gewann er ein wenig Abstand zu dem unerfreulichen Treffen mit Irmgard, war sogar dankbar, gleich wieder mit konkreter Arbeit befaßt zu sein, mit Dingen, bei denen sich verquere Emotionen verboten.

Der gefühlvolle Teil des Tages war vorbei, jetzt waren wieder gesunder Menschenverstand und klares Denken gefragt.

Im Büro war er allein. Er kochte sich einen Kaffee, setzte sich in seinen Drehstuhl und legte die Beine hoch. Als Friedberg hereinpolterte, erwachte er und sah sich erstaunt um. Yvonne Uphoff begleitete den forschen Kollegen, setzte sich seitlich neben dessen Schreibtisch und nicht an den Behelfstisch, den man in einer Ecke für sie aufgestellt hatte, ein Provisorium, denn die junge Dame durchlief während ihrer Ausbildung alle möglichen Abteilungen und lockerte hier nur vorübergehend die triste Büroatmosphäre auf.

„Schön, daß du da bist", rief Friedberg, und „Hallo!" grüßte das Mädchen.

„Mahlzeit", erwiderte Spengler mürrisch.

„Alles geht seinen Gang", meldete Friedberg eifrig und lächelte beinah unterwürfig, als wollte er seinen arroganten Ton am Telefon ungeschehen machen. Er hielt einen Packen Fotos in die Höhe. „Hier sind die Bilder. Die an die Presse sind mit entsprechendem Text schon per Boten unterwegs. Die Pennerbefragung wollten wir jetzt gleich in Angriff nehmen."
„Wer wir?"
„Yvonne und ich."
„Kein Milieu für ein junges Mädchen. Fräulein Uphoff sollte sich erstmal mit den Akten der letzten Fälle befassen." Er zeigte auf einen Aktenstapel auf dem Ecktisch. „Die Befragung machen wir beiden, wenn's recht ist."
„Natürlich. Du bist der Chef." Da war wieder dieser Ton, der Spengler mißfiel. Und obendrein zog die Uphoff auch noch eine Schnute. Du verstehst es wirklich, dich überall beliebt zu machen, dachte Spengler mit einer gewissen Befriedigung.

Nachdem sie eine Weile verbiestert im Auto vor sich hin geschwiegen hatten, fand Friedberg als erster wieder Worte. „Hat die Untersuchung heute morgen irgend etwas Schlimmes ergeben, oder warum bist du so übel drauf?"
„Bin ich das?"
„Allerdings. Also was ist los?"
„Nichts Näheres weiß man nicht. Die Fotos sagen mir nichts, und der Befund geht direkt an den Orthopäden. Also kein Grund zur Aufregung."
„Dann liegt es wohl am Wetter."
„Was?"
„Deine schlechte Laune."
„Würdest lieber mit der kleinen Yvonne durch die Gegend juckeln, oder?"
„Leck mich."
„Na also. Friedensangebot abgelehnt. Wohin fahren wir eigentlich?"

„Erstmal zum Osterdeich, dachte ich. Bei diesem Wetter legen sich die Penner gern an der Weser in die Sonne. Oder hast du einen besseren Vorschlag?"

„Nein, nur zu. Ich bin gern an der Weser." Wieder wurde es still im Auto, nur das Gebläse summte, und die Klimaanlage kühlte ihnen die heißen Stirnen, bis Friedberg abermals das Schweigen brach. „Irgendwas ist doch bei dir im Busch, verdammt nochmal. Was sind das denn für Beschwerden, die untersucht werden?"

Das werde ich dir gerade auf die Nase binden, dachte Spengler. Wenn du hörst, daß ich nicht mehr gut laufen kann, bringt dich das nur auf dumme Gedanken.

„Die rechte Schulter. Manchmal tut's nachts weh. Wahrscheinlich die Nackenwirbel."

„Da helfen Massagen oder Gymnastik. Ich hatte das auch mal. Schmerzen bis in die Hand. Ich kam damals in die Schlinge. Da wird der Kopf ein wenig hochgezogen, damit sich die Wirbel dehnen oder so ähnlich. Nicht gerade angenehm, aber wirksam."

„Na, siehst du. Und jetzt strotzt du vor Gesundheit und darfst jungen Kolleginnen den Hof machen."

„Mein Gott, kannst du nicht mal damit aufhören. Ich finde die Uphoff sehr nett und intelligent. Sie ist doch wirklich eine Bereicherung in unserem tristen Büro. Außerdem geht sie bald zur Drogenfahndung, und dir bleibt ihr Anblick erspart."

„Es ist nicht ihr Anblick, sondern deiner, der mich nervt. Du produzierst dich vor ihr wie ein verliebter Primaner."

„Mein Gott, bist du heute eine Ekelplatte!"

„Immer zu Diensten, Herr Kollege. Aber zu deiner Beruhigung: ich hab die Uphoff auch gern. Ich erwarte nur von einem Mann in deinen Jahren etwas mehr Contenance."

Friedberg hupte wütend einen Autofahrer an, der bei Grün an der Ampel nicht in Gang kam. Spengler amüsierte sich, weil seine Stänkerei erfolgreich war. Die Machtspielchen konnten nun beendet werden, er hatte das Heft wieder in der Hand, Friedberg war in die

Schranken verwiesen worden. Nach einer Pause sagte er versöhnlich: „Tut mir leid. Ich wollte dich nicht verstimmen."

„Bin ich verstimmt? Nicht daß ich wüßte. Ich wundere mich nur."

Gib ihm nicht die Chance zur Retourkutsche, brich das Geplänkel jetzt ab, dachte Spengler und sagte lachend: „Na, dann wunder dich man."

Sie hatten den Osterdeich erreicht und stellten den Wagen am Bürgerhaus ab. Sie liefen hinunter zur Weser, an der ein asphaltierter Fuß- und Radweg entlang führte. Von hier aus konnten sie alle sonnenhungrigen Leute beobachten, die sich am Deichhang im Gras niedergelassen hatten, teils auf Decken, teils direkt auf dem Boden. Schon bald hatten sie einen Obdachlosen entdeckt, der sich etwas abseits von anderen, umgeben von Plastiktüten und zusammengerollten Klamotten, breit gemacht hatte. Er lag auf der linken Seite, den Kopf unterm rechten Arm verborgen.

„Na, dann wollen wir mal." Spengler stapfte den Hang hoch, als hätte er nicht die geringsten Probleme mit seinen Beinen.

„Heh, Sie." Friedberg stieß dem Mann leicht gegen einen Fuß, der in eine löchrige Socke gehüllt war. Die ausgelatschten Schuhe standen neben der Flickendecke, auf der der Schlafende lag.

„Heh, wachwerden." Friedberg wurde lauter.

Der Mann hatte offensichtlich getrunken. Die halb geleerte Zweiliter-Rotweinflasche sprach für sich. Grunzend kam er zu sich und richtete sich ein wenig auf. Die Haare standen wild vom Kopf, und der Bart war fleckig von Speise- und Rotweinresten.

„Ach du Scheiße, Bullen", lallte er. „Seit wann ist es verboten, sich ein bißchen zu sonnen? Machen doch alle hier." Er deutete mit weit ausholender Geste auf die Wiese.

„Keine Sorge. Sie können hier liegen, wie Sie wollen. Nur vorweg: woher wissen Sie, daß wir Polizisten sind?"

„Das rieche ich. Wenn da zwei gemeinsam auftreten, sind das entweder Bullen oder Zeugen Jehovas. Und wie Betbrüder sehen Sie nicht aus. Also, was liegt an?"

Friedberg zog ein Foto des Toten aus der Gesäßtasche. „Nur eine Frage: kennen Sie diesen Mann?"

Er hielt ihm das Foto hin.

Der Mann warf einen kurzen Blick darauf. „Nee", knurrte er. „Keine Ahnung."

„Schauen Sie doch mal etwas genauer hin." Friedberg hob das Foto noch näher an das Gesicht des Mannes.

Der wandte sich angewidert ab. „Das ist ja ein Toter. Will ich nix mit zu tun haben. Haut ab. Kümmert euch lieber darum, daß hier nicht so viele Hunde frei rumlaufen. Überall scheißen die hin oder verbellen einen."

„Guter Mann", versuchte es Friedberg erneut, aber der Obdachlose unterbrach ihn sofort. „Ich bin kein guter Mann, sonst säße ich nicht hier in all der Scheiße. Verpißt euch! Ich bin müde, und schlafen ist ja wohl kein Verbrechen." Er legte sich wieder auf den Boden und bedeckte sein Gesicht.

Spengler setzte sich neben ihn auf den Boden, obwohl der Gestank mehr als abschreckend war. Er knuffte den Mann leicht in die Seite und fragte: „Kennst du Kartoffel-Schorse?"

Sofort wandte sich der Mann ihm zu. „Kartoffel-Schorse? Wer kennt den nicht? Waren lange zusammen auf Trebe. Prima Kumpel."

„Ist ein Freund von mir."

„Du willst mich verarschen."

„Warum sollte ich? Hat mal für mich gearbeitet, als es einen von euch erwischt hat. Ich weiß von Schorse, daß ihr mit uns Bullen nichts zu tun haben wollt, und das ist völlig in Ordnung. Ihr habt eure eigenen Gesetze und eure eigene Ehre. Aber wenn es einen von euch trifft, braucht ihr unsere Hilfe wie wir eure. Und diesmal geht es wieder um einen von euch. Den hier haben sie im Bürgerpark übel zugerichtet." Spengler nahm Friedberg das Foto aus der Hand und zeigte es noch einmal dem Mann, der es jetzt intensiv betrachtete.

„Einer von uns. Warum hab ihr das nicht gleich gesagt? Doch, den hab ich schon mal gesehen. Aber fragt mich nicht wo und wann.

Der war mal 'ne Zeit lang mit Zigeuner-Inge zusammen, glaub ich. Die ist ja jetzt wieder was Besseres. Hat 'ne kleine Wohnung in Gröpelingen und geht nicht mehr auf'n Strich. Ist auch weg von 'nen Alkohol und in so ein Förderprogramm. Für die Frauen wird eben was getan. So haben sich die Zeiten geändert. Für unsereins tut kein Aas was."

„Wo finden wir Zigeuner-Inge?" Spengler hielt ihm einen Zwanziger hin.

„Die serviert manchmal in der Gloria-Stube in Walle. Und nun genug der Plauderei."

„Wieso eigentlich ‚Zigeuner-Inge'?" wollte Spengler noch wissen.

„Weil sie jahrelang mit einem unterwegs war. Zufrieden? Gute Nacht."

Er begab sich wieder in Schlafposition, und die Herren machten sich auf den Weg nach Walle.

„Woher kennst du einen Kartoffel-Schorse?" Die schlechte Laune war endgültig von Spengler auf Friedberg übergewechselt. Sein ruppiger Fahrstil verriet seinen Frust.

„Vor ein paar Jahren gab es schon mal einen Mord im Obdachlosenmilieu. Das war vor deiner Zeit. Und dabei spielte Kartoffel-Schorse eine wichtige Rolle als Zeuge. Der war so eine Art Leitwolf in der Szene. Ein mächtiger Brocken, der allen anderen körperlich überlegen war."

„Und was hatte der mit Kartoffeln zu tun?"

„Der liebte es, Lagerfeuer zu machen und Kartoffeln in der Glut zu backen. Der hatte eine romantische Ader, spielte auch manchmal Gitarre und verdiente sich damit ein bißchen Geld. Einer, bei dem man sich fragt: wieso lebt der eigentlich auf der Straße. Jedenfalls eine originelle Type."

„Na, vielen Dank. Mir gefallen diese ungewaschenen Kerle nicht. Und dazu diese Bettelei! Nee, nee, verschönern nicht gerade das Stadtbild."

„Was meinst du, sollen wir sie alle einsperren?" Spengler lachte.

„Verarschen kann ich mich selbst. Nun guck dir das an!" Ein großer BMW scherte vor einer Ampel auf die Linksabbieger-Spur aus, überholte so den wartenden Geradeaus-Verkehr und setzte sich an die Spitze.

„Solche Idioten verschandeln das Stadtbild mehr als die paar Obdachlosen." Spengler lehnte sich zurück und schloß für ein paar Sekunden die Augen. Der Zorn des Kollegen entspannte ihn.

Die Gloria-Stube war eine Eckkneipe an der Waller Heerstraße. Trotz des Rauchverbots hing ein unangenehmer Geruch nach Zigarettenqualm und Bier in der Luft, obwohl die Tür zur Straße offen stand. Ein muskulöser Mann im T-Shirt saß hinter der Theke und las die Bildzeitung. Es waren nur wenige Gäste im Lokal, aber in einer Ecke lärmte eine Skat-Runde von älteren Männern, offensichtlich alle im Ruhestand, denn nur Rentner kamen auf die Idee, schon am Nachmittag Karten zu spielen.

Der Mann hinter der Theke blickte auf. „Was darf's sein?"

„Sind Sie der Wirt?" fragte Friedberg und zeigte seinen Ausweis.

„Was dagegen?" Das Gesicht des Mannes verdüsterte sich, als er den Ausweis sah.

„Überhaupt nicht. Wir haben nur eine Frage. Das ist übrigens mein Kollege Spengler." Er zeigte neben sich ins Leere, denn Spengler hatte sich abgewandt und betrachtete eine Spickwand, an der mehrere Fotos hingen.

„Was wollen Sie wissen?" Der Mann bemühte sich redlich um Freundlichkeit.

„Kennen Sie eine Frau, die man Zigeuner-Inge nennt? Sie soll hier manchmal bedienen."

„Klar kenn' ich Inge. Warum? Hat sie was ausgefressen?"

„Wäre ihr das zuzutrauen?" fragte Friedberg schnell.

„Frauen ist alles zuzutrauen."

„Sie ist also kein unbeschriebenes Blatt?"

„Wer ist das schon?"

„Können Sie nicht etwas konkreter werden?"

„Ich denk nicht dran. Hinterher heißt es wieder, ich hätte die Pferde scheu gemacht."

„Können Sie uns denn ihre Adresse geben?"

„Die wohnt in Gröpelingen. In der Wummensieder Straße. Nummer weiß ich nicht. Aber ich kann Ihnen die Telefonnummer geben. Sie können ja gleich von hier aus anrufen auf Kosten des Hauses. Was tut man nicht alles für die Polizei." Er stellte ein Telefon auf die Theke und wählte eine Nummer. „Hallo, Inge. Hier ist Willi. Da will dich jemand sprechen. Ich geb mal weiter." Er reichte Friedberg den Hörer.

„Guten Tag. Hier ist Friedberg von der Kripo Bremen. Ich wollte fragen, ob Sie jetzt zu Hause sind. Wir hätten ein paar Fragen an Sie."

„O Gott, Kripo! Da wird einem ja ganz anders. Zu Hause bin ich, aber hier sieht's aus wie bei Hempels unterm Sofa. Von Willi brauchen Sie nur fünf Minuten zu mir. Lassen Sie sich also Zeit, damit ich aufräumen kann."

„Sagen Sie mir auch Ihren Nachnamen. Wir kennen Sie nur unter Zigeuner-Inge."

Die Frau lachte laut. „Wer hat Ihnen denn den Scheiß erzählt? Zigeuner-Inge – ach Gottchen. Lange her. Ich heiße Kersten. Inge Kersten. Bis gleich also."

„Und Ihre Hausnummer?"

„Was Sie aber auch alles wissen wollen." Sie sagte die Nummer und legte schnell auf.

„Kennst du den?" Spengler wies auf ein Foto an der Wand. Es zeigte mehrere Personen um den Ecktisch, an dem jetzt die Skatbrüder lärmten. Man sah Willi, den Wirt, zwei Frauen, eine rothaarig, die andere dunkel, beide von etwas ordinärer Attraktivität, und einen Mann, der unverkennbar der Tote aus dem Bürgerpark war.

„Sieh an", staunte Friedberg und wandte sich an den Wirt. „Kommen Sie mal."

„Was ist denn nun kaputt?" Widerwillig trennte sich der Mann von seiner Theke und trat zu ihnen.

„Wer ist dieser Mann?" Friedberg deutete auf das Foto.

„Das? Ich glaube, ein Freund von Inge. Das ist die mit den roten Haaren. Der war ab und zu mal hier. Heißt Enno, wenn ich mich richtig erinnere. Inge kann Ihnen sicher mehr über den erzählen."

„Das wollen wir hoffen. Vielen Dank erstmal. Kommst du?" Friedberg war wieder ganz der taffe Ermittler. Spengler betrachtete noch eine Weile das Foto und das Gesicht des Mannes, das ihm irgendwie bekannt vorkam, und ließ den forschen Kollegen an der Tür warten.

Inge Kersten hatte keine roten Haare mehr, sondern dunkelblonde, kurz geschnittene. Das früher wohl recht hübsche Gesicht wirkte grau und schlaff. Aber sie war adrett gekleidet und roch frisch parfümiert.

Sie bat die Männer in eine kleine, düstere Souterrain-Wohnung, in ein winziges, jedoch geschmackvoll eingerichtetes Wohnzimmer, in dem ein Radio leise Klaviermusik von sich gab. Von Unordnung war nichts mehr zu sehen, im Gegenteil, hier kompensierte jemand offensichtlich innere Labilität durch besonders sorgfältig arrangierte Dinge. Eine kleine aber konsequente Gegenwelt. Was hatte der Mann an der Weser gesagt? Sie war weg vom Alkohol.

„Bitte nehmen Sie Platz." Sie wies auf ein kleines Zweiersofa, das die beiden Herren zwang, sich auf Tuchfühlung zu setzen. „Was verschafft mir die Ehre?" fragte sie förmlich.

„Wenn wir richtig informiert sind, kennen Sie einen Mann aus der Obdachlosen-Szene, der Enno heißt", ergriff Friedberg das Wort.

„Da sind Sie richtig informiert. Was ist mit Enno?"

„Er wurde heute nacht ermordet." Friedberg liebte es, Leute mit brutalen Informationen zu überfallen, um aus den Reaktionen entsprechende Rückschlüsse zu ziehen. Spengler bevorzugte andere Methoden.

„Allmächtiger!" stieß die Frau hervor, und das schlaffe Gesicht verlor noch mehr Halt.

„Erkennen Sie ihn hierauf wieder?" Friedberg hielt ihr das Foto der Leiche hin.

„Du lieber Himmel! Was hat man mit ihm gemacht?" stammelte sie hilflos.

„Es sollte so aussehen, als ob ihn diese sogenannte ‚Bestie vom Bürgerpark' angefallen hätte, aber es war Mord. Man hat ihn erwürgt." Friedberg lehnte sich zurück und beobachtete die Frau, deren Betroffenheit nicht zu übersehen war.

Spengler übernahm das Gespräch. „Sie erkennen ihn also auf dem Foto?" fragte er behutsam.

„Ja, sicher. Das ist eindeutig Enno." Sie schniefte und suchte nach einem Taschentuch, fand die Tüte unter der Tageszeitung auf dem Couchtisch, zog ein Tempo heraus und schneuzte sich.

„Wie ist sein Nachname?"

„Weiß ich nicht."

„Wie bitte?" Spengler lächelte ratlos. „Ich gehe mal davon aus, daß Sie mit ihm zusammengelebt haben, daß Sie mit ihm intim waren. Und dann kennen Sie seinen Nachnamen nicht?"

„Zusammengelebt ist zu viel gesagt. Enno wollte keine feste Bindung. Natürlich haben wir manchmal miteinander geschlafen, aber dafür reicht doch der Vorname, oder?"

„Merkwürdig. Ich hätte Probleme, mich mit einem Menschen einzulassen, von dem ich nur den halben Namen weiß."

„Ich nicht. Was ist schon ein Name? Enno war ein netter Kerl – oh, jetzt rede ich von ihm schon in der Vergangenheit – aber er hat nie über sich gesprochen. Er war total verschlossen. Er war eben der Enno, und das mußte reichen. Wer ihn ausfragen wollte, stieß auf eine Mauer. Mich hat das nicht gestört. Wir hatten oft schöne Stunden miteinander, und es hat mich eigentlich sogar gereizt, daß ein gewisses Geheimnis um ihn rum war. Das einzige, was mich gewundert hat, war, daß er immer genug Geld hatte, für einen Penner eher ungewöhnlich, oder?"

„Ja, das stimmt. Wie haben Sie ihn kennengelernt?"

„Bei Willi. Eines Tages war er da. Wir mochten uns sofort. Schließlich war er ein stattlicher Mann und sogar sehr gepflegt. Bei einem, der auf der Straße lebt, sicher nicht das Übliche."

„Nein, das ist richtig."

„Mir war das besonders wichtig, denn wenn ich auch oft ganz unten war, ein bißchen Sauberkeit und Ordnung mußte immer sein, verstehen Sie?"

„Sehr gut. Wie hat sich denn Ihre Beziehung so abgespielt?"

„Ohne feste Regeln. Er tauchte auf, wenn es ihm paßte, und er verschwand, wenn er es für richtig hielt."

„Und das hat Ihnen genügt?"

„Ich bin Alkoholikerin, wenn auch im Moment trocken, und deshalb selbst keine zuverlässige Partnerin. Da hat man keine großen Ansprüche, man nimmt, was man kriegt."

„Wann haben Sie diesen Enno zuletzt gesehen?" schaltete sich Friedberg wieder ein.

„Ach, das ist lange her. Wir haben Schluß gemacht, als ich in den Entzug kam, denn er wollte unbedingt weitersaufen, und das wäre dann nicht mehr gut gegangen. Das ist jetzt fast ein Jahr her. Er hat mich zwar manchmal noch angerufen, aber gesehen haben wir uns nicht mehr."

„Er ist auch nicht mehr in der Gloria-Stube aufgetaucht?"

„Nein, das hatten wir so verabredet."

„Aber Sie selbst verkehren weiter in der Kneipe."

„Ich kellnere. Das ist mein Job. Dafür werde ich bezahlt. Ich denke einfach nicht daran, daß das Alkohol ist, was ich ausschenke."

„Aber wenn Enno in Ihrer Gegenwart trinken würde, könnten Sie das nicht aushalten."

„Genau, wenn Gefühle im Spiel sind, ist das immer Scheiße."

„Sie haben Enno geliebt?"

„Kann man so sagen. Aber was tut das zur Sache? Was hat das mit seinem Tod zu tun? Sie horchen mich hier aus, als ob Sie sich daran aufgeilen. Meine Gefühle für Enno gehen Sie einen Scheißdreck an!" Sie weinte. Friedberg lehnte sich zurück. Mit weinenden Frauen hatte er so seine Schwierigkeiten.

„Entschuldigen Sie, daß wir Ihnen so zusetzen", sagte Spengler leise. „Aber trotzdem möchte ich Sie noch fragen, ob Sie uns irgendeinen Hinweis geben können, wer Enno so etwas angetan hat. Hatte er Feinde im Obdachlosen-Milieu? Sie sagen, daß er immer genug Geld hatte. Haben Sie einen Verdacht, wie er es sich beschafft haben könnte?"

„Lassen Sie mich doch in Ruhe. Ich habe alles gesagt, was ich weiß. Enno und Feinde? Warum nicht. Enno war ein ganzer Kerl, und das haben andere vielleicht nicht so gern. Und das Geld? Vielleicht hat er's geklaut oder beim Zocken gewonnen. Wenn einer nie über sich spricht, ist alles möglich und deshalb eben für mich uninteressant. Warum soll ich mir über einen Menschen unnötig den Kopf zerbrechen, der mir genau das bieten kann, was ich für den Moment brauche. Ich habe viele Jahre ohne Vergangenheit und ohne Zukunft gelebt, und in diese Zeit paßte einer wie Enno hundertprozentig hinein. Und nun ist die Audienz beendet, ich muß noch einkaufen. War mir ein Vergnügen, meine Herren." Sie ging einfach aus dem Zimmer und schloß sich im Bad ein.

Friedberg sah den Kollegen fragend an.

„Hauen wir ab", sagte Spengler. „Hier ist für uns nichts mehr zu holen. Überlassen wir sie ihrer Trauer. Das ist ihr wohl gewaltig an die Nieren gegangen."

„Die zieht doch eine Schau ab", knurrte Friedberg.

„Und wenn?"

„Dann weiß sie mehr, als sie zugibt."

„Sie läuft uns ja nicht weg."

„Kennt den Zunamen nicht. Wer glaubt denn so etwas?"

Spengler verließ Zimmer und Wohnung und wartete am Wagen, bis Friedberg erschien. Sie hatten sich nicht mehr viel zu sagen und trennten sich auf dem Parkplatz des Präsidiums mit einem „Mach's gut" und „Du auch."

Spengler ging zu Fuß nach Hause in die Wilhelm-Leuschner-Straße. Er war am Morgen mit dem Bus zur Untersuchung gefahren und hatte den Wagen vor der Tür stehen lassen. Er benutzte ihn selten, denn zum Dienst konnte er entweder das Rad nehmen oder bei schlechtem Wetter laufen. Als er die kleine Wohnung betrat, brach ihm der Schweiß aus, obwohl sich die Zimmertemperatur in Grenzen hielt. Die Räume kamen ihm eng und bedrohlich vor. Er hatte es nie verstanden, sich ‚gemütlich' einzurichten. Bis auf einen bequemen Sessel vor dem Fernseher waren alle Möbel und Gegenstände nur zweckdienlich und schmucklos. Ganz anders als bei Irmgard. Deren Wohnung, kaum größer als die von Spengler, verriet ihren besonderen Geschmack und ihre Liebe zum Detail. Da stand nichts zufällig herum, da war alles sorgfältig aufeinander abgestimmt in Form und Farbe, von den Teppichen über die eleganten Möbel bis zu den Bildern an der Wand. Und damit hatte sie es fertig gebracht, ihre kleine Wohnung wie eine große wirken zu lassen.

Ach ja, Irmgard. Spengler riß die Balkontür auf, ließ sich in den Sessel fallen und packte die Füße auf den zerkratzten Couchtisch. Normalerweise legte er eine Zeitung unter die Schuhe, aber heute war ihm das einfach zu viel. Er hatte ein schlechtes Gewissen wegen Irmgard, und deshalb spürte er seine Einsamkeit umso stärker. Er überlegte nicht lange, zog das Handy aus der Brusttasche und wählte ihre Nummer. „Hallo, Jochen", meldete sie sich.

„Hallo, Gardi." So nannte er sie bei zärtlichen Anwandlungen. „Die Laus hat die Leber verlassen."

„Bitte?"

„Deine Worte heute mittag."

„Ach so." Sie lachte. „Und wie geht's dem Herrn jetzt so?"

„Besser. Ich möchte mich entschuldigen."

„Klingt gut. Wollen wir uns sehen?"

„Unbedingt."

„Dann sei so in einer Stunde hier. Ich kaufe noch schnell was ein fürs Abendessen."

„Ich freu mich."

„Tu das." Sie legte auf. Kein „Ich mich auch", sondern nur das abweisende „Tu das". Kein gutes Omen. „Scheiße", flüsterte er.

Der festlich gedeckte Tisch munterte ihn auf, nachdem die Begrüßung ihrerseits kühl ausgefallen war. Der Wangenkuß hatte kaum seine Haut, die er extra noch mal rasiert hatte, erreicht. Da leuchteten Kerzen, da glänzte teures Porzellan, da glitzerte geputztes Silber, da duftete frisch aufgebackenes Weißbrot.

„Setz dich gleich an den Tisch!" rief sie aus der Küche. „Ich bringe sofort das Essen. Du kannst dir schon mal vom Salat nehmen."

Das tat er und beschmierte sich dazu ein Stück Brot mit Butter. Der Hunger überfiel ihn geradezu. Es gab Schweinefilets in Gorgonzola-Soße mit Basmati-Reis.

Sie entfalteten ihre Stoffservietten und wünschten sich guten Appetit. Eine Weile aßen sie schweigend. Spengler war erstaunt, daß ihm trotz der noch nicht behobenen Verstimmung zwischen ihnen behaglich zumute war. Das gute Essen und die stilvolle Umgebung taten das Ihre, um das Leben genießenswert zu machen.

„Schmeckt wunderbar." Er prostete ihr mit dem kühlen Weißwein zu.

„Freut mich", sagte sie mit einem winzigen Lächeln.

Sie taut auf, dachte er, vermutlich auch durch das Essen verführt.

„Ich weiß nicht, was heute mittag mit mir los war. Daß mir neuerdings mein Körper zu schaffen macht, gefällt mir überhaupt nicht."

„Ich finde es auch nicht toll, daß ich munter auf die Fünfzig zumarschiere. Die Wechseljahre warten auf mich."

„Deshalb ja auch nur der Gedanke, daß man im Alter näher zusammenrückt."

„Und wie stellst du dir das konkret vor?"

„Überhaupt noch nicht. Da ist einfach nur so ein Bedürfnis nach mehr Zweisamkeit."

„Mir ist das natürlich nachgegangen, was du heute mittag gesagt hast. Daß man sich zu wenig kennt und so weiter. Das verunsichert mich, denn ich hatte bisher das Gefühl, daß wir uns gerade deshalb so gut verstehen, weil wir mit einer gewissen Distanz leben."
„Vermutlich hast du recht. Wir kennen uns nun schon über zehn Jahre. Damals hatte ich noch volles Haar und keinen Bauch, aber du hast dich kaum verändert. Mich guckt jetzt jeden Morgen beim Rasieren ein alter Mann aus dem Spiegel an. Neben dir wirke ich wie dein Vater. Das macht mir Angst. Ich möchte dich nicht verlieren."
„Ach, Jochen, das ist doch Unsinn. In meinem Alter gibt es keinen Markt mehr. Die attraktivsten Frauen um die Fünfzig hängen allein herum. Da werde ich doch eine so schöne Beziehung nicht aufs Spiel setzen. Ich mag nur auf eine gewisse Unabhängigkeit nicht verzichten."
„Wir könnten eine größere Wohnung nehmen. Wenn wir unser Geld zusammenschmeißen, könnten wir uns was Schönes in Schwachhausen oder Oberneuland leisten."
„Ich fühle mich hier wohl in Hemelingen."
„Von mir aus auch in Hemelingen."
„In dieser Wohnung."
„Die ist zu klein für uns beide."
„Siehst du."
Irmgard verschwand in der Küche und kehrte mit dem Nachtisch zurück: frische Himbeeren mit Sahne. Trotz der vertrauten Umgebung und der Nähe der begehrten Frau fühlte Spengler sich einsam, und auch das Essen hatte seinen Reiz verloren. Er nahm einen kräftigen Schluck Wein.
„Du bist mit dem Auto da." Sie zeigte auf sein Weinglas.
„Ja, verdammt nochmal!"
„Jochen, laß uns vernünftig sein", sagte sie zärtlich und nahm seine Hand. „Ich will gern mit dir zusammen alt werden, aber nicht in einer gemeinsamen Wohnung. Ich habe es nie gelernt, alles mit jemandem zu teilen. Ich brauche meine eigene kleine Welt, verstehst du?"

„Nein. Ich muß mich eben damit abfinden. Und das tue ich am besten in meiner kleinen Welt." Er hatte plötzlich Sehnsucht nach seinem Fernsehsessel, einem Bier und einer blöden Quiz-Sendung in der Glotze.

„Meinst du, ich lasse dich jetzt so gehen? Komm." Sie zog ihn vom Stuhl und hinüber zur Couch. Sie wurde zärtlich und knöpfte sein Hemd auf.

„Nee, danach ist mir nun wirklich nicht." Er machte sich los.

„Schade." Sie stand auf und deckte den Tisch ab.

Spengler war mit sich unzufrieden. Wieso hatte er sie zurückgewiesen? Wenn er mehr Nähe zu ihr wollte, war der Weg zu ihr übers Bett sicher nicht der falscheste. Blödmann, beschimpfte er sich. Vor ihm auf dem Couchtisch lag ein großes Fotoalbum. Schon oft hatte er darin geblättert. Es enthielt Aufnahmen von Irmgards Familie, Jugendfotos von ihr, darunter auch Ferienbilder, die sie im Badeanzug zeigten. Denen widmete er jetzt seine ganze Aufmerksamkeit, so daß er, als sie abwartend in der Küchentür stand, zu ihr gehen, sie in die Arme nehmen und ins Schlafzimmer führen konnte.

II

Friedberg trieb sich im Haus herum, wollte auch noch mal in der Pathologie vorbeischauen, so daß Spengler allein war mit Yvonne Uphoff. Eine Weile war es still zwischen ihnen. Spengler las den Obduktionsbericht, der die Ergebnisse der ersten Untersuchung bestätigte: Tod durch Erwürgen. Berichte von der Spurensicherung und aus dem Labor lagen noch nicht vor.

Es war gegen zehn, die Tageszeitungen längst zugestellt, aber bis jetzt hatte sich noch niemand wegen des Fotos des Toten gemeldet. Spengler legte den Bericht beiseite und beobachtete die Uphoff über den Rand seiner Lesebrille. Endlich hatte er sie mal für sich. Sie tat sehr geschäftig bei der Lektüre alter Akten, aber es war ihr anzumerken, daß ihr die Gegenwart des älteren Mannes durchaus bewußt war, denn ihr Leseeifer wirkte allzu angestrengt. Sie wollte einen guten Eindruck machen. Das war zu akzeptieren, und trotzdem befremdete es Spengler, daß sich das Mädchen so verkrampfte, wenn sie allein mit ihm war, während sie sich neben Friedberg völlig locker gab. War es Respekt vor dem Älteren, vor dem Leiter der Kommission, oder mochte sie ihn schlicht nicht?

„Kommen Sie gut voran mit dem Aktenstudium?" fragte er.

„Doch, doch." Gespielt überrascht schaute sie auf, nahm einen Schluck aus der Kaffeetasse.

„Bißchen langweilig so alte Fälle, oder?"

„Durchaus nicht. Man kann viel lernen."

„Das ist der Sinn der Sache. Und der aktuelle Fall? Was sagen Sie dazu?"

„Bisher ja noch ziemlich mysteriös. Heiner Friedberg meint ..."

„Ich will wissen, was Sie meinen", unterbrach Spengler.

„Tja. Da hatte wohl jemand eine Riesenwut auf den armen Kerl. Nicht nur erwürgen, auch noch verstümmeln. Vielleicht sogar selber zugebissen. Vampirismus womöglich?"

„Das steht nicht im Obduktionsbericht. Wie kommen Sie darauf?"

„Weil Hautfetzen und Fleischstückchen fehlen."

„Der Mann hat stundenlang tot im Park gelegen. Da gibt es Vögel, Katzen, Hunde, Viecher genug, die sich bedient haben könnten."

„Klar. Da haben Sie recht. Entschuldigung."

„Wieso entschuldigen Sie sich. Sie könnten ja recht haben. Es ist mein Fehler, nicht an so etwas gedacht zu haben. Warum wollen Sie eigentlich zur Kripo?"

„Zum Studium fehlt mir das Geld, und eine kaufmännische Lehre ist mir zu öde. Ich glaube, hier erwartet mich wirklich interessante Arbeit."

„Die aber immer auf Kosten des Privatlebens geht. Hier gibt es keine geregelten Arbeitszeiten und freien Wochenenden."

„Das hat man mir schon beim Vorstellungsgespräch gesagt. Das schreckt mich nicht ab, im Gegenteil, diese endlosen Wochenenden nerven mich total."

„Und was sagt Ihr Freund dazu?"

„Ich hab keinen."

„Was? Ein hübsches Mädchen wie Sie hat keinen Freund?"

„So was soll's geben." Ihr Gesicht verschloß sich.

„Entschuldigung. Ich wollte Ihnen nicht zu nahe treten." Er schenkte ihr sein schönstes Lächeln.

„Schon gut." Sie lächelte bemüht zurück.

Beide wendeten sich wieder ihren Papieren zu. Er war ehrlich überrascht. Wenn das Mädchen nicht liiert war, hatte Friedberg freie Bahn, und das Flirten würde kein Ende nehmen. War sie aber lesbisch, was gerade in Polizeikreisen öfter vorkam, würde sich alles einrenken und Friedberg kalte Füße bekommen. Der Gedanke, daß der Kollege sich um eine Lesbe bemühte, amüsierte ihn. Er legte die Füße auf den Schreibtisch und betrachtete das große Foto an der Wand, das sein Segelboot am Anleger zeigte. Wurde Zeit, daß er mal wieder aufs Wasser kam.

Gegen elf klingelte das Telefon, und eine aufgeregte Frauenstimme meldete sich. „Hier ist Freia Buchmann. Spreche ich mit der Kriminalpolizei?"

„Ja, Spengler, Leiter der Mordkommission."

„Ich habe gerade das Foto im Weser Kurier gesehen! Das ist mein Mann!"

„Ihr Mann?" Spengler war verblüfft.

„Ja, Enno Buchmann."

„Aber der Ermordete war obdachlos."

„Trotzdem ist er mein Mann."

„Wir müssen uns unbedingt sehen. Sind Sie zu Hause?"

„Im Moment bin ich auf der Arbeit. Da können Sie mich nicht besuchen. Aber ich könnte mir eine Stunde frei nehmen. Sagen wir in einer halben Stunde. Ich wohne in der Eislebener Straße siebenunddreißig im Großen Kurfürsten. Den kennen Sie sicher."

„Ja, das ist nicht weit von hier. Also um halb zwölf." Er legte auf.

„Das war die Frau des Ermordeten", sagte er zu Yvonne Uphoff.

„Toll. Dann sind wir ja einen großen Schritt weiter."

„Finden Sie es nicht merkwürdig, daß ein Obdachloser verheiratet ist, daß seine Frau einen Job hat und in einer guten Wohngegend zu Hause ist, während er unter Brücken schläft. Merkwürdig auch, daß der Dame keine besondere Erschütterung anzumerken war. Vielleicht ein bißchen aufgeregt, aber keineswegs aus der Fassung."

„Wie das Leben so spielt."

Spengler lachte. „Ein klassischer Satz aus dem Munde einer angehenden Polizistin."

„Entschuldigung. Ist mir so rausgerutscht." Sie war rot geworden und grinste verlegen.

„Kein Grund, zu erröten. Ist ja so, wir Polizisten müssen mit vielen Spielarten des menschlichen Lebens klarkommen. Aber wir sollten möglichst nicht zeigen, wenn uns etwas in Verlegenheit bringt."

„Das Pokerface, ich weiß." Sie lachte und entfärbte sich.

„Wo bleibt bloß der Friedberg? Wir müssen gleich los. Ich will nämlich vor dem Besuch bei Frau Buchmann schnell noch was aus meiner Wohnung holen."

„Soll ich ihn suchen?"

„Nee, dauert zu lange. Haben Sie einen Führerschein?"

„Klar. Ist doch Vorbedingung für diesen Job."

„Dann nichts wie los. Autoschlüssel hängen da an der Wand." Er zeigte auf das Schlüsselbrett.

„Ich weiß. Und was ist mit Friedberg?"

„Schreiben Sie ihm einen Zettel mit dem Namen des Toten ‚Buchmann' und der Adresse seiner Frau. Wenn er mag, soll er nachkommen. Eislebener siebenunddreißig."

Sie fuhren zu seiner Wohnung. Yvonne lenkte den Wagen sanft und vorsichtig durch die Straßen. Spengler wurde nicht in die Sicherheitsgurte gepreßt und mußte sich nicht festhalten in den Kurven, wie es regelmäßig vorkam, wenn Friedberg am Steuer saß.

Er lief einmal kurz durch die Wohnung, schloß sich im Bad ein, pinkelte und lachte sich im Spiegel an wie ein übermütiges Kind. Er brauchte nichts aus der Wohnung, sondern wollte nur Zeit überbrücken, um allein mit Yvonne zu Frau Buchmann zu fahren und Friedberg abzuhängen. Die Vorstellung, wie sehr sich der Kollege ärgern würde, stärkte sein Wohlbefinden. Von wegen alter, gebrechlicher Mann.

Als sie am Großen Kurfürsten vorfuhren, stand Friedberg lächelnd vor dem Eingang, neben ihm das Fahrrad von Spengler. Er hielt triumphierend den Fahrradschlüssel hoch. „Hab ich mir, dein Einverständnis vorausgesetzt, ausgeliehen. Lag ja dick und fett auf deinem Schreibtisch." Er drückte ihn Spengler in die Hand.

„Danke. Gut, daß du so schnell kommen konntest." Er ließ sich nichts anmerken.

„Jedenfalls schneller als ihr. Habt ihr im Stau gestanden?"

„Wir waren noch schnell bei Herrn Spenglers Wohnung", sagte Yvonne eifrig.

„Ach, sieh an: Privates in der Dienstzeit. Macht keinen guten Eindruck auf unsere Auszubildende."

„Bist du fertig? Können wir reingehen?" fragte Spengler gereizt.

„Aber gewiß doch. Nach Ihnen, Chef." Er hielt die Tür auf und ließ den beiden den Vortritt.

Freia Buchmann war eine zierliche, eher unscheinbare Frau Mitte Vierzig, grauhaarig und ungeschminkt. Ein Pony und eine dunkle Brille verbargen große Teile des Gesichts. Das Begrüßungslächeln saß fremd auf den blassen Lippen.

Die Wohnung wirkte trotz der großen Fenster düster, weil dicke Vorhänge das Licht abwiesen. Unauffällige Möbel, kaum Bilder oder Bücher, aber ein großer Flachbildschirm im Wohnzimmer, in das sie die Polizisten führte. Auf ihre Bitte hin setzte man sich um einen Eßtisch, auf dem eine Obstschale mit Äpfeln und Birnen stand, der einzige Hinweis, daß in diesem Raum auch gelebt wurde.

Spengler eröffnete das Gespräch: „Zunächst einmal unser aufrichtiges Beileid ..."

„Ist nicht nötig", sagte sie schroff. „Enno war zwar auf dem Papier noch mein Mann, aber wir hatten schon lange nichts mehr miteinander zu tun. Sein Tod geht mir nicht sehr nahe, auch wenn ich ihm ein so schreckliches Ende nicht gewünscht hätte."

„Aber ein anderes Ende schon?" fragte Friedberg.

„Ich weiß nicht, was Sie meinen", sagte sie ungerührt.

„Könnten Sie bitte Ihre Sonnenbrille abnehmen?" bat Spengler.

„Nein. Ich habe sehr empfindliche Augen."

„Herrscht hier deshalb so ein Dämmerlicht?" fragte Friedberg.

Sie zuckte die Achseln. „Ich muß Sie darauf aufmerksam machen, daß ich nicht viel Zeit habe. Fragen Sie mich also, was Sie fragen müssen und halten Sie sich nicht mit Nebensächlichkeiten auf."

„Darf man fragen, was Sie beruflich ..."

„Nein. Was tut das zur Sache?" unterbrach sie ihn.

„Nun, wir versuchen, uns ein umfassendes Bild zu verschaffen über die Lebensumstände des Toten, und dazu gehört auch ..."

„Daß Sie mich darüber aushorchen, wie ich mein Geld verdiene?" unterbrach sie. „Nein, das geht Sie nichts an. Dieser Mann war früher mal mein Lebensgefährte. Ich habe zwei Kinder mit ihm, Petra und Mirko. Petra studiert, Mirko geht noch zur Schule und wohnt hier mit mir. Wir alle drei haben seit Jahren keinen Kontakt mehr zu Enno gehabt."

„Warum haben Sie sich von ihm getrennt?" fragte Spengler.

„Ich arbeite bei einer Telefongesellschaft und verbringe den Tag damit, Leuten neue Tarife aufzuschwatzen."

„Warum haben Sie sich von Buchmann getrennt?" wiederholte Spengler.

„Ich habe lernen müssen, mich und meine Kinder allein durchzubringen."

„Warum antworten Sie nicht auf meine Frage?" sagte Spengler behutsam.

„Welche?"

„Warum Sie sich von Buchmann getrennt haben?"

„Weil er mich und andere Menschen schändlich betrogen hat."

„Inwiefern?"

„Mich hat er betrogen mit anderen Frauen, und viele Leute mit falschen Versprechungen, um ihnen das Geld aus der Tasche zu ziehen. Er war ein Gauner in jeder Beziehung."

„Mit was hat er die Leute betrogen?"

„Mit Bauvorhaben im Osten. Enno Buchmann, der erfolgreiche Bauunternehmer."

„Moment. Jetzt erinnere ich mich. Jetzt weiß ich, warum mir der Tote so bekannt vorkam auf dem Foto in der Kneipe. Da gab es doch damals einen großen Prozeß. Das muß jetzt etwa zehn Jahre her sein."

„Neun."

„Genau. Zu sechs Jahren haben sie ihn verurteilt."

„Aber er mußte nur fünf absitzen. Wegen guter Führung. Das stelle man sich vor: Enno Buchmann und gute Führung!"

„Er hat zig Leute um ihr Erspartes gebracht, wenn ich mich nicht irre."

„Sie irren sich nicht. Er hat sie mit seinen schönen Augen und noch schöneren Worten davon überzeugt, daß ihr Geld gut bei ihm aufgehoben sei. Das Blaue vom Himmel hat er ihnen versprochen. Riesenrendite, die ideale Altersvorsorge und so weiter. Und die Leute waren so blöd, darauf reinzufallen. Leichtgläubigkeit, Besitzgier und eine große Portion Naivität waren da im Spiel. Besonders schlimm finde ich, daß es vor allem ältere Menschen waren, die er reingelegt hat. Und Frauen, die sich nur allzu gern von ihm verführen ließen. Für die war das ein erotisches Abenteuer, ihm ihr Geld anzuvertrauen."

„Wie ging das im Einzelnen vor sich?" wollte Friedberg wissen.

„Bitte, ersparen Sie es mir, die Details zu erzählen. Ich hab das alles notdürftig verdrängt. Nur soviel: er hat in Chemnitz zwei runtergekommene Wohnblocks billig erworben, zwei Wohnungen als Vorzeigeobjekte aufwendig renoviert und sie zusammen mit den restlichen nicht renovierten fünfzig Einheiten völlig überteuert verkauft, ohne irgendwelche Baumaßnahmen einzuleiten. Als er genug Geld beieinander hatte, ist er verschwunden, hat mit seiner Geliebten Julia Blome im Süden den Playboy gespielt."

„Aber wie läuft so etwas? Ohne notariell beglaubigte Kaufverträge kriegt er doch kein Geld." Friedberg schüttelte den Kopf.

„Fragen Sie seinen Freund Herbert von Brunk. Der war damals sein juristischer Berater. War selber in die Sache verstrickt und hat seine Lizenz deswegen verloren. Der ist jetzt Unternehmensberater. Man sagt, er verdient heute besser als je zuvor. So einer fällt immer auf die Füße."

„Wir werden uns bei ihm genauer informieren. Hat man Ihren Mann dann später verhaftet?"

„Ja, in Marbella. Interpol und so. Er wurde nach Deutschland ausgeliefert und kriegte seinen Prozeß." Sie schaute auf die Armbanduhr. „Ich muß jetzt langsam los."

„Einen Moment noch, bitte", sagte Spengler. „Was passierte, als er aus dem Vollzug entlassen wurde?"

„Er hat ein paar Wochen bei uns gelebt, doch das funktionierte nicht mehr. Plötzlich war er weg. Keine Nachricht, kein Anruf, nichts. Von Bekannten habe ich später erfahren, daß er unter die Obdachlosen gegangen war."

„Und weshalb das? Was meinen Sie?" Spengler ignorierte ihre Nervosität.

„Vielleicht wegen des Geldes. Er hat sich damals über eine Million angeeignet, zu viel, um es in der kurzen Zeit, die er mit der Blome unterwegs war, auf den Kopf zu hauen. Vor Gericht hat er später behauptet, er habe fast alles Geld in Monte Carlo verspielt. Doch das glaube ich nicht, auch wenn die Blome das bestätigt hat. Er war ein Betrüger, aber kein Zocker. Ich nehme an, daß er viel Geld beiseite geschafft hat."

„Das stimmt mit dem überein, was wir von anderer Seite gehört haben, daß er nämlich auch als Obdachloser immer über Geld verfügt hat."

„Sehen Sie." Sie nickte. „Jedenfalls hatte er Angst, als er aus dem Knast kam. Das war ihm anzumerken. Es gab ja damals auch Morddrohungen gegen ihn."

„Von wem?" fragte Friedberg.

„Vom alten Kramer zum Beispiel. Die anderen waren anonym."

„Kramer? Wie erreichen wir den?"

„Keine Ahnung. Er war einer der Geschädigten. Vielleicht kann Ihnen von Brunk da weiterhelfen. Aber Sie bringen mich jetzt wirklich in Schwierigkeiten, wenn Sie mich noch länger aufhalten."

„Das wollen wir natürlich nicht." Spengler stand auf und gab den Kollegen ein Zeichen. „Ich denke jedoch, daß wir noch einiges mehr von Ihnen hören sollten. Wann haben Sie heute Dienstschluß?"

„Um fünf. Vielleicht kommen Sie gegen sechs noch mal. Dann ist auch mein Sohn hier."

In diesem Moment hörte man Geräusche im Flur. Die Wohnungstür wurde geöffnet und wieder geschlossen. Ein junger Mann erschien und blieb erstaunt in der Zimmertür stehen.

„Nanu, du schon?" fragte Freia Buchmann.

„Vorletzte Stunde ist ausgefallen, und auf Sport habe ich verzichtet. Und was geht hier ab?"

„Die Herrschaften sind von der Polizei. Es handelt sich um deinen Vater. Ich muß jetzt los. Essen steht im Kühlschrank. Mußt es nur fünf Minuten in die Mikrowelle tun. Bis später. Die Herrschaften kommen heute abend noch mal vorbei. Aber wenn du magst, kannst du auch gleich mit ihnen reden. Tschüß und guten Tag allerseits." Sie rannte aus dem Zimmer und aus der Wohnung. Die Tür knallte ins Schloß.

„Ja, dann setzen wir uns doch wieder", schlug Spengler vor, und die drei nahmen erneut Platz, während der Junge an der Tür stehen blieb. „Sie sind also Mirko Buchmann?"

„Was ist mit meinem Vater?" Mirko Buchmann zeigte ein hübsches Gesicht, umrahmt von etwas längeren blonden Haaren. Auffallend waren seine besonders hellen Augen. Er trug Jeans, T-Shirt und Turnschuhe, wirkte sehr sportlich und gepflegt.

„Es ist ihm etwas passiert. Setzen Sie sich doch zu uns." Spengler zeigte auf den vierten Stuhl.

„Ich stehe lieber. Was ist ihm passiert?"

„Er ist tot. Er wurde ermordet", sagte Spengler leise.

„Ermordet?" fragte der Junge. Sein Gesicht verriet keinerlei Überraschung oder Betroffenheit.

„Ja, ermordet, auch wenn der oder die Täter den Eindruck erwecken wollten, ein Tier habe ihn überfallen."

„Und wo ist das passiert?" fragte der Junge leise.

„Im Bürgerpark."

„So etwas mußte ja kommen", flüsterte der Junge.

„Wieso?" schaltete sich Friedberg ein.

„So wie der gelebt hat. Wäre ja nicht der erste Penner, den es erwischt hat, oder?"

„Sie sprechen nicht gerade liebevoll von Ihrem Vater", stellte Friedberg fest.

„Müßte ich das? Nach allem, was er uns angetan hat? Besonders meiner Mutter? Ich will ja nicht sagen, daß das die gerechte Strafe ist, doch auf so eine Idee könnte man durchaus kommen."

„Sie hatten keinen Kontakt mehr zu ihm?" fragte Spengler.

„Nein, aber ich finde, Sie könnten sich ruhig mal vorstellen. Man möchte schließlich wissen, mit wem man es zu tun hat. Seit wann dürfen kleine Mädchen schon Polizei spielen?"

Spengler lachte, während Yvonne Uphoff verärgert schniefte.

„Spengler und Friedberg, und das kleine Mädchen ist unsere Kommissaranwärterin Uphoff, immerhin mit Abitur."

„Entschuldigung. War nicht so gemeint. Ich bin im Moment etwas von der Rolle."

„Mehr als verständlich. Also Sie hatten keinen Kontakt mehr zu Ihrem Vater?" Spengler lächelte ermunternd.

„Wie sollte ich? Der Mann lebte ja im Untergrund. Er hatte uns total abgeschrieben. Und wie hätte ich das gegenüber meiner Mutter vertreten sollen, wenn ich ihn noch getroffen hätte? Nein, da gab es keinerlei Berührungspunkte mehr."

„Haben Sie Ihren Vater nicht manchmal vermißt? Als Junge braucht man oft väterlichen Beistand, oder?"

„Mir hat da nichts gefehlt. Meine Mutter hat sich besonders intensiv um uns gekümmert. Wir haben nichts entbehrt, meine Schwester und ich."

„Und wie war es zum Beispiel in der Schule, als bekannt wurde, daß Ihr Vater ins Gefängnis mußte?"

„Ich war noch klein damals und habe nichts zu spüren bekommen. Wie es bei meiner Schwester war, müssen Sie sie fragen. Aber was hat das alles mit dem Mord an meinem Vater zu tun?" fragte der Junge ungeduldig. Er stand noch immer in der Tür und bewegte sich nicht. Zumeist schaute er zu Boden, und wenn er aufblickte, suchte er den Blick von Yvonne Uphoff.

„Wir versuchen, uns ein Bild zu machen von dem Milieu, aus dem der Tote stammt, um vielleicht ein Mordmotiv zu finden", erklärte Spengler.

Der Junge lachte plötzlich auf. „Mordmotiv? Na, da müssen Sie doch nicht lange suchen. Wir alle haben ein Motiv: Meine Mutter, meine Wenigkeit, meine Schwester und alle diejenigen, die er hereingelegt und betrogen hat. Es wimmelt doch nur so von Motiven."
„Ja, da haben Sie wohl recht." Spengler schloß sich seinem Lachen an.
„Was meinen Sie, wie oft ich ihm die Pest an den Hals gewünscht habe. Fragen Sie meine Mutter, wie oft ich gesagt habe, daß ich ihn am liebsten umbringen würde. Eigentlich müßten Sie mich jetzt gleich verhaften, so verdächtig bin ich."
„Interessanter Hinweis", meldete sich Friedberg. „Dann verraten Sie uns doch bitte, wie und wo Sie den gestrigen Abend verbracht haben."
„Oh, es wird ernst!" Der Junge grinste Yvonne an. „Könnte mich nicht die nette Anwärterin mit Abitur vernehmen? Dann fällt mir ein Geständnis leichter."
„Ich finde das nicht lustig", schnauzte Friedberg.
„Aber ich. Sie müssen verstehen, daß ich heute Grund zur Freude habe, weil der Mistkerl endlich den Löffel abgegeben hat. Hast du auch einen Vornamen?" wandte er sich an die Uphoff.
„Yvonne", sagte sie. „Du solltest uns nicht verarschen, Mirko. Wir machen hier unseren Job, und der Anlaß ist bestimmt nicht lustig."
„Wie du meinst. Also: ich war gestern abend bei meinem Freund Kevin Köhler, und wir waren den ganzen Abend bei Facebook unterwegs. Er wird das gern bestätigen. Willst du seine Adresse?"
„Ja, bitte." Yvonne hatte Notizblock und Kuli parat.
„Heinrich-Heine-Straße fünf."
„Danke."
„Für ein hübsches Mädchen tut man doch alles."
„Es reicht jetzt." Friedberg richtete sich verärgert auf. „Das ist hier kein Kaffeeplausch. Wenn Sie uns noch irgendwas Vernünftiges zu sagen haben, dann tun Sie es bitte. Ansonsten vergeuden wir nur unsere Zeit."

Spengler seufzte. „Sagen Sie, Mirko, warum machen Sie hier den Clown? Was müssen Sie überspielen? Geht Ihnen der Tod Ihres Vaters wirklich nicht nahe?"

„Wenn ich es richtig verstehe, wollen Sie mich mit Ihrer väterlichen Tour dazu bringen, Gefühle zu zeigen. Erwarten Sie Tränen oder was? Ich könnte heulen, ja, aber nicht aus Trauer, sondern wegen all des Unheils, das dieser Mann angerichtet hat. Haben Sie sich meine Mutter mal angesehen? Warum sieht die aus wie 'ne wandelnde Leiche? Warum hat sie diese Augenkrankheit? In einem widerwärtigen Call-Center muß sie schuften, um uns durchzufüttern. Meine Schwester verdient sich ihr Studium mit Gelegenheitsjobs, und ich muß auch in den Ferien ran und Werbezettel in Briefkästen stecken. Und dieser Kerl hat Hunderttausende mit seiner Tussi verjuxt. Wo soll da Trauer bei mir herkommen?"

„Wohnen Sie hier zur Miete?" fragte Friedberg.

„Was tut das zur Sache?"

„Ich frage, weil das hier alles Eigentumswohnungen sind, soviel ich weiß."

„Aber viele sind vermietet. Im übrigen müssen Sie darüber mit meiner Mutter sprechen. Ich hab hier mein Zimmer, und alles andere geht mich nichts an."

„Wir würden gern mit Ihrer Schwester reden. Wo können wir sie erreichen?"

„Die ist selten zu Hause. Am besten rufen Sie sie auf ihrem Handy an. Yvonne, bist du bereit?"

„Klar." Sie zückte ihren Kuli und notierte die Nummer, die er diktierte.

„Gut denn, das wär's erstmal. Wenn wir noch Fragen haben, melden wir uns. Heute abend sprechen wir noch mal mit deiner Mutter. Vielleicht sehen wir uns dann ja." Friedberg stand auf.

„Ich finde, Sie sollten beim ‚Sie' bleiben. Hier duzt mich nur Yvonne." Er wandte sich zum Gehen.

„Einen Moment noch." Spengler hob die Hand. „Ich möchte gern wissen, ob Sie sich an die Zeit erinnern, als Ihr Vater noch zu

Hause war, an Ihre frühe Kindheit?"

„Sicher. So was vergißt man nicht. Er war ein prima Vater. Ich hab ihn sehr gemocht. Es war lustig mit ihm. Er konnte tolle Spiele erfinden oder Märchen erzählen. Solange er da war, gab es nichts zu meckern. Umso schlimmer war es dann, als er nicht mehr da war. Machen Sie mal einem kleinen Jungen klar, warum der geliebte Papa plötzlich verschwunden ist. Damit muß sich so ein Knirps einfach abfinden. Das tut verdammt weh. Trotzdem, Herr Kommissar, Gefühle sind nicht angesagt. Das ist Vergangenheit, den kleinen Jungen von damals gibt es vielleicht noch auf Fotos, aber nicht mehr in mir."

„Das glaube ich Ihnen nicht."

„Ihr Problem. Tut mir leid, daß ich Sie enttäusche. Yvonne, deine Nase ist wirklich zum Anbeißen."

„Und wie steht es in der Schule? Guter Zensurenschnitt?" Spengler ließ nicht locker.

„Bestens. Auch da stoßen Sie ins Leere. Ich bin kein Außenseiter, kein Versager. Wie Sie sehen, kleide ich mich ordentlich, dusche täglich, putze mir zweimal am Tag die Zähne und bin der Zweitbeste in der Klasse. Ich bin ein total angepaßter Typ."

„Und nicht gerade auf den Mund gefallen." Spengler lachte.

„So sagt man. Das könnte man mir vorhalten, jedenfalls nach Meinung einiger Lehrer. Aber da ich mein vorlautes Benehmen durch gute Leistungen kompensiere, bin ich irgendwie unangreifbar. Und das macht mir Spaß. Haben Sie nun Ihr Psychogramm von Mirko Buchmann beisammen, Herr Kommissar?"

„In etwa. Weiteres wird sich ergeben, da bin ich sicher. Ich denke, wir werden uns noch öfter sprechen."

„Soll das eine Drohung sein?"

„Überhaupt nicht. Nur ein Hinweis darauf, daß ich Sie für einen sehr interessanten jungen Mann halte."

„Und das aus dem Mund eines Polizisten. Muß ich wohl stolz drauf sein."

„Noch stolzer könnten Sie sein, wenn Sie manchmal ein wenig

von dem zeigen würden, was wirklich in Ihnen geschieht."

„Nun muß ich wohl in mich gehen."

„Und dabei sollten Sie überlegen, ob es unbedingt wichtig ist, immer das letzte Wort zu haben."

„Oh!" Der Junge hielt sich gespielt erschrocken die Hand vor den Mund.

Schon im Auto machte sich Friedberg Luft: „Was für ein arrogantes Arschloch!"

„Da hat einer viel zu überspielen. Meinst du, Yvonne kommt mit meinem Fahrrad klar?"

„Ich seh' sie im Rückspiegel. Sie wirkt sehr vergnügt."

„Ich glaube, sie hatte ihren Spaß an dem Jungen."

„Da wäre sie die einzige."

„Du vergißt mich. Ein origineller Bursche, finde ich. Von dem haben wir noch einiges zu erwarten."

„In welcher Hinsicht?"

„Keine Ahnung. Aber aus solchem Holz sind Erfolgsmenschen geschnitzt."

„Oder Psychopathen."

In der Kantine stieß Yvonne wieder zu ihnen. Sie reichte Spengler den Fahrradschlüssel.

„Ich danke Ihnen."

„Gern. Na, was sagen die Herren zu diesem Wunderknaben?"

„Tja. Irgendwie beeindruckend. Aber Kollege Friedberg sieht das anders."

„Was haben Sie denn an ihm auszusetzen, Heiner?" wandte sie sich an Friedberg.

„Seine große Klappe. Mit siebzehn redet der wie ein alter Mann."

„Bei so einer Kindheit hat man doch nur zwei Möglichkeiten: entweder man gerät selbst auf die schiefe Bahn, oder man will besonders positiv hervorstechen."

„Nun hör dir unser Küken an!" Friedberg grinste. „Sie haben sich offensichtlich auch für letztere Variante entschieden."

Yvonne streckte ihm die Zunge raus und widmete sich ihrem Salatteller. Sie ließ das Haar wie eine Gardine vors Gesicht fallen, um ihre Röte zu verbergen.

„Jedenfalls ist er ein heller Junge und hat völlig recht damit, daß viele Leute ein Motiv haben, sich an Buchmann zu rächen. Wen knöpfen wir uns als nächsten vor?"

„Ich bin für die Schwester", sagte Friedberg. „Mädels machen vielleicht mehr Spaß als altkluge Jungen."

„Seit wann geht es um Spaß bei diesem Job? Aber meinetwegen", brummte Spengler.

„Prima. Yvonne, Sie haben die Nummer aufgeschrieben. Rufen Sie doch mal an."

„Darf ich eben aufessen?" fragte sie patzig hinter dem Haarvorhang. Hastig stopfte sie sich mit grünem Zeug voll.

„Oh, unsere junge Kollegin ist sauer. Entschuldigung. War nicht so gemeint." Friedberg deutete eine Verbeugung an.

„Erstens bin ich kein Küken mehr und zweitens leide ich nicht an krankhaftem Ehrgeiz."

„Wer hat was von krankhaftem Ehrgeiz gesagt?"

„Sie. Jedenfalls gemeint haben Sie das. Und Ihr Macho-Gehabe ist auch nicht unbedingt mein Fall."

„Jetzt bin ich aber überrascht. Was meinen Sie mit Macho-Gehabe?"

„Wenn Sie zum Beispiel im Zusammenhang mit Mirkos Schwester davon sprechen, daß Mädels mehr Spaß machen. Mahlzeit. Ich gehe jetzt telefonieren." Sie nahm ihren Teller, schob ihn in ein Regal für schmutziges Geschirr und verschwand.

„Was grinst du so blöd?" fauchte Friedberg seinen Kollegen an.

„Tu ich das? Ist mir gar nicht bewußt." Spengler wischte sich den Mund.

„Da gehen wir ja schönen Zeiten entgegen mit einer Emanze an Bord."

"Nicht jede, die an deinem Benehmen Anstoß nimmt, muß eine Emanze sein. Vielleicht solltest du die Gelegenheit nutzen, dich mal selbst ein wenig zu hinterfragen."

"Das fehlte noch, daß ich bei so einer in die Benimm-Schule gehe."

"Bisher hatte ich den Eindruck, daß du gern etwas von ihr annehmen würdest."

"Was soll das heißen?"

"Rate mal."

Im Büro saß Yvonne an ihrem Behelfstisch und beugte sich tief über einen aufgeschlagenen Ordner.

"Tut mir leid, wenn ich was Falsches gesagt habe. Aber ich bin es nicht gewöhnt, jedes Wort auf die Goldwaage zu legen", sagte Friedberg, als er sich an seinen Schreibtisch setzte.

Sie reagierte nicht. Friedberg sah Spengler hilfesuchend an. Der flüsterte ihm in Ohr: "Schon wieder der falsche Ton."

"Ach, Scheiße!" schimpfte Friedberg.

"Petra Buchmann erwartet uns um drei in ihrer Wohnung in der Neustadt, in der Gastfeldstraße dreiundachtzig. Sie hatte schon mit uns gerechnet, weil ihre Mutter sie vorgewarnt hat", meldete Yvonne geschäftsmäßig cool.

"Danke", sagte Spengler und wartete, bis sie aufschaute, schüttelte leicht den Kopf und blickte hinüber zu Friedberg, der wütend aus dem Fenster starrte. Sie nickte zustimmend und sagte laut: "Entschuldigung angenommen, Kollege Friedberg."

Spengler sah ihm an, wie schwer es ihm fiel, in die Normalität zurückzufinden. Der Satz: "Da bin ich aber froh" war mit viel Mißmut unterlegt.

Über einen engen Aufgang mit steiler Treppe erreichten sie die Dachgeschoß-Wohnung von Petra Buchmann. Spengler spürte wieder seine Beine und geriet außer Atem. Eine hübsche junge Frau begrüßte sie mit Handschlag und bat sie in ein kleines Wohnzimmer mit Blick nach Süden über bunte Gärten. Eine Treppe führte nach oben in den ausgebauten Giebel.

Petra Buchmann zeigte auf eine zierliche Sitzgarnitur und fragte, ob sie etwas anbieten könnte, Sprudel oder O-Saft. Als die drei dankend ablehnten, setzte sie sich und zupfte an ihrer Sommerbluse, die sie offen über einer hellen Hose und einem engen Top trug. Im Gegensatz zu ihrer Mutter war sie überaus attraktiv und betonte das auch mit Wimperntusche und Lippenstift. Das blonde Haar war mit dunkleren Strähnen durchsetzt, die großen blauen Augen hatten nicht die Helligkeit des Bruders, wirkten ein wenig verschattet. Schlafzimmeraugen, würde Irmgard sagen.

Auch ihr war keine Erschütterung oder Trauer wegen des Todes des Vaters anzumerken. Munter fragte sie: „Was kann ich für Sie tun?"

„Ihre Mutter hat Sie ja bereits darüber informiert, was vorgefallen ist. Ihr Vater ist gewaltsam zu Tode gekommen, und wir sind beauftragt, den Fall aufzuklären", sagte Spengler und ärgerte sich über seine bürokratische Redeweise. In Gegenwart dieser verführerischen jungen Frau, in diesem sonnigen hellen Zimmer mit graziösen Möbeln, mit geschmackvollen Grafiken an den Wänden, mit bunten Blumen auf dem Balkon kam es ihm plötzlich absurd vor, über so etwas Düsteres wie Mord sprechen zu müssen.

„Ja, irgendwie traurig, aber ich muß gestehen, daß mir der Tod meines Vaters nicht sehr nahe geht. Ich habe ihn seit Jahren nicht gesehen und nur unschöne Erinnerungen an ihn."

„Ihr Bruder hat uns gesagt, daß Enno Buchmann in guten Zeiten ein aufmerksamer und liebevoller Vater war."

„Kommt darauf an, wie man innerlich strukturiert ist. Der eine speichert das Positive und verdrängt das Negative, beim anderen ist es umgekehrt. Ich jedenfalls erinnere mich vor allem an grausame Szenen damals, als alles zusammenbrach. Ich war ein Mädchen in der beginnenden Pubertät und hätte sehr viel Zuwendung gebraucht, stattdessen finanzieller Ruin und Offenbarung all seiner häßlichen Weibergeschichten. Aus dem geliebten Papa wurde mit einem Schlag ein Monstrum."

„Hat es auch keine Versöhnung gegeben, als er aus dem Gefängnis nach Hause kam?"

„Wie denn? Er hatte überhaupt keine Augen für uns. Er war ein gebrochener Mann und völlig paranoid. Er lebte in ständiger Angst vor irgendwelchen Verfolgern, die sich an ihm rächen wollten. Das war auch der Grund, weshalb er abgetaucht ist."

„Wovon hat er im Untergrund gelebt? Man hat uns erzählt, daß er immer gut bei Kasse war."

„Angeblich hat er alles Geld durchgebracht, vor allem in Monte Carlo verspielt. Aber es ist gut möglich, daß er ein Sümmchen beiseite geschafft und davon später gelebt hat. Zuzutrauen wäre ihm das. Vielleicht kann Ihnen Julia Blome mehr dazu sagen. Sie war ja damals dabei und hat seine Angaben vor Gericht bestätigt. Jedenfalls hat sie heftig profitiert von seinem ergaunerten Reichtum."

„Ihre Mutter, Sie und Ihr Bruder sind völlig leer ausgegangen?" fragte Friedberg.

„Allerdings. Alles, was wir besitzen, haben wir uns selbst erarbeitet. Ich jobbe für mein Studium ..."

„Was studieren Sie?" unterbrach Friedberg, was ihm einen indignierten Blick eintrug.

„Germanistik und Anglistik. Ich will Lehrerin werden, wenn's recht ist."

„Entschuldigung." Friedberg lächelte reuig.

„Also ich wollte sagen, daß wir alle drei gelernt haben, unseren Mann zu stehen. Ich formuliere das absichtlich so, weil uns ja männlicher Beistand versagt blieb. Mittlerweile habe ich zum Glück einen Mann an meiner Seite, der mich unterstützt, wo er kann. Er zahlt die Miete für diese Wohnung, er hat die Möbel gekauft und trotzdem kann er mir das Gefühl geben, daß das mein Zuhause ist."

„Und wer ist der Mann?"

„Warum fragen Sie? Glauben Sie, er hat meinen Vater getötet, um mich zu rächen, um ihn für alle seine Missetaten zu bestrafen?" Sie lachte. „Eigentlich eine hübsche Vorstellung. Vielleicht ein bißchen mittelalterlich, aber irgendwie tröstlich. Der ritterliche Galan, der den Handschuh in den Ring wirft und für die Dame seines Herzens den Bösewicht in die Hölle schickt."

„Frau Buchmann, wir haben einen Mordfall aufzuklären", sagte Spengler ernst, „und sind auf Ihre Hilfe angewiesen."

„Aber ich gebe mir doch Mühe." Sie hatte plötzlich Tränen in den Augen. „Er heißt Thomas Kampe, ist fünfunddreißig Jahre alt und Dozent an der Uni. Er ist der friedfertigste Mensch der Welt, und ich möchte nicht, daß er mit dieser Angelegenheit belästigt wird."

„Trotzdem wäre es für uns wichtig zu erfahren, ob Sie uns irgendeinen Hinweis geben können, wer ein Interesse am Tod Ihres Vater gehabt haben kann."

„Oh, so einige. Ich zum Beispiel. Oder meine Mutter, mein Bruder ..."

„Haben Sie sich mit dem abgesprochen?" unterbrach Friedberg.

„Wieso?"

„Weil Sie haargenau das wiederholen, was er uns auch gesagt hat. Fehlt nur noch der Hinweis auf die Geschädigten."

„Stimmt. Ja, das ist die Wahrheit. Und Mirko und ich gehören zu den Hauptverdächtigen. Wollen Sie Fingerabdrücke oder eine DNA-Probe?"

„Und warum weinen Sie?" fragte Spengler.

„Weil die Scheiße nie aufhört!" platzte sie heraus. „Meine ganze Jugend hat mir der Kerl versaut, wie eine Stigmatisierte wurde ich behandelt. ‚Die Tochter von dem Buchmann', ‚der Apfel fällt nicht weit vom Stamm', ‚so was liegt im Blut' und so weiter und so weiter. Und jetzt muß man sich auch noch rechtfertigen für seinen Tod."

„Sie müssen sich nicht rechtfertigen. Es verdächtigt Sie niemand. Uns geht es nur darum, irgendeine Spur zu finden, die uns weiterbringt."

„Mein Gott, er hat in einem Milieu gelebt, in dem es genug Gewalttätigkeit gibt. Wenn er wirklich Geld beiseite geschafft hat und ihm jemand auf die Schliche gekommen ist, ist das doch wohl ein Tatmotiv ersten Ranges. Warum belästigen Sie seine Familie, die sich trotz seines Verrats selbständig organisiert hat und stolz darauf sein kann?"

„Wir wollen Sie nicht belästigen. Wir bitten Sie ganz höflich um Unterstützung."

„Unterstützung? Wer braucht hier Unterstützung? Ich jedenfalls werde mich so einem Verhör nicht noch einmal allein aussetzen. Das nächste Mal werde ich meinen Freund um Unterstützung bitten. Wie kommen Sie dazu, mich zu verdächtigen? Überprüfen Sie mein Alibi. Ich war gestern den ganzen Abend mit Thomas zusammen. Ich habe oben an meinem Referat geschrieben, und er hat hier unten gelesen. Da auf dem Stuhl hat er gesessen, da wo Sie sich jetzt breit machen und hier die Atmosphäre vergiften. Mein Gott, ich krieg keine Luft mehr!" Sie sprang auf, riß die Balkontür weit auf und lehnte sich schwer atmend ans Geländer.

Spengler, auf den sie wütend gezeigt hatte, gab Friedberg, der etwas sagen wollte, ein Zeichen zu schweigen, indem er den Zeigefinger auf den Mund legte. Sie warteten stumm, bis Petra Buchmann wieder hereinkam und sich setzte. Die Tränen ließ sie einfach laufen, auch wenn sie ihr die Wimperntusche verschmierten. Sie wandte sich an Yvonne.

„Sie dürften etwa in meinem Alter sein und vielleicht ein bißchen nachvollziehen können, wie mir zumute ist."

Yvonne nickte. „Klar. Unbedingt."

„Ist das Ihr erster Fall?"

„Ja. Ich bin erst seit kurzem in der Mordkommission. Ich bin noch in der Ausbildung."

„Freut mich, dich kennenzulernen." Sie streckte Yvonne die Hand hin. „Dann bist du jedenfalls noch nicht in Routine verkommen, gehst nicht nach Schema F vor, kannst Menschen noch als Individuen wahrnehmen, oder?"

„Ich hoffe," sagte Yvonne ein wenig hilflos.

„Es bringt doch nichts, unsere junge Kollegin gegen uns auszuspielen. Wir sind ein Team", konnte sich Friedberg nicht verkneifen.
„Wirklich ein tolles Team. Wie ein Klischee. Sie spielen den bad boy und Ihr älterer Kollege den lieben Pappi. Tausendmal gehabt."
„Und tausendmal bewährt. Ich glaube, wir sollten jetzt gehen." Friedberg stand auf.
„Wie kommst du mit dem Macho klar?" fragte Petra die junge Polizistin.
Spengler konnte nicht mehr an sich halten und brach in lautes Gelächter aus.

Auf der Wilhelm-Kaisen-Brücke hatte es einen Unfall gegeben, so daß sich der Verkehr in der Friedrich-Ebert-Straße weit zurück staute. Friedberg saß am Steuer und klopfte nervös auf das Lenkrad. Spengler hatte Mitleid mit ihm, denn der Arme hat viel wegstecken müssen an diesem Tag, und nun auch noch ein Stau, der Friedberg die Möglichkeit verwehrte, sich auf dem Gaspedal auszutoben und so seinen Frust abzureagieren. Yvonne hinter ihnen gab keinen Laut von sich, um den Kollegen nicht noch mehr zu reizen, vermutete Spengler.
„Soll ich über den Buntentorsteinweg zurück und über die Erdbeerbrücke fahren?" fragte Friedberg.
„Wie du meinst. Du bist der Fahrer."
„Danke. Dann bleib ich im Stau. Da weiß man, woran man ist", sagte Friedberg düster.
„Frau Buchmann erwartet uns um sechs."
„Ab sechs. Sie wird uns schon nicht weglaufen."
„Wie du meinst."
„Wie du meinst", äffte Friedberg ihn nach. „Ich meine im Moment überhaupt nichts, ich habe nur die Schnauze gestrichen voll."
„Frau Buchmann ist aus dem Alter raus, in dem man als Frau den Männern gegenüber Unabhängigkeit demonstrieren muß."
„Versprichst du mir das? Yvonne, was mache ich eigentlich falsch?" wandte er sich nach hinten.

„Warum wollen Sie das jetzt noch vertiefen? Nur soviel: es wollte Sie niemand verletzen, auch Petra Buchmann nicht, da bin ich sicher."
„Ich bin nicht verletzt."
„Umso besser. Ich finde, wir sollten das jetzt begraben."
„Ich auch", pflichtete Spengler ihr bei.
„So einfach ist das also. Man wird in eine Schublade gesteckt, auf der ‚Macho' steht, und alles ist erledigt."
„Man muß auch mal aufhören können. Was erwartest du von uns? Daß wir beiden vor dir auf die Knie fallen und um Verzeihung bitten?"
„Ein hübsches Bild." Friedberg lachte. „Nur wie willst du dann wieder hochkommen ohne meine Hilfe bei deinen maroden Knochen?"
Spengler lachte mit und schluckte seinen Ärger runter.

Diesmal hatte sich Freia Buchmann ein wenig zurecht gemacht und sah nicht mehr ganz so elend aus wie am Vormittag. Sie trug auch eine kleinere Sonnenbrille. Man konnte sich jedenfalls vorstellen, daß sie als junge Frau durchaus ihre Reize gehabt haben mußte und daß Enno Buchmann keine graue Maus geehelicht hatte.

Spengler und Friedberg hatten Yvonne am Präsidium abgesetzt, um ihr unnötige Überstunden zu ersparen, was die Kollegin nur mit Mißmut akzeptierte. Also saßen sie zu zweit der Frau gegenüber, die Tee gekocht und Gebäck bereit gestellt hatte.

„Ich weiß eigentlich nicht, worüber wir noch reden müssen", eröffnete sie das Gespräch. „Es ist doch alles gesagt, zumal Sie ja auch die Kinder vernommen haben. Meiner Tochter hat das ziemlich zugesetzt, hat sie mir erzählt. Mirko ist da dickfelliger."

„Wir bedauern, daß wir Ihrer Familie einiges zumuten müssen, aber es ist doch sicher auch in Ihrem Interesse, wenn wir die Sache möglichst schnell aufklären und den Täter dingfest machen", sagte Spengler mit einem Lächeln.

„Nein, durchaus nicht. Der Mann, der gestorben ist, hat mit uns

nichts zu tun. Es ist uns egal, wer und was dahinter steckt", sagte sie hart.
„Warum haben Sie sich nicht von ihm scheiden lassen, wenn er Ihnen so gar nichts mehr bedeutet?"
„Ach, das hat sich nicht ergeben. Ob ich auf irgendwelchen Papieren noch seine Frau bin, spielt keine Rolle. De facto waren wir geschieden."
„Aber als seine Frau sind Sie auch seine Erbin."
„Und was gibt es zu erben? Seine alten Klamotten?"
„Sie haben heute morgen selbst gesagt, daß er Ihrer Meinung nach einiges an Geld beiseite geschafft hat."
„Ja, dafür spricht vieles. Ich glaube nicht daran, daß er das Geld verspielt hat. Dazu war er zu geizig."
„Dann würden Sie und die Kinder das Geld jetzt erben."
„Wie das? Alle Geschädigten müßten doch sofort Ansprüche anmelden, wenn plötzlich Geld auftauchen würde. Ich könnte es auch gar nicht annehmen, weil es gestohlen ist. Ich habe mein Auskommen und bin zufrieden."
„Wohnen Sie hier eigentlich zur Miete?" fragte Friedberg.
„Nein, die Wohnung gehört mir."
„Seit wann?"
„Warten Sie, da muß ich rechnen. Mirko war damals fünf. Seit zwölf Jahren. Enno hat sie mir seinerzeit gekauft. ‚Für alle Fälle' hat er gesagt."
„Für alle Fälle", wiederholte Friedberg süffisant.
„Sie sagen das so verächtlich. Immerhin eine kleine Wiedergutmachung für all das, was er mir später angetan hat."
„Jedenfalls kamen die Gläubiger auf diese Weise nicht an den Besitz heran. Ich nehme mal an, er hat sich selbst ein gewisses Sicherheitspolster schaffen wollen."
„Sie trauen ihm wohl überhaupt nichts Positives zu. Jetzt bringen Sie mich in die Lage, daß ich ihn noch verteidigen muß. Er hat nie Anspruch erhoben auf diese Wohnung", sagte sie empört.
„Entschuldigung. Man wundert sich eben ein bißchen. Sie haben

sich nicht scheiden lassen, Sie besitzen eine von ihm bezahlte Wohnung und wollen uns trotzdem weismachen, daß er für Sie all die Jahre nicht mehr existiert hat. Schon ein wenig widersprüchlich, finden Sie nicht?"

„Ich weiß nicht, worauf Sie hinaus wollen."

„Und Sie wußten, daß er immer noch über Geld verfügt hat. Könnte es sein, daß Sie uns was vorspielen?"

„Was unterstellen Sie mir?" fragte sie wütend.

„Daß es noch Kontakt zwischen Ihnen gab zum Beispiel. Daß Sie mehr über das verschwundene Geld wissen, als Sie zugeben. Daß Sie vielleicht in Zukunft nicht mehr arbeiten müssen, weil Sie eine heimliche Erbschaft machen und davon leben können."

„Warum sagen Sie nicht gleich, daß ich Enno umgebracht habe, um mir sein Geld anzueignen?!" Sie zitterte vor Wut.

„Muß ich doch nicht. Sie sagen es ja selbst." Friedberg lehnte sich zufrieden lächelnd zurück.

Spengler seufzte. „Bitte beruhigen Sie sich, Frau Buchmann. Es ist schon richtig, daß es da einige Ungereimtheiten gibt, aber niemand verdächtigt Sie, den Mord begangen zu haben. Warum erklären Sie uns nicht einfach, weshalb Sie sich nicht haben scheiden lassen? Sie hatten doch allen Grund dazu."

Sie trank nervös vom Tee und strich sich den Pony aus dem Gesicht. Die Aufregung hatte es gestrafft, so daß sie fast hübsch aussah.

„Weil das Dinge sind, über die ich bisher mit niemandem gesprochen habe, auch nicht mit den Kindern. Ich wollte die endgültige Trennung nicht, weil da immer noch so ein Funken Hoffnung in mir war. Vielleicht, vielleicht, vielleicht. Ich konnte mir auch nie vorstellen, daß dieser Halunke derselbe Mann war, der mich über viele Jahre geliebt und verwöhnt hatte, mit dem ich zwei Kinder gezeugt habe. Ich habe bis heute immer darauf gewartet, daß es einen Knall gibt, und alles wieder so wie früher ist. Es ist verrückt, für mich war dieser Mann vor Gericht nur ein häßlicher Ableger, ein Doppelgänger des Menschen, dem meine ganze Liebe gehörte. Klingt kitschig, ich weiß. Aber Sie wollen es ja nicht anders. Daß ich ausgerechnet vor Polizisten eine solche Beichte ablegen würde, hab ich mir nicht träumen lassen."

Sie wischte sich mit dem Blusenärmel die Augen. Spengler hätte sie am liebsten in den Arm genommen, aber er wußte, daß auch solche Momente trügerisch sein konnten. Man konnte nur staunen, über wie viel schauspielerisches Talent manche Leute verfügten. „Also haben Sie auch nie ganz den Kontakt zu ihm verloren?" fragte Spengler behutsam.

„Nein. Aber wir haben nur telefoniert. Hier zu Hause hätte ich ihn nicht ertragen können. Er hat sich vor allem immer wieder nach den Kindern erkundigt."

„Wußten die von diesen Kontakten?"

„Um Himmels willen, nein. Das hätten sie nie verstanden."

„Und gesehen haben Sie ihn überhaupt nicht?"

„Ach, was quälen Sie mich mit diesen Einzelheiten?"

„Also haben Sie ihn gesehen."

„Sehr, sehr selten. Es ist eben schwer, als Frau ganz allein zu sein."

„Und wo haben Sie sich getroffen?"

„Mal hier, mal da."

„Genauer, wenn's geht."

„Manchmal in einer Pension in Arsten und zum Schluß manchmal in einem Wohnwagen, den er gemietet hatte."

„Und es kam zu Intimitäten?"

„Was fragen Sie", sagte sie resigniert. „Was meinen Sie, wie ich mich geschämt habe. Ich wußte immer, daß ich nicht die einzige war, und trotzdem mußte ich ihn haben, wenn auch nur für ein paar Minuten." Sie schüttelte sich und biß sich auf die Unterlippe. „Ich weiß nicht, welche Konsequenzen Sie aus dem Gesagten ziehen, aber ich flehe Sie an, meine Kinder nicht zu informieren. Die würden mich nur noch verachten."

„Wenn es sich irgendwie vermeiden läßt, werden wir das berücksichtigen. So leid es mir tut, ich muß Sie nun fragen, wie Sie gestern den Abend verbracht haben."

„Wie immer. Hier vor dem Fernseher. Mirko war bei seinem

Freund, und ich habe mich müde gegafft."

„Sie sagten heute morgen, wir würden Mirko jetzt hier treffen."

„Er glaubt, alles gesagt zu haben, was in diesem Zusammenhang nötig ist. Er ist zu seinem Freund Kevin gegangen. Die beiden hocken ständig zusammen. Kennen sich schon aus der Grundschule. Ich bin froh über diese Beziehung. Sie gibt Mirko Halt."

„Braucht er denn Halt?" fragte Spengler.

„Er ist ohne Vater aufgewachsen. Kevin ist wie ein Bruder für ihn und vielleicht sogar ein bißchen Vaterersatz. Ein sehr ernsthafter, zuverlässiger Junge."

„Sagen Sie uns bitte noch, in welcher Pension Sie sich mit Ihrem Mann getroffen haben und wo der Wohnwagen steht."

„Der Wohnwagen steht in Schnepke bei Syke. Ob Enno ihn in der letzten Zeit noch benutzt hat, weiß ich nicht. Beim Bauern Wührmann."

„Und wie sind Sie dahin gekommen?"

„Mit dem Zug bis Syke und dann mit dem Taxi."

„Und die Pension?"

„Die gibt es nicht mehr. Das Haus wurde total renoviert und zu Eigentumswohnungen gemacht."

„Danke. Wir bleiben in Verbindung." Spengler erhob sich.

„Ich hoffe, Sie denken jetzt nicht schlecht von mir." Sie geleitete die Männer hinaus und schloß hinter ihnen ab.

Spengler warf sich in den Sessel vor dem Fernseher, in der einen Hand eine Flasche Bier, in der anderen einen Teller mit einem Käsebrot. Gerade rechtzeitig für die Tagesschau. Das Neueste von der Wirtschaftskrise, von unsoliden Banken, von Börsenturbulenzen, von hilflosen Politikern. Der übliche Tanz ums goldene Kalb, aber kein alttestamentarischer Prophet, der dem wüsten Treiben ein Ende setzte.

Spengler hätte nie gedacht, daß man sich auch an Hiobsbotschaften gewöhnen konnte, daß man dagegen abstumpfte, daß man sich dabei langweilte. Zu sehr war er noch mit den Enthüllungen von

Freia Buchmann beschäftigt, mit den Geheimnissen der weiblichen Seele. Vielleicht konnte ihm Irmgard mehr dazu sagen.

Nach dem Wetterbericht rief er sie an und erzählte ihr von den Offenbarungen einer gedemütigten Ehefrau.

„Kannst du dir einen Reim darauf machen?" fragte er schließlich.

Irmgard lachte. „Da siehst du mal, wohin es führt, wenn man sich allzu dicht auf der Pelle sitzt. Die Abgründe des Ehelebens."

„Schade, daß du das gleich auf uns beziehst. Ich wollte nur wissen, ob du so etwas nachvollziehen kannst."

„Nein, überhaupt nicht."

„Wäre so eine Frau auch zu einem Verbrechen fähig?"

„Was weiß ich! Wozu habt ihr eure Psychologen?"

„Warum bist du so kurz angebunden?"

„Bin ich das?"

„Ach, vertagen wir uns auf ein andermal. Gute Nacht."

„Gute Nacht."

III

Die Laborbefunde brachten wenig Aufschlußreiches. Die Wunden auf Buchmanns Hals und Brust waren ihm wahrscheinlich mit einem metallenen Gegenstand zugefügt worden, womöglich mit einer Gabel oder einer kleinen Gartenhacke, deren Zacken man nachgeschärft hatte. Jedenfalls waren feinste Rostspuren nachgewiesen worden. Es handelte sich also nicht um eine zufällige Tötung, sondern um einen sorgfältig vorbereiteten Mord. Man hatte Haare des Toten auf seiner Kleidung gefunden, aber keine fremden. Auch ansonsten keine Hinweise auf den oder die Täter. Die Fundstelle der Leiche war nicht identisch mit dem Tatort, man hatte sie einfach ins Gebüsch gelegt, dabei aber keine Fußabdrücke hinterlassen. Der Boden an der Stelle war trocken und fest. Deswegen ließ sich auch nicht feststellen, wie der Tote in den Park transportiert worden war. Keinerlei Reifenspuren.

„Na, prima", sagte Spengler, „von der Seite ist also kaum Hilfe zu erwarten." Sie saßen zu dritt im Büro und planten ihr weiteres Vorgehen.

Friedberg hatte zuvor mit Kollegen gesprochen, die seinerzeit den Fall Buchmann bearbeitet hatten.

„Also die vermuten auch, daß Buchmann Geld beiseite geschafft hat. Sie haben ihn sogar nach seiner Freilassung noch eine Zeitlang beobachtet, aber ohne Erfolg. Er hat nie größere Summen in Umlauf gebracht. Auch die Vernehmungen von Julia Blome und Freia Buchmann führten zu nichts. Es steht zu vermuten, daß Buchmann niemandem von dem Versteck, wenn es denn eins gibt, erzählt hat."

„Vielleicht war genau das der Grund, weshalb man ihn getötet hat. Jemand wollte an sein Geld, und als er damit nicht rausrückte, mußte er auf diese Weise büßen", sagte Spengler nachdenklich.

„Ich glaube auch, daß das Geld eine wichtige Rolle spielt in diesem Fall", sagte Yvonne eifrig.

„Sowieso. Es ging von vornherein immer nur um Geld. Nur kann ich mir nicht vorstellen, daß jemand, der von dem verschwundenen Geld weiß, denjenigen, der das Versteck kennt, umbringt. Gewalt anwenden, foltern – ja. Aber kalt machen – nein", sagte Friedberg bestimmt.

„Vielleicht ein Unfall beim Foltern. Man droht Buchmann mit dem Tod, wenn er das Versteck nicht verrät, und packt ihn an der Gurgel, um der Drohung Nachdruck zu verleihen. Und dann ist es passiert, zumal Buchmann betrunken war und womöglich schneller erstickt ist, als abzusehen war." Yvonne Uphoffs Gesicht glänzte vor Eifer.

„Wie auch immer, wie gehen wir weiter vor?" fragte Spengler bedächtig. „Von Familie Buchmann hab ich fürs erste die Schnauze voll. Auch wenn noch einige Fragen offen bleiben, ist da wenig zu holen."

„Bin ich mir nicht sicher", widersprach Friedberg. „Wenn sie heimlich, still und leise die Ehe weitergeführt hat, kann sie auch das Geld beiseite geschafft und versteckt haben. Womöglich hat dann Buchmann das Geld für andere Zwecke ausgeben wollen, für eine andere Frau zum Beispiel, und da sind bei Freia Buchmann die Sicherungen durchgebrannt."

„Wenn sie Zugriff auf das Geld hatte, warum geht sie dann arbeiten? Warum müssen die Kinder dazuverdienen?"

„Zur Tarnung. Irgendwas ist da nicht koscher. Die Frau tut, als ob sie am Hungertuch nagt, und besitzt eine Eigentumswohnung. Findet ihr das nicht merkwürdig?" Friedberg verzog unzufrieden das Gesicht. „Also ich an ihrer Stelle hätte lieber die Immobilie verscherbelt, als in einem Call-Center zu arbeiten."

„Mir tut die Frau irgendwie leid, und es fällt mir schwer, sie mir als Killerin vorzustellen." Spengler schüttelte den Kopf.

„Bald dreißig Jahre im Dienst und noch so naiv. Da bin ich lieber ein Macho, als ein derart verquastes Frauenbild zu haben." Friedberg schaute schnell aus dem Fenster in Erwartung einer deftigen Zurechtweisung.

Aber Spengler tat ihm den Gefallen nicht, ignorierte den Brocken, den der Kollege ihm hingeworfen hatte. Er hatte sich schon beim Frühstück vorgenommen, den Kleinkrieg mit Friedberg abzubrechen. Er vergab sich zu viel dabei, ließ sich auf ein Niveau herunterziehen, das ihn unnötig klein machte und seine Autorität untergrub. Seine gesundheitlichen Probleme und die damit verbundenen Ängste durften ihn nicht dazu verleiten, sich auch schwach zu zeigen. Jede Blöße, die er sich gab, war eine Herausforderung für Friedberg, Überlegenheit zu demonstrieren.

„Wenn es wirklich um Geld gegangen ist in diesem Fall, liegt die Vermutung nahe, daß der Täter im Obdachlosen-Milieu zu finden ist. Offensichtlich war es aufgefallen, daß Buchmann immer gut bei Kasse war, und das könnte jemanden auf dumme Gedanken gebracht haben."

„Darf ich eine vielleicht dumme Frage stellen?" meldete sich Yvonne zu Wort.

„Natürlich. Wozu sitzen wir sonst zusammen?" Spengler nickte ihr zu.

„Wenn dieser Buchmann über einiges Geld verfügte, warum lebte er dann auf der Straße? Und warum hier in Bremen? Er hätte nach Süddeutschland oder ins Ausland gehen können und dort in Ruhe seine Moneten verbrauchen, zumal er hier doch von Verfolgungsängsten geplagt wurde."

„Das ist überhaupt keine dumme Frage. Im Gegenteil." Spengler nickte ihr anerkennend zu. „Irgendwas muß ihn hier festgehalten haben. Und irgendwas muß ihn gezwungen haben, auf eine normale bürgerliche Existenz zu verzichten. Nur was? Wer kann uns diese Frage beantworten? Ich glaube immer noch, daß es sinnvoll ist, in dem Milieu, in dem er lebte, zu recherchieren."

„Was ist mit dem Ex-Anwalt und seiner früheren Geliebten?" fragte Friedberg fast bescheiden. Man merkte ihm die Irritation über Spenglers Zurückhaltung deutlich an.

„Werden wir natürlich ins Gebet nehmen. Gut möglich, daß Julia Blome der Grund war, weshalb er sich nicht von Bremen trennen konnte. Vielleicht sogar die Familie. Nachdem wir von Freia Buchmann wissen, daß es Kontakte zu ihm gab, könnte das ja auch bei der Tochter und dem Sohn der Fall gewesen sein. Trotzdem will ich jetzt nach Syke fahren."

„Bitte?" Friedberg schaute ratlos.

„Mir den Wohnwagen anschauen, in dem Buchmann gehaust hat. Das Wetter ist prächtig, warum also nicht eine kleine Landpartie machen."

„Aber das ist Sache der Syker Kollegen. Wir können die um Amtshilfe bitten."

„Seit wann so korrekt, Herr Kollege? Wir müssen ja niemandem auf die Nase binden, daß wir in das Nachbarland eindringen. Wir machen einen kleinen Ausflug zur Erholung in den Syker Wald und schauen uns bei der Gelegenheit einen Wohnwagen in Schnepke an, den man offensichtlich mieten kann. Aber wenn dir das zu riskant ist, kannst du ja inzwischen versuchen, den Kartoffel-Schorse ausfindig zu machen, dem wir uns dann anschließend widmen wollen. Und Sie, Frau Uphoff, auch Bedenken, als Bremerin in Niedersachsen zu ermitteln?"

Yvonne lachte. „Die Verantwortung tragen ja sowieso Sie allein."

„Das will ich meinen. Sie fahren übrigens ausgezeichnet Auto. Schon deshalb freue ich mich auf unsere Fahrt ins Grüne."

„Ich komme mit." Friedberg stand auf. Er nahm die Autoschlüssel und ein Bund Dietriche aus der Schreibtischschublade.

Na also, dachte Spengler und bereute nicht, den aufsässigen Kollegen in die Schranken gewiesen zu haben, obwohl er beim Frühstück beschlossen hatte, auf so etwas zukünftig zu verzichten. Manchmal mußte man eben seine Beschlüsse umwerfen.

Sie fuhren nicht über die B6, sondern über die Dörfer: Dreye, Sudweyhe und Okel. Schnepke war ein kleines Dorf direkt am Rande des Friedeholz, besser bekannt als Syker Wald. Sie hielten vor einem Haus, in dessen Vorgarten eine ältere Frau Rosen beschnitt, und fragten nach dem Bauern Wührmann. Die Frau mußte nicht groß überlegen. „Direkt am Heerweg, gleich am Waldrand." Sie zeigte in die Richtung.

Es war ein ehemaliger Bauernhof, der jetzt als Reiterhof hergerichtet war und auch Ferienwohnungen anbot. Neben der Pferdekoppel gab es einen Stellplatz für Wohnwagen. Es herrschte reger Betrieb, und der Parkplatz war von mehreren Wagen besetzt, deren auswärtige Kennzeichen auf Feriengäste schließen ließen.

Als sie das Grundstück betraten, öffnete sich die Haustür, und eine junge Frau mit Kopftuch und Schürze lief auf sie zu. „Ja, bitte?" fragte sie außer Atem.

„Wir interessieren uns für einen Wohnwagen auf Ihrem Gelände", sagte Spengler höflich.

„Alle belegt, alle belegt", sagte sie hastig. „Wir hätten noch eine Wohnung frei, allerdings nur für zwei Personen. Entschuldigen Sie bitte mein Aussehen, aber ich bin gerade am Putzen. Im Moment ist hier viel los. Kein Wunder bei dem schönen Wetter." Sie zeigte auf mehrere Kinder, die mit ihren Müttern vor einer Stalltür warteten, aus der gerade ein Ponygespann mit einem offenen Wagen gelenkt wurde.

„Das ist mein Mann. Der fährt jetzt einmal um'en Pudding mit den Lütten."

„Wir sind nicht hier, um Urlaub zu machen", sagte Spengler. „Wir wollten Sie fragen, ob Sie diesen Mann kennen."

Sie betrachtete das Foto des Toten und erschrak. „Klar kenn ich den, das ist Enno, Enno Buchmann. Der sieht ja so tot aus."

„Ist er auch."

„O mein Gott! Denn sind Sie wohl von der Polizei. Da will ich nix mit zu tun haben. Bei so was, da kümmert sich mein Mann um. Hermann, kommst du mal?!" rief sie über den Hof. „Ich will denn mal wieder", stotterte sie konfus. „Hab ja noch viel zu tun." Sie wandte sich ab.

Der Mann band die Ponys fest und sagte zu den Kindern, die schon in den Wagen geklettert waren: „Ganz ruhig sitzen. Bin gleich wieder da." Langsam machte er sich auf den Weg, fragte seine Frau, der er auf halber Strecke begegnete: „Was ist denn?"

„Wegen Enno." Sie zeigte auf die Wartenden. „Polizei!"

„Scheiße", sagte er laut. Er war ein kräftiger Mann mit breitem, gebräunten Gesicht und kurzen Haaren. Seine blauen Augen hatten Hans-Albers-Qualität.

„Was hat Enno angestellt?" fragte er, ohne zu grüßen, und baute sich vor den Polizisten auf, ganz und gar Abwehr.

„Er wurde ermordet." Spengler hielt ihm das Foto hin.

Wührmann warf nur einen kurzen Blick darauf. „Und was hab ich damit zu kriegen?"

„Er hat hier einen Wohnwagen, stimmt's?"

„Ja und? Ist das verboten?"

„Wir würden ihn gern besichtigen."

„Kann ich nix zu sagen, ist Ennos Sache."

„Aber der lebt ja nun nicht mehr."

„Auch wieder wahr. Sie sind ja von der Polizei und müssen wissen, was Sie tun. Ich kann wegen Enno nicht klagen. Hat immer pünktlich die Miete für den Platz gezahlt und ist nie unangenehm aufgefallen, außer daß ihn manchmal Frauen besucht haben. Doch das geht einen ja nix an."

„Der Wagen gehört also Buchmann?" fragte Friedberg.

„Klar. Den hat er hierher stellen lassen eines Tages. Im Winter. Ich hatte ganz hinten noch einen Platz frei, und Enno war damit zufrieden so direkt am Waldrand. Hat sowieso immer nur im Winter hier gewohnt. Im Sommer war er wohl mehr in Bremen. Und da hat's ihn ja wohl nun erwischt. Denn Sie sind ja aus Bremen, wie man an der Autonummer sieht." Er zeigte auf den Dienstwagen.

„Wann haben Sie ihn denn zuletzt gesehen?"

„Das ist noch gar nicht lange her. Vor drei oder vier Tagen, ja. Aber war nur ganz kurz hier. Hat irgendwas geholt. Ja, er ging mit 'ne Reisetasche weg. War mit 'm Taxi hier. Ist überhaupt viel Taxi gefahren. Was das kostet! Wieso wohnt einer, der das Geld für lauter Taxis hat, in 'nem Wohnwagen, hab ich mich manchmal gefragt. Aber geht einen wohl nix an. Enno war ja 'n Netter, kann man nich anners sagen."

„Er hatte manchmal Frauenbesuch? Von verschiedenen Frauen oder nur von einer?" fragte Friedberg.

„Von verschiedenen. Aber vor allem von zweien. Eine war so eine kleine zierliche mit 'ner Sonnenbrille."

„Seine Frau."

„Ach, sieh an. Hat er nie was von gesagt. Ist verheiratet und wohnt im Wohnwagen. Sachen gibt's!"

„Und die andere?"

„Mehr so 'ne Sexbombe im Pelzmantel. Sogar im Winter mit hohe Absätze, wenn Sie wissen, was ich meine. Luise, was meine Frau is, sagt immer, daß die vom horizontalen Gewerbe is. Aber weiß man's? So, un' nu muß ich zu meine Gören. Werden schon ungeduldig. Und die Ponys wollen auch nich mehr warten."

„Haben Sie eventuell einen Schlüssel für Buchmanns Wagen?"

„Nee. Kann ich nich mit dienen. Aber Polizei weiß sich doch in so ei'm Fall zu helfen, oder?" Er grinste verschwörerisch. „Es is der da ganz hinten mit den grünen Vordach. Und was passiert denn nu, wo Enno nicht mehr is? Wer zahlt die Miete? Oder wird der Wagen abgeholt?"

„Können wir noch nicht sagen. Aber machen Sie sich keine Sorgen, irgend jemand wird sich schon darum kümmern."

„Will ich doch hoffen. Denn bei Geld hört der Spaß bei mir auf. Was meinen Sie, was ich für Unkosten habe. Im Winter null Einnahmen, da kommt man manchmal ins Grübeln. Und das Finanzamt kennt auch keine Gnade. Und Enno war so'n zuverlässiger Zahler. So einen vermißt man dann schon. Ein schönen Tag noch, die Herrschaften." Er lief zu seinem Gespann, und unter dem freudigen Geschrei der Kinder lenkte er das Gefährt in den Wald. Die Mütter standen am Zaun und winkten ihnen nach.

Viele der Wohnwagen waren bewohnt. Spärlich bekleidete Leute, meist älteren Datums und ziemlich beleibt, saßen auf Gartenstühlen unter ihren Plastikplanen und betrachteten die Neuankömmlinge mißtrauisch, weil die so gar nicht nach Urlaubern aussahen.

Spengler grüßte höflich nach allen Seiten, um jedes Aufsehen zu vermeiden, denn sich gestört fühlende Feriengäste griffen schnell nach dem Handy und benachrichtigten die Polizei. Ein Auftauchen der Syker Kollegen wäre aber mehr als lästig gewesen.

Deshalb postierten sich Spengler und Yvonne Uphoff so, daß Friedberg unbeobachtet die Wagentür mit seinen Dietrichen bearbeiten konnte. Darin war er viel geschickter als Spengler, der mit Technik nicht viel im Sinn hatte.

„Geschafft", murmelte Friedberg nach einer guten Minute, und sie konnten den Wohnwagen betreten. Es roch muffig, und die Enge im Raum zwang sie auf die gepolsterten Sitzbänke um einen Tisch, auf dem nur ein Aschenbecher stand.

„Nicht gerade gemütlich", sagte Friedberg und schaute sich um. Es war alles sorgfältig aufgeräumt. Außer ein paar Büchern und Landkarten in einem kleinen Regal gab es keine persönlichen Dinge.

„Kennst du dich mit Wohnwagen aus?" fragte Spengler den Kollegen.

Der zuckte die Achseln. „Hatte noch nicht das Vergnügen, in so einem Ding zu hausen."

„Aber ich", meldete sich Yvonne. „Meine Eltern besitzen so einen ähnlichen Wagen. Wir waren damit oft in Italien, als ich noch kleiner war. Soll ich mich mal umsehen?"

„Das wäre uns sehr recht. Es hätte ja wenig Sinn, uns gegenseitig auf die Füße zu treten. Also walten Sie Ihres Amtes." Spengler streckte die Beine aus, die ihm schon wieder weh taten.

Dafür, daß sie Durchsuchungen noch nicht gelernt hatte, ging sie sehr professionell vor. Sorgfältig überprüfte sie Schrank für Schrank und paßte auf, daß alle Gegenstände ihren vorherigen Platz wiederfanden.

Geschirr, Töpfe, Pfannen, Besteck. Im Kühlschrank nichts, im Bad Seife und eine alte Zahnbürste, ansonsten Leibwäsche, penibel zusammengelegte Hemden, Pullover, Hosen, Jacken und Socken.

Was ein normaler Mann eben so braucht. Ein ordentlicher kleiner Haushalt. Hier lebte jemand ein bürgerliches Leben. Kein Hinweis auf Buchmanns zweite Existenz als Obdachloser.

Die Männer schauten fasziniert dem geschickten Hantieren der jungen Frau zu, auch wenn ihre Anstrengungen nichts Verwertbares zu Tage förderten.

„War wohl ein Schlag ins Wasser, außer daß wir nun wissen, wie Buchmann im Winter lebte, als braver Bürger nämlich", meinte Spengler enttäuscht.

„Bin ich mir nicht so sicher. Ich könnte mir denken, daß Buchmann hier sein Geld versteckt hatte. Der Wührmann hat doch gesagt, daß er hier kürzlich mit einer Reisetasche abgehauen ist. Vielleicht wollte er die Kohle wegschaffen, weil ihm jemand auf den Fersen war."

„In unserem Wohnwagen hatten wir ein Versteck hinter der Wandverkleidung. In Italien wurde ja oft geklaut und manchmal auch auf den Campingplätzen. Deshalb haben wir unsere Wertsachen immer hinter der Wohnraumwand verborgen. Wenn man die Sitzpolster umgeklappt hat, um Betten daraus zu machen, konnte man dahinter ein Brett lösen und ein Geheimfach benutzen."

„Aber wir können hier jetzt nicht alles umbauen", meinte Spengler verdrossen.

„Ist schneller gemacht, als Sie denken. Im Grunde funktionieren alle Wohnwagen auf die gleiche Weise. Wenn die Herren solange in der Küche Platz nehmen wollen." Sie zeigte auf zwei kleine Stühle vor einem Klapptisch.

„Hoffentlich gibt das keinen Ärger", murmelte Spengler, der die Neugier und Sensationslust der Urlauber fürchtete.

„Ich finde, unsere Kollegin macht das wunderbar", lobte Friedberg, was Yvonne mit einem kurzen, eher mißtrauischen Blick quittierte.

Mit wenigen Handgriffen hatte sie aus der Sitzecke ein Doppelbett arrangiert. Sie legte sich darauf und klopfte mit einem Küchenmesser die Wände ab. „Da!" Sie zeigte auf eine Stelle. „Hier klingt es anders, so richtig hohl. Dahinter könnte ein Geheimfach sein. Nur wie geht das auf? Bei uns mußte man auf eine bestimmte Stelle drücken." Sie tastete die Holztäfelchen ab, die so ineinander gefügt waren, daß eine Öffnung nicht zu erkennen war.

„Ich denke, wir sollten das unsere Techniker machen lassen." Spengler wollte aus dem muffigen Vehikel so schnell wie möglich raus. Das Atmen fiel ihm schwer, der Schweiß brach ihm aus.

„Geben Sie mir noch fünf Minuten. Es wäre doch gelacht, wenn ich das hier nicht schaffe." Ihr Gesicht glühte vor Eifer. Das war ihre große Chance. Spengler brachte es nicht übers Herz, ihr die Zeit zu verwehren.

„Ha!" rief sie triumphierend. „So einfach ist das! Man muß mit beiden Händen kräftig auf die ganze Fläche drücken. Hier, meine Herren!" Stolz wies sie auf die geöffnete Klappe. „Wer darf als erster reingreifen?"

„Sie natürlich. Das ist ganz allein Ihr Erfolg. Außerdem haben Sie schöne lange Arme und nicht so dicke wie wir." Friedberg strahlte sie an.

„Na gut. Das mit den ‚schönen langen Armen' ist geschenkt. Soll ich?" wandte sie sich an Spengler.

Der nickte.

Vorsichtig schob sie ihren rechten Arm in das Fach. „Nichts. Leer", sagte sie enttäuscht und beugte sich noch weiter vor. „Warten Sie, unten am Boden ist so eine Spalte, und da kann ich was fühlen, was aus Papier, das da wohl reingerutscht ist. Ha! Ich hab's! Wer sagt's denn!?" Sie zog ihren Arm aus dem Fach und hielt einen Hunderteuroschein in die Höhe. „Der Rest von der Beute! Hier also hatte er das Geld."

„Und von hier hat er es weggeschafft. Klasse, Yvonne!" Friedberg klatschte Beifall.

„Wirklich eine reife Leistung, Frau Uphoff", bestätigte Spengler und drängte aus dem Wagen, weil er frische Luft brauchte. Er wartete geduldig, bis die beiden den Wohnwagen wieder hergerichtet hatten. Die würzige Luft aus dem Friedeholz entschädigte ihn für vieles. Hier mußte er mal mit Irmgard herfahren und einen langen Spaziergang machen, wenn es denn seine Beine erlaubten.

„Gibt es noch irgendwelche Zweifel, daß in diesem Fall Geld, womöglich sogar viel Geld die Hauptrolle spielt?" fragte Friedberg, während er den Wagen zurück nach Bremen lenkte. „Wäre ja auch kein Wunder bei einem Mann, dem es wohl immer nur um Geld und Frauen ging."

„Gut möglich", sagte Spengler zögernd.

„Das klingt skeptisch."

„Durchaus nicht. Deshalb sollten wir auch sofort mit der Suche nach Kartoffel-Schorse beginnen und vielleicht auch noch mal Zigeuner-Inge auf den Zahn fühlen."

„Meinst du, das war die Frau in dem Pelzmantel und den Stökkelschuhen?"

„Nee. Ich denke mal, das war die Julia Blome, seine frühere Geliebte. Offensichtlich hat Buchmann den Kontakt zu ihr genauso wenig abgebrochen wie zu seiner Frau."

„Warum knöpfen wir uns die Blome dann nicht als nächste vor?"

„Alles schön der Reihe nach. Ich bin sicher, wir finden Hinweise im Penner-Milieu. Und dabei dürfte Kartoffel-Schorse eine Schlüsselfigur sein. Wo Geld immer Mangelware ist, muß einer wie Buchmann eine absolute Provokation gewesen sein. Ich verstehe ja dein Bedürfnis, dich mit attraktiven Frauen abzugeben, aber die Obdachlosen haben Vorrang. Also, auf nach Gröpelingen zu Inge Kersten. Immerhin auch ein weibliches Wesen, Herr Kollege. Vielleicht weiß die, wo wir diesen Schorse finden. Am besten nimmst du ab Dreye die Autobahn."

„Danke für den Tipp. Wäre ich selber nicht drauf gekommen."

In ihrer Wohnung trafen sie Inge Kersten nicht an, also versuchten sie es in der Gloria-Stube. Sie stand hinter der Theke und zapfte Bier. Die Skat-Runde hatte sich schon versammelt, obwohl es erst spät am Vormittag war. Vermutlich verbrachten die alten Herren den ganzen Tag in der Kneipe.

„Ach, was für'n netter Besuch. Wollen Sie zu mir? Aber was frag ich. Etwas zu trinken? Ich habe gerade Eistee gemacht. Genau das richtige bei dieser Hitze."

„Gern. Dreimal, wenn's recht ist?" Spengler schaute seine Kollegen fragend an. Die nickten. „Ihr seid meine Gäste."

„Oh!" Friedberg verneigte sich.

„Können Sie sich einen Moment zu uns setzen?" fragte Spengler die Frau, die sich hübsch zurechtgemacht hatte und eine dekolletierte Sommerbluse trug.

„Klar. Ist ja im Moment noch nicht viel los."

Sie brachte die Getränke und setzte sich zu den Polizisten, die einen Tisch möglichst weit entfernt von den Kartenspielern ausgesucht hatten.

„Was kann ich für Sie tun?" fragte sie neugierig.

„Wir suchen einen Zugang zur Obdachlosen-Szene, in der Enno Buchmann jetzt im Sommer wohl verkehrt hat. Ist Ihnen Kartoffel-Schorse ein Begriff?"

„Sicher. Er ist so eine Art Penner-König. Schon wegen seiner Körpergröße und seinem Rauschebart fällt er auf. Er ist der erfolgreichste Bettler, besonders wenn er auf seiner Gitarre klimpert. Er hat so was, das die Leute zum Geben animiert."

„Wo kann man ihn finden?"

„Weiß ich nicht. Ich bin zu lange von der Straße weg. Früher war er oft in Findorff anzutreffen. Am Torfkanal-Hafen. Oder am Findorff-Markt. Er durchsuchte die Abfälle der Händler, bekam auch manchmal etwas von ihnen zugesteckt."

„Sie haben uns gestern davon erzählt, daß Buchmann immer gut bei Kasse war", übernahm Friedberg. „Hat er mal davon gesprochen, woher das Geld stammte?"

„Nicht daß ich wüßte. Ging mich ja auch nichts an. Vielleicht war noch was übrig von seinen Immobilien-Geschäften."

„Eben. Den Verdacht haben wir auch. Möglicherweise eine größere Summe. Jedenfalls dürfte es nicht ganz ungefährlich sein, im Straßen-Milieu ein dickes Portemonnaie bei sich zu tragen."

„Penner sind keine Kriminellen", sagte sie mit Nachdruck. „Viele sind unverschuldet in Not geraten oder durch Alkohol so wie ich aus der bürgerlichen Welt gepurzelt. Es gibt auch bei uns so was wie Ehre, können Sie mir glauben."

„Klar. Unbestritten. Aber wenn nun einer dringend seine Dröhnung braucht, sei es durch Alkohol oder andere Drogen, einer der völlig abgebrannt ist, und der sieht, wie einer neben ihm die dicken Scheine in der Tasche hat, hat der soviel Ehre, daß er nicht zulangt?"

„Geklaut wird schon, da haben Sie recht, vor allem in den Heimen, aber das hat ja mit Mord nichts zu tun."

„Ich kann mir nicht vorstellen, daß Buchmann je richtig angekommen ist in der Szene. Sie haben gesagt, daß er immer gepflegt war, saubere Klamotten trug und auch genug Geld in der Tasche hatte. Wie schafft es so einer, im Kreis der totalen Habenichtse zu bestehen?"

„Er war beliebt, ob Sie's glauben oder nicht. Er fand genau den richtigen Ton, war frei von jeder Überheblichkeit. Einer, der Oslebshausen von innen gesehen hat, ist ganz unten angekommen, auch wenn er vielleicht noch ein bißchen Kohle hat."

„Sie glauben also nicht, daß Buchmanns Mörder aus der Szene stammt?"

„Ich will da nichts beschönigen. Das Leben auf der Straße ist hart. Und Kleinkriminalität ist an der Tagesordnung. Aber die meisten von diesen Typen sind auch körperlich so weit runter, daß sie gar nicht mehr die Kraft hätten, so was wie Mord zu planen und durchzuführen."

„Aber es kommt doch oft zu Schlägereien, manchmal auch zu Körperverletzungen", wandte Spengler ein.

„Im Suff, ja, das kann sein", räumte sie ein. „Doch hinterher verträgt man sich auch wieder. Totschlagen tut keiner keinen."

„Haben Sie eigentlich einen Pelzmantel?" fragte Friedberg.

„Was soll das jetzt?" lautete die erstaunte Gegenfrage.
„Haben Sie oder haben Sie nicht?"
„Noch nie einen gehabt. Und auch nicht das Bedürfnis danach."
„Und Stöckelschuhe tragen Sie auch nicht?"
„Seh ich so aus? Was soll die blöde Fragerei?"
„Waren Sie schon mal in Schnepke?"
„Wo bitte?" fragte sie irritiert.
„Ein Dorf bei Syke. Zum Beispiel in einem Wohnwagen?"
„Was will Ihr Kollege von mir?" wandte sie sich an Spengler.
„Buchmann hatte in den letzten Jahren ein Winterquartier in einem Wohnwagen in diesem Dorf. Und dort haben ihn gelegentlich Frauen besucht, unter anderem eine Dame im Pelzmantel und mit Stöckelschuhen", erklärte Spengler.
„Und das soll ich gewesen sein? Ihr spinnt wohl, Leute. Ich höre jetzt überhaupt das erste Mal von diesem Wohnwagen. Ihr wißt doch, daß ich schon lange keinen Kontakt mehr zu Enno hatte. Also was soll das Ganze?"
„Man wird ja noch fragen dürfen", sagte Friedberg mißmutig.
Spengler leerte sein Glas Eistee und stand auf. „Nichts für ungut, Frau Kersten. Nett, daß Sie uns Auskunft gegeben haben. Und in den letzten Tagen haben Sie Buchmann auch nicht mehr gesehen?"
„Nein", sagte sie und mied seinen Blick.
„Wirklich nicht?" Spengler bemerkte ein leises Flattern ihrer Augenlider.
„Wenn ich's doch sage. Außerdem muß ich in die Küche. Die Skatbrüder wollen gleich ihre Bockwurst mit Kartoffelsalat. Viel Glück bei Ihrer Suche." Sie erhob sich resolut und wollte sich zurückziehen.
„Sie sagen uns nicht die Wahrheit. Sie verschweigen uns etwas", behauptete Spengler und setzte sich wieder.
„Jetzt lassen Sie mich doch mal in Ruhe!" erboste sie sich. Die Herren der Skat-Runde unterbrachen ihr Spiel und schauten herüber.
„Hast du Probleme, Inge?" fragte einer, der noch recht rüstig wirkte.

„Nee, laß man, ist schon alles in Ordnung." Sie winkte ab und setzte sich ebenfalls.

„Was wollte Buchmann von Ihnen?" setzte Spengler mit gedämpfter Stimme nach.

„Warum piesacken Sie mich? Ich hab doch nichts angestellt", sagte sie weinerlich.

„Sie behindern die Arbeit der Polizei. Dafür können Sie belangt werden", sagte Friedberg streng.

„Er wollte doch nur, daß ich was für ihn aufbewahre für ein paar Tage."

„Was?"

„Keine Ahnung. So eine Reisetasche."

„Und was war in der Tasche?"

„Hat er mir nicht gesagt."

„Und das hat Sie nicht mißtrauisch gemacht, wenn er nach so langer Zeit plötzlich auftaucht und Sie um die Aufbewahrung einer Tasche bittet?"

„Doch, natürlich. Ich hab's ja auch abgelehnt. Ich hatte sofort das Gefühl, daß da was nicht stimmt."

„Wie wirkte er auf Sie?" schaltete sich Spengler wieder ein.

„Nervös. Irgendwie fahrig. Gar nicht mehr der Alte. Darum hab ich ja auch nein gesagt."

„Und wann genau war das?"

„Vorgestern. Quatsch! Vorvorgestern, vor drei Tagen."

„Und wo haben Sie sich getroffen? Hier?"

„Wo denken Sie hin?! Zu Hause. Er stand plötzlich vor der Tür. Ich war völlig von den Socken. Da stand er und tat so, als hätten wir uns erst vor kurzem getrennt."

„Und warum haben Sie uns gestern diese Begegnung verschwiegen?"

„Weiß ich auch nicht. Wohl weil ich Angst hatte, daß ich da in was reingezogen werde, wo er doch nun ermordet worden ist. Ein Alkoholiker, auch ein trockener, geht auf ganz dünnem Eis und kann jederzeit wieder einbrechen. Als er da vor mir stand, war mein erster Gedanke der an eine Flasche Schnaps. Jetzt geht es wieder los, dachte ich und empfand das als Erlösung. Dann kommt natürlich sofort der zweite Gedanke, daß dann alles im Eimer ist, was man sich mühsam aufgebaut hat. Darum hab ich ihn rausgeschmissen und Ihnen auch nichts gesagt, verstehen Sie?"

„Nicht so ganz. Daß Sie ihn rausgeschmissen haben, schon, aber daß Sie es uns verschwiegen haben, nicht."

„Das ist doch ein und dieselbe Sache. Das durfte nicht wieder Wirklichkeit werden. Das alles, der Suff, die Straße, dieser Mann und sein Tod, das ganze Elend. Ich war damals ein anderer Mensch, und der darf nicht wieder zum Leben erweckt werden. Ich hatte gestern nur den einen Gedanken: wenn du das mit der Tasche erzählst, hängen sie dir was an, und dann sitzt du wieder mittendrin in der ganze Scheiße."

„Und wie ist es jetzt, nachdem Sie es nun doch gesagt haben?"

„Weiß ich noch nicht. Im Moment fühle ich mich nur zum Kotzen. Einerseits das schlechte Gewissen, weil ich nicht gleich offen zu Ihnen war, andererseits die Angst, daß ich wieder schwach werde. Drücken Sie mir die Daumen, daß ich durchhalte."

„Das wünsche ich Ihnen von ganzem Herzen." Spengler drückte ihr die Hand.

„So ein Luder", sagte Friedberg im Auto. „Die hat uns doch gnadenlos verscheißert. Oder glaubst du den Quatsch, den sie uns aufgetischt hat?"

„Ja", sagte Spengler schlicht.

„Ich auch", sagte Yvonne.

„Okay. Dann habe ich wohl wieder mal nichts kapiert. Trotzdem wette ich, daß diese Frau mit der ganzen Sache zu tun hat."

„Man wird sehen. Ich schlage vor, wir essen irgendwo 'ne Kleinigkeit und fahren dann nach Findorff."

„Wir würden einen Riesenfehler machen, wenn wir diese heiße Spur nicht weiter verfolgen."

„Davon redet ja auch keiner."

„War das nun ein Zufall, daß wir gleich zweimal hintereinander von dieser mysteriösen Tasche gehört haben? Oder hatten Sie schon einen bestimmten Verdacht, Herr Spengler?" fragte Yvonne Uphoff.

„Unser Chef hat den sechsten Sinn für so etwas", sagte Friedberg grinsend.

„Ich weiß es nicht", sagte Spengler nachdenklich. „Da war plötzlich die Idee, daß uns Inge Kersten weiterbringen könnte, mehr nicht."

„Also doch so etwas wie Intuition?"

„Ach nee", wehrte Spengler ab. „Ich plädiere für Zufall, damit Kollege Friedberg heute nacht gut schläft."

Gelächter.

In einem Schnellimbiß in Findorff, in der Nähe der Bürgerweide aßen sie zu Mittag, und Spengler fragte den Wirt, ob Kartoffel-Schorse sich in der Gegend herumtreibe. Er beschrieb das Äußere des Obdachlosen. Der Wirt wußte sofort, um wen es sich handelte.

„Ja, der taucht manchmal abends auf und verkauft Rosen für die Damen. Den kennt man hier in allen Lokalen."

„Und wo kann man den jetzt finden?"

„Keine Ahnung. Im Bürgerpark oder am Torfkanal. Bei schönem Wetter liegen die oft auf den Wiesen oder auf Bänken im Park. Einfach mal suchen gehen."

Sie teilten sich auf und verabredeten, sich sofort per Handy zu verständigen, wenn einer fündig würde. Spengler übernahm das Drittel um den Torfkanal herum, Friedberg den mittleren Teil des Parks und Yvonne den rechten parallel zur Parkallee.

Spengler lief am Torfkanal entlang, bog von da aus rechts zum Emma-See ab, umrundete ihn, folgte dann dem Weg zum Wildgehege. Er hatte es noch nicht erreicht, als das Handy klingelte. Friedberg war dran. „Ich hab ihn!" verkündete er stolz. Am Markusbrunnen in der Nähe des Parkhotels hatte er Kartoffel-Schorse entdeckt.

„Hast du Yvonne informiert?"

„Was denkst du denn? Ich sehe sie schon kommen. Der Typ pennt übrigens. Ich hab ihn noch nicht angequatscht."

„Gut so. Wartet, bis ich da bin. Ich beeile mich."

Kartoffel-Schorse lag auf dem Rücken auf einer Bank, ein Kleiderbündel als Kopfkissen im Nacken, eine schäbige Golfmütze als Sonnenschutz auf dem Gesicht. Parkbesucher auf anderen Bänken schauten neugierig zu, als sich die Polizisten dem Schlafenden näherten, die jüngeren amüsiert, die älteren angewidert.

„Hallo, Schorse, wir haben ein paar Fragen!" sagte Spengler laut.

„Laß mich in Ruhe", knurrte der Mann und wollte sich auf die Seite drehen, den Rücken zu den Störern.

„Nee, mein Lieber. Du wirst doch einen alten Freund nicht wegjagen!" Spengler lachte.

„Freund?" Georg Siebert, wie er eigentlich hieß, richtet sich ein wenig auf und schob die Mütze aus dem Gesicht. „Ich hab keine Freunde. Höchstens Kumpels. Und ihr seid Bullen, das sieht man doch sofort. Nee, Leute, heute keine Sprechstunde." Er ließ sich wieder auf den Rücken fallen.

„Erkennst du mich nicht mehr?" fragte Spengler.

„Warum sollte ich?" Er schloß die Augen.

„Du hast mir mal sehr geholfen, damals als Charly Brandt ins Jenseits befördert wurde. Daran mußt du dich doch erinnern."

„Ungern, höchst ungern." Er schaute Spengler prüfend an. „Mann, du bist alt geworden. Hast ja kaum noch Haare. Hab ich kein Problem mit." Er griff sich in die verfilzte graue Tolle. „Hast du wieder 'ne Leiche am Wickel?"

„Noch nicht davon gehört? Enno Buchmann, den wir da drüben in einem Gebüsch bei der ‚Meierei' gefunden haben? Stand alles in der Zeitung."

„Zeitung", sagte Siebert verächtlich und setzte sich auf. „Hab ich keine Zeit für. Enno, sagst du? Der ‚schöne Enno' etwa? Mach Sachen."

„Wieso ‚schön'?" fragte Friedberg.

„Hieß eben so. Vielleicht weil er sich immer rasieren ging im Bahnhof. Und seine Klamotten in Ordnung hielt. Konnste ihm nicht so ohne weiteres ansehen, daß er einer von uns war."

„Du kennst ihn also?"

„Was heißt kennen? Man sieht sich, trinkt auch mal einen zusammen, aber dann geht jeder seiner Wege. Enno hatte ja auch einen Schlag bei den Frauen. War öfter mit Zigeuner-Inge zugange. Die kann euch vielleicht was über ihn erzählen."

„Wir haben schon mit ihr gesprochen."

„Und?" Er kämmte sich den grauen Vollbart mit den Fingern.

„Dienstgeheimnis. So wie du Enno beschreibst, hat er also nie so richtig zu euch gehört."

„Wie man's nimmt. Im Sommer ja, aber im Winter hat er sich verkrochen. Da macht man sich schon so seine Gedanken."

„Was für Gedanken?"

„Na ja, ob alles mit dem stimmt. Reinhold zum Beispiel hat immer gesagt, daß der Enno Dreck am Stecken hat und uns nur als Tarnung benutzt."

„Wer ist Reinhold?" fragte Friedberg schnell.

„Na, Reinhold eben. War mal 'ne Zeit lang mit Enno befreundet. Aber dann gab's irgendwie Zoff. Frag mich nicht, warum. Jedenfalls sagte Reinhold, der Enno ist nicht ehrlich."

„Nicht ehrlich? Ein eigenartiger Vorwurf in euren Kreisen." Friedberg lachte.

„Was soll das heißen? Meinst du, wir sind alles Kriminelle? Wir haben alle auch mal bessere Zeiten gesehen. Sei froh, wenn du immer deine Miete bezahlen kannst. Ich zum Beispiel hatte mal ein eigenes Haus. Und nun kommst du! Aber wenn du 'ne Frau hast, die alles an sich reißt, dir die Kinder wegnimmt und so weiter, dann landest du auch mal hier. Ich geb ja zu, daß ich ein bißchen selber schuld hab wegen der Sauferei und so, nur ist das 'n Grund, mich einfach rauszuschmeißen? Trotzdem haben sie mich nicht untergekriegt. Kartoffel-Schorse ist wieder wer. Jeder in Bremen kennt mich. War sogar schon im Fernsehen bei ‚Buten und binnen' und bei ‚Drei nach neun'. Ja, da kannste nur staunen, oder?" Er spuckte verächtlich vor Friedberg aus.

„Du glaubst, daß uns dieser Reinhold mehr erzählen kann über Enno?" hakte Spengler nach.

„Wenn überhaupt einer, dann der. Ich hab Enno nie so gemocht. Im Grunde hat der uns alle verachtet. Der hat aus seinem Absturz nichts gelernt."

„Absturz?"

„Na ja, es hieß immer, daß er in Oslebshausen war wegen Betrug und so."

„Inge meint, er wäre überall beliebt gewesen."

„Weibergeschwätz."

„Und wo finden wir den Reinhold?" fragte Friedberg.

„Meist am Uni-See."

„Und wie heißt er mit Nachnamen?"

„Becker, glaub ich."

„Und wie erkennen wir den?"

„Der badet immer bei dieser Hitze. Außerdem hat er 'n Hund, der da frei rumlaufen kann."

„Was für einen Hund?"

„Mehr so ein Dobermann, kein echter, aber ein ziemlicher Brocken. Ganz schwarz."

„Gut, Schorse, das war es dann. Vielen Dank für die Auskünfte", sagte Spengler

„Da nich für." Er legte sich wieder auf den Rücken. „Muß noch ein bißchen schlafen. Heute abend gibt's wieder Arbeit. Von irgendwas muß man ja leben."

Es war nicht schwierig, Reinhold Becker zu finden, denn es gab nur einen Hund, auf den die Beschreibung Sieberts paßte. Er lag im Sand neben seinem Besitzer, der nur mit Shorts und T-Shirt bekleidet war und auf einem schmutzigen Badelaken hockte. Hinter ihm an einem Baum stand ein Fahrrad, das mit allen möglichen Plastiktüten behängt war.

Als sich die Drei näherten, setzte sich der Hund auf und knurrte. Spengler hatte seine Not, durch den tiefen Sand zu stapfen, und keine Lust, auch noch einen Hund abzuwehren. Deshalb blieb er auf Abstand und rief: „Entschuldigung, heißen Sie zufällig Reinhold?"

„Kann schon sein", antwortete der Mann.

„Wir kommen gerade von Schorse Siebert und möchten kurz mit Ihnen sprechen. Könnten Sie bitte so lange den Hund festhalten?!"

„Warum? Der ist harmlos. Beißt höchstens Polizisten." Er lachte.

„Eben. Bitte seien Sie so freundlich."

„Na gut. Wollen mal nicht so sein, was Bobby?" Er leinte den Hund an und wickelte sich den Strick um den Arm. „Ich hab Sie schon erwartet. War gespannt, wie lange Sie brauchen, mich zu finden. Es geht um Enno, oder? Hab das in der Zeitung gelesen. Findet man hier immer im Papierkorb. Aber eins gleich vorweg: Bobby war das nicht mit den Verletzungen. Bobby ist nicht die ‚Bestie vom Bürgerpark'."

„Was macht Sie da so sicher?"

„Weil wir immer unter einer Decke schlafen und er mein Kopfkissen ist. Ich würde sofort wach, wenn er sich verdünnisieren täte."

Spengler setzte sich in den warmen Sand und streckte die Beine aus. Es herrschte reger Betrieb um den See herum, Kinder tobten im seichten Wasser, von Müttern aufmerksam beobachtet, junge Leute rauchten und tranken Bier, ältere Leute zeigten unbekümmert ihre fetten Bäuche und Krampfadern, und zwischen all den Badegästen wuselten Hunde herum, obwohl das nicht erlaubt war.

„Meinen Sie, daß wir uns hier so in aller Öffentlichkeit unterhalten sollten?" fragte Spengler.

„Warum nicht? Hab nichts zu verbergen. Können alle mithören."

„Gut. Wir wissen von Schorse Siebert, daß Sie mal eine Zeit lang mit Enno Buchmann befreundet waren. Aber dann gab es wohl ein Zerwürfnis."

„‚Zerwürfnis' – wie das klingt. Krach hatten wir, richtig schön Krach."

„Und weshalb?"

„Weil er mir 'ne Frau weggenommen hat."

„Lassen Sie mich raten: Inge Kersten?"

„Donnerwetter! Da sag noch jemand: die Polizei hat keinen Durchblick. Genau die. Und was hat sie nun davon? Ist trocken und muß Bier ausschenken. Tolle Karriere." Er spuckte voller Verachtung in den Sand.

„Aber vorher, als Sie noch mit Buchmann befreundet waren, wie lief das so mit ihm?"

„Gut. Er war sehr spendabel. Wir haben fürchterlich gebechert, meist mit Inge, und hatten keine Versorgungsprobleme."

„Er hat Sie also freigehalten?"

„Ist das was Schlimmes?"

„Überhaupt nicht. Nur woher hatte er das Geld?"

„Das wissen Sie doch genau. Ergaunert natürlich. Schließlich kam er aus dem Knast. Aber in unseren Kreisen fragt man nicht, woher einer sein Geld hat. Ist er bei Kasse, gibt er ab. Ist er klamm, hilft man ihm aus."

„Kling ja sehr edel. Lauter Gutmenschen auf der Straße." Friedberg schüttelte den Kopf. „Und warum wird in den Heimen geklaut, was das Zeug hält?" Er hockte sich auch auf den Boden, während Yvonne weiterhin stehen blieb, vermutlich um ihre Hose nicht zu beschmutzen.

„Ich geh nicht ins Heim, auch im kältesten Winter nicht. Lieber erfrieren. Natürlich wird geklaut, aber nicht unter Freunden. Und Enno war mein Freund."

„Später jedoch nicht mehr." Spengler ließ Sand durch die Finger rieseln.

„Auch da war er tabu. Wegen Inge."

„Das müssen Sie uns erklären."

„Na ja, er war wohl nicht mehr mein Freund, aber immer noch der von Inge. Und einem Freund von Inge nimmt man nichts weg."

„Merkwürdiger Ehrenkodex. Jedenfalls haben Sie immer gewußt, daß Buchmann über Geld verfügte." Spengler wischte sich Schweiß von der Stirn.

„War nicht zu übersehen."
„Und da kommt man nicht auf dumme Gedanken?"
„Klar kommt man das. Ich hab mich immer gefragt, weshalb so einer bei uns auf der Straße lebt. Hätte er doch nicht nötig gehabt."
„Haben Sie ihn das mal gefragt?"
„Immer wieder. Aber da war bei ihm nichts zu machen. Er hat geschwiegen wie ein Grab, und da liegt er ja nun auch bald drin. Er hat absolut den Geheimnisvollen gespielt. Und das hat ihm wohl auf die Dauer nicht gut getan, wie man sieht."
„Alle aus Ihren Kreisen, mit denen wir bisher gesprochen haben, wußten, daß Buchmann Kohle hatte. Da liegt es doch nahe, daß auch noch andere informiert waren, und daß bei einem jetzt mal die Sicherung durchgebrannt ist und er dem Kerl die Kohle abgenommen hat." Friedberg wurde ungeduldig.
„Möglich ist alles. Nur schleppte Enno nie große Beträge mit sich herum. Und wer macht einen für 'n paar Zwanziger platt?"
„Vielleicht hat ihm einer nachspioniert und sein Geldversteck entdeckt. Oder einer wußte was aus seiner Vergangenheit und hat ihn erpreßt. Zur Zeit des Mordes könnte Buchmann alles Geld bei sich gehabt haben."
Spengler räusperte sich, um Friedberg zu bremsen, aber der reagierte nicht.
„Wenn das so war, muß man sich über nichts wundern."
„Vielleicht haben Sie sich gewundert, als Sie bemerkt haben, was er in der Reisetasche bei sich trug, aber dann wurde aus Verwunderung Gier. Sie haben blitzschnell einen Plan entworfen, wie Sie an das Geld kommen konnten. Zuerst haben Sie ihn besoffen gemacht, dann mit der Hundeleine erwürgt, ihm mit Messer oder Gabel Wunden beigebracht und schließlich Bobby den Rest erledigen lassen, bis es so aussah, als hätte die ‚Bestie vom Bürgerpark' wieder zugeschlagen."
Beckers Atem ging schwer. Er blickte ratlos zwischen den drei Polizisten hin und her. Seine Hände zitterten. Er wandte sich an Spengler: „Was redet dieser Mann da? Was soll das alles? Ich habe

Enno seit Monaten nicht mehr gesehen. Was für eine Reisetasche soll ich gesehen haben?"

„Wo waren Sie vorgestern abend?" setzte Friedberg nach.

„Na hier. Bei dem schönen Wetter bin ich jeden Abend hier. Wenn es dunkel wird, geh ich da ins Gebüsch. Dahinten können Sie die Plane sehen, da schlaf ich unter." Er zeigte hinter sich auf eine graue Plastikplane, die er zwischen vier schmalen Birkenstämmen aufgespannt hatte.

„Also kein Alibi", stellte Friedberg fest.

„Der Mann geht mir auf die Nerven", wandte sich Becker erneut an Spengler. „Ich weiß nicht, was hier abgeht, aber allmählich hab ich keine Lust mehr. Da versucht man zu helfen und kriegt so blöde Sachen zu hören."

„Einen Moment noch Geduld, Herr Becker." Spengler hatte Mühe, in dem losen Sand wieder auf die Beine zu kommen. „Können wir uns einen Augenblick beraten, Heiner?" Er warf Yvonne einen Blick zu und deutete auf Becker.

Die kapierte sofort, hockte sich neben Becker und sagte: „Ich leiste Ihnen solange Gesellschaft, Herr Becker."

„Geht in Ordnung, solange Sie mir keine Handschellen anlegen." Yvonne lachte, und auch Becker quälte sich ein Lächeln ins Gesicht.

Spengler lief in Richtung Plane und blieb stehen, als sie außer Hörweite von Becker waren. Friedberg grinste und hielt etwas Abstand zu seinem Kollegen, der sofort loslegte: „Kannst du mir mal erklären, was das jetzt sollte? Deine Überrumpelungstaktik in Ehren, aber bitte doch nur, wenn sie irgendwie Erfolg verspricht."

„Der Kerl hat es faustdick hinter den Ohren", verteidigte sich Friedberg.

„Das hast du von der Kersten auch gesagt. Wenn es nach dir ginge, hätten wir heute schon zwei Verdächtige in Untersuchungshaft."

„Stimmt. Ich könnte mir gut vorstellen, daß die beiden das zusammen ausgeheckt haben. Als Buchmann mit der Tasche bei der

Kersten vor der Tür stand, ahnte sie sofort, daß etwas Besonderes anlag. Natürlich hat sie die Tasche bei sich behalten. Vielleicht hat sie erst später nachgeschaut, was drin war, aber dann hat sie sich sofort mit Becker in Verbindung gesetzt, und gemeinsam haben sie sich überlegt, wie sie die Kohle an sich bringen. Sie haben Buchmann, nachdem er sich telefonisch bei ihr angemeldet hat, um die Tasche zu holen, zusammen empfangen, auf die guten alten Zeiten angestoßen und ihn systematisch abgefüllt, bis sie ihn ins Jenseits befördern konnten."

„Tolle Geschichte", sagte Spengler nachdenklich. „Nur traue ich den beiden keinen Mord zu, vor allem Inge nicht."

„Ach, immer du mit deiner Menschenkenntnis. Wie oft hast du damit schon daneben gelegen?"

„Selten. Bin ich aber nicht stolz drauf. Gut, nehmen wir an, es wäre so gewesen, wie willst du dann weiter vorgehen? Die beiden festnehmen?"

„Schwierig, wir haben keine Beweise, nur Vermutungen. Erstens soll die Spurensicherung die Wohnung von der Kersten auf den Kopf stellen. Zweitens muß die Nachbarschaft der Kersten befragt werden, ob und wann Becker und Buchmann dort aufgekreuzt sind, und drittens müssen wir jetzt von Becker rauskriegen, ob er weiterhin mit Inge Kersten in Verbindung stand."

„Aber bitte mit meiner Methode. Wenn du ihn weiterhin überfällst wie eben, macht er nur zu."

„Okay. Spengler, übernehmen Sie."

„Ich gebe ja zu, daß die Wahrscheinlichkeit, den Täter oder die Täter im Straßen-Milieu zu finden, ziemlich groß ist. Deshalb sollten wir auch eine Belohnung aussetzen. Das macht vielleicht den einen oder anderen gesprächig."

„O Gott", seufzte Friedberg. „Damit uns wieder diese schrecklichen Spinner die Zeit stehlen. Wenn all diese besoffenen Typen ankommen, die sich nur wichtig machen wollen, bin ich jedenfalls im Außendienst unterwegs."

„Bleibt dir unbenommen. Also zurück zu unserem Reinhold."

Sie trafen Becker und Yvonne in ein freundliches Gespräch verwickelt an. Becker konnte sein Enttäuschung nur mit Mühe unterdrücken, als er sagte: „Ach, da sind Sie wieder. Warum gibt es nicht mehr solche weiblichen Vertreter der Obrigkeit?"

„Warten Sie noch zwanzig Jahre, dann haben die Frauen auch in unserem Job das Regiment übernommen." Spengler setzte sich wieder in den Sand, während Friedberg betont distanziert stehen blieb.

„Tja, Herr Becker, die Frauen. Wie läuft das eigentlich so bei euch auf der Straße?"

„Das habe ich ihn auch gerade gefragt", sagte Yvonne lächelnd.

„Und ich hab ihr gesagt, daß sich immer mal Gelegenheiten finden, auch wenn man nicht in festen Beziehungen lebt. Wir sind keine Mönche im Kloster."

„Aber die Welt der bürgerlichen Frauen bleibt euch verschlossen."

„Wer will denn so eine? Mal abgesehen von so sympathischen Exemplaren wie Ihre Kollegin."

„Danke für die Blumen." Yvonne lachte.

„Wenn man sich mal wäscht und ein wenig Asche beisammen hat, findet sich im Steintor immer was für ein paar schöne Stunden."

„Viele von euch kommen doch aus festen Bindungen, waren mal verheiratet."

„Eben. Und deshalb haben sie auch die Schnauze voll."

„Sie offensichtlich nicht, wenn Sie mit Inge Kersten befreundet waren."

„Ausnahmen bestätigen die Regel."

„Und so eine Freundschaft ist ja meistens eine fürs Leben, auch wenn es mal Störungen gibt."

„Kann sein. Aber Inge und ich sind für immer auseinander, damit das klar ist."

„Glaub ich Ihnen. Aber deswegen kann man doch trotzdem ein Bier miteinander trinken, zum Beispiel in der Gloria-Stube in Walle."

„Ja, warum nicht. Gegen ein Bier ist nie was zu sagen."

„Wann waren Sie denn das letzte Mal in der Kneipe?"
„Ist lange her."
„Ein paar Tage?"
„Quatsch. Monate bestimmt."
„Komisch. Wir haben ganz andere Informationen. Sie kennen doch sicher die Skat-Runde in dem Lokal."
„Ist ja nicht zu überhören. Die hängen da jeden Tag rum."
„Stimmt, und einer von denen erinnert sich genau, Sie in der letzten Zeit öfter dort gesehen zu haben", bluffte Spengler.
„Das war sicher dieser Fischer, dieses Arschloch. Der kann nie die Schnauze halten", verriet sich Becker.
„Also haben Sie auch Inge getroffen", sagte Spengler zufrieden.
„Läßt sich kaum vermeiden, wenn man da einen zur Brust nimmt", sagte Becker kleinlaut.
„Und warum haben Sie das verheimlichen wollen?"
„Tja, warum eigentlich? Weiß ich selbst nicht. Seit ich das in der Zeitung gelesen habe, hatte ich Schiss, daß ihr mich in die Mangel nehmt. Liegt ja auf der Hand. Enno und ich waren mal befreundet. Wir hatten Zoff wegen Inge. Inge hat mir das mit der Tasche erzählt, und ich hab gleich vermutet, daß da Kohle drin war. Da muß man nur ein bißchen kombinieren wie Ihr Kollege vorhin, und zack sitzt man im Knast. Nehmt ihr mich jetzt mit?" fragte er ängstlich.
„Wir haben eigentlich nicht die Absicht. Aber da Sie keinen festen Wohnsitz haben ..."
„Ich hau nicht ab", unterbrach er, „könnt ihr euch drauf verlassen. Hundertpro. Wo soll ich denn auch hin? Soll ich nach Brasilien auswandern, oder mit dem Drahtesel da", er zeigte auf sein Fahrrad, „nach Polen radeln?"
„Wer hatte zuerst die Idee, Buchmann das Geld abzunehmen?" Friedberg konnte nicht mehr an sich halten.
„Jetzt fängt der wieder mit dem Scheiß an!" jammerte Becker und streckte die Hand nach Yvonne aus, die ein Stück zurückwich.
Friedberg flüsterte Spengler ins Ohr: „Wir können es nicht riskieren, ihn laufen zu lassen."

„Okay", seufzte Spengler. „Tu, was du nicht lassen kannst." Er machte sich auf den Weg zum Auto, während Friedberg Reinhold Becker vorläufig festnahm. Das dauerte seine Zeit, denn der weinende Mann mußte sich anziehen, seine Habe unter der Plane verstauen, und Yvonne mußte die Stelle mit Absperrband und Polizeisiegel sichern. Den Hund nahmen sie mit ins Auto, um ihn im Tierheim abzugeben.

IV

Ein weiteres Verhör von Reinhold Becker mußten sie abbrechen, weil der Mann so schwere Entzugserscheinungen hatte, daß er keinen klaren Gedanken fassen konnte. Außerdem vermißte er seinen Hund dermaßen, daß er immer wieder in Tränen ausbrach. Sein Bobby im Tierheim, was für eine schreckliche Vorstellung. Spengler hielt die Haft für unnötig. „Wenn er mit der Sache zu tun hat, ist er uns draußen viel nützlicher. Er müßte nur entsprechend überwacht werden. Vielleicht führt er uns zu der Beute, vielleicht nimmt er Kontakt auf mit Komplizen, denn daß Inge Kersten Mittäterin ist, halte ich für ziemlich unwahrscheinlich."

„Die hat wohl einen dicken Stein bei dir im Brett." Friedberg malte mißmutig Kringel auf ein Blatt Papier. „Aber von mir aus lassen wir ihn laufen. Allerdings erst heute Nachmittag. Vorher will ich ihn mir noch mal vorknöpfen."

„Gut. Dann sollten wir auch Inge Kersten vorladen und die beiden miteinander konfrontieren. Würden Sie sich bitte darum kümmern", wandte er sich an Yvonne Uphoff, die an ihrem Tischchen saß und Karteikarten ausfüllte.

„Klar. Ich habe inzwischen auch Herbert von Brunk erreicht. Er erwartet Sie um zwölf in seinem Büro in der Obernstraße. Bei Frau Blome meldet sich nur der Anrufbeantworter. Ich habe ihr drauf gesprochen, aber sie hat noch nicht reagiert."

„Ich denke ständig darüber nach, weshalb der Buchmann mit dem Geld unterwegs war. Entweder fand er das Versteck nicht mehr sicher, oder er wollte aus Bremen, vielleicht sogar aus Deutschland verschwinden, oder er wollte damit eine Rechnung begleichen. Auf jeden Fall war er irgendwie unter Druck. Wer oder was hat ihn unter Druck gesetzt?"

„Wir denken immer nur in eine Richtung", meldete sich Yvonne. „Rache von Geschädigten, Erpressung, Geldgier und so weiter."

„Na, der Caritas wollte er es bestimmt nicht spenden." Friedberg grinste.

„Vielleicht wollte er jemanden beschenken, eine neue Freundin, seine Familie. Vielleicht war er das Versteckspielen leid und wollte ein neues Leben anfangen."

„Und warum ist er dann zu Inge Kersten gegangen?"

„Weil er ihr vertraute", warf Spengler ein.

„Vielleicht war sie sogar diejenige, die er glücklich machen wollte", sagte Yvonne. „Immerhin hat sie es geschafft, sich aus dem Sumpf von Suff und Prostitution zu befreien. Sie könnte eine gewisse Vorbildfunktion für ihn gehabt haben. Schließlich war sie mal seine Geliebte und ist immer noch eine attraktive und faszinierende Frau."

„Interessanter Gedanke", sagte Spengler anerkennend. „Buchmann auf dem Weg in ein besseres Leben. Was mit seiner Familie nicht möglich war und mit Frau Blome erst recht nicht, weil die ihn wohl schamlos ausgenutzt hat, wollte er mit Zigeuner-Inge versuchen."

„Ich halte das für ziemlich weit hergeholt, auch wenn ich verstehe, daß euch diese Einschätzung von Inge gut in den Kram paßt. Demnächst wird sie noch heilig gesprochen. Aber wenn ich das für einen Moment mal ernst nehme, macht es doch diese Dame noch viel verdächtiger. Plötzlich das viele Geld, aber dazu einen Mann, den sie schon mal in die Wüste geschickt hat, von dem sie wußte, daß er ein Weiberheld war. Das Geld will sie haben, den Mann nicht. Sie tut sich mit Reinhold Becker zusammen, verspricht ihm einen gehörigen Anteil, wenn er den Exliebhaber aus dem Weg schafft."

„Auch eine Möglichkeit", sagte Spengler überlegend.

„An die du natürlich nicht glaubst, weil diese Frau dein Urteilsvermögen trübt."

„Ach, hör mal damit auf!" motzte Spengler. „Immer diese albernen Unterstellungen. Ich bin in einem Alter, in dem weibliche Reize sich weitgehend relativiert haben."

„Gut, daß Irmgard dich nicht hört."

„Die ist selber alt genug, um das zu akzeptieren."
„Okay, tut mir leid. Ich hab halt ein negativeres Menschenbild als du. Wenn viel Geld im Spiel ist, hört bei neunundneunzigkommaneun Prozent der Leute jeglicher Anstand auf. Guck dir die Wirtschaftskrise an, die ist ein einziger Beleg dafür."
„Dann freue dich auf den Herrn, den wir gleich besuchen. Der berät die Wirtschaft und verdient sehr gut damit, sagt jedenfalls Freia Buchmann."

Das Büro in der Obernstraße war gediegen eingerichtet mit moderner Grafik, Chrom und schwarzem Leder, sowohl im Vor- als auch im Chefzimmer, in das sie an einer Claudia-Schiffer-Schönheit vorbei von Herrn von Brunk gebeten wurden. Er geleitete nach kurzer Begrüßung und Vorstellung die drei Polizisten an einen Besprechungstisch, auf dem Getränke aller Art, Gebäck und Obst warteten.
„Bitte bedienen Sie sich, wenn Sie mögen. Es ist alles da, warm und kalt, ganz nach Belieben."
Er setzte sich als letzter, schlug die Beine übereinander und verschränkte die Arme. Gegelte dunkle Haare über einem schmalen Gesicht mit braunen Augen, Hakennase und schmalen Lippen. Er strahlte eine gewisse Arroganz aus, obwohl er verbindlich lächelte.
Er war im Oberhemd, sein Jackett hing über der Lehne eines Ledersessels hinter dem großen Schreibtisch, der bis auf einen Laptop und eine metallene Federschale fast leer war. So arbeitet jemand, der keine Spuren hinterlassen will, dachte Spengler.
„Was führt Sie zu mir?" fragte von Brunk und lockerte seine Krawatte.
„Können Sie sich das nicht denken?" fragte Spengler zurück.
Von Brunk lachte. „Doch. Dumme Frage, entschuldigen Sie. Natürlich kommen Sie wegen Enno. Ich habe sein Foto in der Zeitung gesehen. Armes Schwein."
„Sie waren mal gut befreundet mit ihm, nicht wahr?"
„Wir haben zusammen die Schulbank gedrückt, waren viele Jahre unzertrennlich." Er schüttete sich Kaffee ein, hielt die Kanne

hoch und schaute fragend in die Runde. Alle schüttelten den Kopf.

„Wie genügsam unsere Staatsdiener doch sind", sagte er süffisant.

„Sie waren nicht nur sein Freund, sondern auch sein juristischer Berater."

„Richtig. Nach dem Abitur hat er Architektur studiert und ich Jura. Ich bin Anwalt geworden und er Bauunternehmer. Da lag es nahe, daß er bei juristischen Problemen meinen Rat suchte."

„Nur irgendwann hat sich das verhängnisvoll für Sie ausgewirkt."

„Kann man wohl sagen. Meine Kanzlei ging den Bach runter."

„Können Sie uns Näheres dazu erzählen?"

„Ungern. Das sind keine schönen Erinnerungen." Er goß Sahne in den Kaffee und ließ drei Zuckerstückchen hineinfallen. Er rührte gründlich um.

„Obwohl dieses Ambiente", Spengler schaute einmal rund um sich, „nicht gerade auf eine länger währende Verelendung schließen läßt."

„Gott sei Dank habe ich andere Möglichkeiten gefunden, für mein täglich Brot zu sorgen."

„Wobei Ihnen die Erfahrungen, die Sie im Umgang mit Buchmann sammeln konnten, sicher sehr hilfreich waren", sagte Friedberg.

„Sind Sie gekommen, um Artigkeiten mit mir auszutauschen, oder wollen Sie Konkretes hören?"

„Letzteres, wenn ich bitten darf. Weshalb hat man Ihnen die Lizenz entzogen?"

„Wegen Beihilfe zum Betrug. Ich wurde zu zwanzig Monaten auf Bewährung verurteilt und Entzug der Lizenz auf Lebenszeit."

„Sie mußten also nicht einsitzen?"

„Nein. Ich bin mit einem blauen Auge davongekommen, weil man mir nicht nachweisen konnte, daß ich selbst mitkassiert habe. Außer den üblichen Beglaubigungsgebühren habe ich nichts in Rechnung gestellt."

„Was haben Sie beglaubigt?" wollte Spengler wissen.

„Die Kaufoptions-Verträge."
„Können Sie uns das näher erklären?" bat Spengler.
„Nun, Sie haben sich doch bestimmt schon sachkundig gemacht."
„Aber wir möchten es gern noch einmal aus Ihrem Mund hören, weil uns das alles etwas dubios erscheint."
„Das war es auch. Das war ja der Trick von Buchmann, daß er Wohnungen verkauft hat, die überhaupt nicht existierten."
„Von Frau Buchmann wissen wir, daß er zwei Häuserblocks in Chemnitz gekauft hat, zwei Wohnungen renovieren ließ, um sie Interessenten vorzuführen und dann eifrig Vorschüsse kassiert hat, ohne weitere Baumaßnahmen in Angriff zu nehmen."
„Richtig. Wobei ich sagen muß, daß er letzteres auch mir verschwiegen hat. Ich bin wirklich davon ausgegangen, daß er die Gelder für die Renovierung verwendet."
„Wie ist das mit den Vorschüssen im Einzelnen gelaufen?" fragte Spengler.
„Zunächst einmal hat Buchmann aufwendige Hochglanz-Prospekte drucken lassen, in denen er mit raffinierten Fotos und vollmundigen Versprechungen potentiellen Käufern den Mund wäßrig machte. Dann hat er ähnlich verheißungsvolle Anzeigen in seriösen Zeitungen und Zeitschriften aufgegeben. Und schließlich hat er Bustouren nach Chemnitz veranstaltet mit üppigen Bewirtungen und Unterhaltungsangeboten. Hinzu kam sein ganz besonderes Talent, Leute für sich zu gewinnen. Besonders Frauen waren seinem Charme gleich reihenweise erlegen."
„Aber er konnte doch noch keine normalen Kaufverträge mit Grundbuchabsicherung machen."
„Natürlich nicht. Er hätte allenfalls die beiden fertigen Wohnungen verscherbeln können. Nein, er machte Vorverträge, die dem jeweiligen Interessenten eine Wohnung fest zusagten mit genauem Grundriß und mit Berücksichtigung von Ausstattungs-Sonderwünschen, vereinbarte einen relativ günstigen Endpreis, versprach hohe Mieteinnahmen, falls der Käufer das Eigentum nicht selbst nutzen

wollte, und forderte einen Baukostenzuschuß von dreißig- bis fünfzigtausend Euro, je nach Größe der Wohnung, anrechenbar auf den Endpreis. Er räumte den Leuten ein Rücktrittsrecht ein mit voller Erstattung des Vorschusses und ließ alle Verträge von mir beglaubigen, was die Sache in den Augen der Interessenten absolut glaubwürdig machte."

„Entweder waren Sie sehr naiv, oder Sie wollten auch Ihr Schäfchen dabei ins Trockene bringen", sagte Spengler kopfschüttelnd.

„Ich war Buchmanns bester Freund, und er war bis dahin ein völlig unbescholtener Geschäftsmann. Ich war fest davon überzeugt, daß er die Wohnungen bauen wollte, zumal er ja die Altbau-Komplexe gekauft und sich dafür auch bei Banken verschuldet hatte. Ich hätte nie für möglich gehalten, daß er mich so infam reinlegt."

„Sie sehen sich also als Opfer?" fragte Friedberg.

„Als was sonst? Er hat mich benutzt, um einem dubiosen Geschäft einen seriösen Anstrich zu geben."

„Glauben Sie, daß er den Betrug von vornherein geplant hatte?"

„Da bin ich mir nicht sicher. Vielleicht wollte er zunächst wirklich bauen und nur ein gutes Geschäft machen. Aber als dann das Geld nur so sprudelte, ist er vielleicht auf dumme Gedanken gekommen."

„Das Geld sprudelte, sagen Sie?"

„Und wie. Ich war fassungslos, als ich sah, wie sich die Leute geradezu um die Verträge rissen. Vor allem die Frauen, wie gesagt. In kürzester Zeit waren alle Wohnungen weg, und Buchmann hatte Millionen auf dem Konto."

„Könnten Sie sich vorstellen, daß ihn jemand dazu verführt hat, mit dem Geld zu verschwinden?" fragte Spengler.

„Ich glaube fest daran, daß Julia Blome dahintersteckte, auch wenn Enno im Prozeß das Gegenteil behauptete, um die Dame zu schonen."

„Und Sie selbst?" fragte Spengler liebenswürdig.

„Sicher war ich naiv, wie Sie vorhin sagten, gewiß hab ich meine Rolle bei der Chose falsch eingeschätzt, aber ich war doch Anwalt genug, meinem Freund nicht zu einem Verbrechen zu raten."

„Er hat Sie also reingerissen damals, Ihre Karriere als Anwalt ruiniert. Nehmen Sie ihm das noch übel?"

„Jetzt, wo er tot ist, ganz bestimmt nicht mehr. Aber auch in den letzten Jahren hat sich mein Zorn allmählich gelegt. Ich bin zwar vorbestraft, und viele ehemalige Kollegen grüßen mich nicht mehr, doch ich leide keine Not, wie Sie sehen." Er lachte und trank Kaffee.

„Haben Sie ihn nach seiner Entlassung aus dem Strafvollzug noch einmal gesehen?"

„Nein. Ich hatte nicht das geringste Bedürfnis nach weiteren Kontakten und er offensichtlich auch nicht."

„Es wird vermutet, daß er das ergaunerte Geld seinerzeit nicht komplett auf den Kopf gehauen hat, daß er einiges davon versteckt hat."

„Ja, ich habe davon gehört."

„Von wem?" fragte Friedberg schnell.

„Das Gerücht gab es damals schon, als er festgenommen wurde, und auch im Prozeß spielte diese Frage eine nicht unerhebliche Rolle."

„Nach allem, was er Ihnen angetan hat, liegt es doch nahe, daß Sie eine Entschädigung von ihm verlangt haben, zum Beispiel um Ihre jetzige Firma aufzubauen", fuhr Friedberg fort.

„Trauen Sie mir nicht zu, aus eigener Kraft wieder auf die Beine gekommen zu sein?" fragte von Brunk gereizt.

„Ich traue Ihnen alles zu. Diese glänzende Fassade hier kann doch täuschen. Vielleicht sind Sie gerade in finanziellen Schwierigkeiten und könnten eine Geldspritze gut gebrauchen."

Von Brunk wandte sich an Spengler: „Muß ich mir das in meinen eigenen vier Wänden bieten lassen?"

„Ist doch eine interessante Frage." Spengler blieb bei seinem liebenswürdigen Lächeln. „Wir gehen davon aus, daß Buchmann vor seinem Tod das versteckte Geld mit sich herumtrug. Und wir versuchen zu klären, ob er vielleicht jemanden damit beglücken wollte, zum Beispiel alte Schulden bezahlen, Wiedergutmachung leisten."

„Und da ist er auch zu mir gekommen, und als ich das viele Geld in seiner Tasche sah, hab ich es ihm, weil ich gerade klamm war, abgenommen und ihn, weil er mir nicht alles geben wollte, ins Jenseits befördert. Späte Rache, alles klar. Wollen Sie mich gleich festnehmen?"

„Woher wissen Sie, daß sich das Geld in einer Tasche befand?" fragte Friedberg.

„Wo sonst?" fragte von Brunk achselzuckend.

„In einer Plastiktüte, in einem Koffer, in einem Rucksack zum Beispiel."

„War einfach so dahergeredet. Wollen Sie mir jetzt daraus einen Strick drehen?"

„Apropos Strick. War der aus Kunststoff?"

„Bitte?" Von Brunk zog die Krawatte noch weiter auf.

„Bei Hanfstricken zum Beispiel findet man oft Faserreste in der Strangulationswunde."

Von Brunk erhob sich und öffnete ein Fenster. „Ich denke, es ist alles gesagt. Ich habe jetzt andere Termine und bitte um Verständnis, wenn ich mich zu diesen infamen Andeutungen nicht weiter äußere."

„Nur noch ein paar Minuten?" bettelte Spengler beinah unterwürfig. „Sie müssen Geduld haben mit meinem jungen Kollegen. Er ist manchmal ein wenig übereifrig. Nehmen Sie bitte wieder Platz, dann redet sich's besser."

Von Brunk setzte sich widerwillig. „Also was wäre noch zu besprechen?"

„Wann ist Ihnen zum ersten Mal aufgefallen, daß Ihr Freund mit falschen Karten spielte?"

„Eigentlich erst mit seinem Untertauchen. Er hat ja die Täuschung seiner Kunden für einen gewissen Zeitraum perfekt durchgehalten, um in Ruhe abzuwarten, bis alle Zahlungen eingegangen waren. Er hat regelmäßig Infos verschickt mit gefälschten Fotos von Bauarbeiten, mit fingierten Handwerker-Rechnungen und mit Belegen über Rückzahlungen, die nie stattgefunden hatten. Er hat getrickst, was das Zeug hielt. Erst als einer der Kunden bei einem Besuch in Chemnitz herausfand, daß überhaupt nichts geschehen war auf der Baustelle, kam die Sache ins Rollen. Das war ein gewisser Walter Kramer, der eines Tages bei mir vor der Tür stand und mir die Hölle heiß gemacht hat, weil ich ja als Anwalt eine Mitverantwortung trüge. Ich habe sofort versucht, Kontakt zu Enno aufzunehmen, aber der war schon abgetaucht."

„Dann folgten ja vermutlich turbulente Tage für Sie." Spengler gab sich einfühlsam.

„Allerdings. Da Enno nicht greifbar war, hielten sich die frustrierten Leute an mich. Obwohl ich selbst aus allen Wolken gefallen bin, glaubte mir niemand, daß ich hereingelegt worden war."

„Ich auch nicht", mußte Friedberg loswerden.

„Sie haben mich bedroht, zu Hause die Fenster eingeschmissen, mein Auto demoliert, meine damalige Freundin angepöbelt und mich mit den unflätigsten Briefen bombardiert. Sie haben sich zu einer Interessengemeinschaft zusammengeschlossen, sich einen Anwalt genommen und mich angezeigt. Eine Zeitlang mußte ich sogar einen privaten Personenschutz für mich und meine Freundin organisieren."

„Ich kann mir gut vorstellen, wie Ihnen damals zumute war", sagte Spengler verständnisvoll.

„Nein, das können Sie nicht. Ich habe Enno gehaßt, von ganzem Herzen gehaßt. Hängt mich hin und läßt mich die ganze Scheiße allein ausbaden! Wenn es irgendein x-beliebiger Klient gewesen wäre, okay, aber mein bester Freund! So was gönne ich meinem schlimmsten Feind nicht. Wenn ich ihn damals in die Finger gekriegt hätte ..." Er verstummte, wischte sich das Gesicht.

„Ja, was dann?" fragte Spengler behutsam.

Von Brunk seufzte und schüttelte den Kopf. „Nun haben Sie mich endlich da, wo Sie mich hin haben wollten. Sie vergessen nur, daß inzwischen neun Jahre vergangen sind."

„Nein, aber es gibt Gefühle, die verjähren nicht. Wir wissen nun fürs erste, was wir wissen wollten. Halten Sie sich bitte für weitere

Fragen, wenn es denn noch welche geben sollte, zu unserer Verfügung."

„Verstehe ich Sie richtig, daß ich in der nächsten Zeit Bremen nicht verlassen darf?"

„Das tun Sie."

„Aber ich habe wichtige auswärtige Termine!" empörte sich von Brunk. „Heute nachmittag muß ich unbedingt nach Hamburg."

„Verschieben Sie den Termin." Spengler stand auf, und die Kollegen taten es ihm gleich.

„Ich fasse es nicht! Weil ich vor neun Jahren eine Mordswut auf Enno hatte, zähle ich jetzt zu den Verdächtigen?" Von Brunk keuchte vor Empörung.

„Zur Zeit sind Sie nur ein wichtiger Informant, auf dessen Anwesenheit in Bremen wir nicht verzichten möchten."

„Und wenn ich mich nicht darum kümmere?"

„Ihr Risiko. Denken Sie immer daran, wie schnell Sie Ihre Lizenz als Anwalt losgeworden sind."

„Für diesen Job brauche ich keine Lizenz."

„Aber Glaubwürdigkeit. Und die ist auch schnell verspielt. Guten Tag, Herr von Brunk. Bemühen Sie sich nicht, wir finden den Weg allein hinaus." Sie gingen und ließen einen schwer atmenden, schwitzenden Mann zurück, der wütend an seiner Krawatte zerrte.

„Du glaubst doch nicht im Ernst, daß der seine Termine sausen läßt", sagte Friedberg, als sie wieder im Auto saßen.

„Keine Sekunde. Und das will ich auch für ihn hoffen, denn wenn er sich an unsere Forderung hielte, würde er sich erst recht verdächtig machen."

„Daß er eventuell mit Buchmanns Ende zu tun hat, hältst du nicht für ausgeschlossen?"

„Ich finde ihn genauso unsympathisch wie du und bin sicher, daß er damals mit Buchmann unter einer Decke gesteckt hat, also zu Recht verurteilt wurde wegen Beihilfe, aber warum sollte er jetzt einen Mord begehen? Der überlegt genau, was er tut, und würde

97

nichts riskieren, was seinen gegenwärtigen Status gefährden könnte."

„Auch nicht im Affekt?"

„Kennt so einer Affekte?"

„Ich glaube schon", meldete sich Yvonne Uphoff zu Wort. „Seine ganze Coolness ist doch nur Fassade. Wenn der explodiert, wackelt die Wand."

„Aber das Motiv?"

„Geld."

Für fünfzehn Uhr hatten sie Inge Kersten vorgeladen. Sie ließen sie gleich ins Vernehmungszimmer führen und dort eine Viertelstunde warten, um die kalte Neonlicht-Atmosphäre des Raums auf sie wirken zu lassen. Friedberg ging als erster zu ihr, während Spengler und Yvonne vom Nebenraum durch die verspiegelte Scheibe zuschauten.

„Guten Tag, Frau Kersten", grüßte Friedberg, setzte sich ihr gegenüber, drückte den Aufnahmeknopf, sagte Datum, Uhrzeit und: „Vernehmung Inge Kersten zum Mordfall Buchmann".

Sie hatte sich hübsch hergerichtet, die Haare gewaschen, sich geschminkt und sich mit grauem Rock und grauer Bluse fast elegant gekleidet. Sogar ein Goldkettchen mit Amulett trug sie um den Hals. Da saß eine brave Bürgerin, die allerdings im Augenblick ein wenig konfus wirkte.

„Was ist los? Warum bin ich heute so offiziell vorgeladen worden?"

„Moment. Sie werden gleich alles erfahren."

„Und wo ist Herr Spengler? Und das nette Fräulein?"

„Können wir uns darauf einigen, daß von nun ab ich die Fragen stelle und Sie sich aufs Antworten beschränken?"

Sie zuckte die Achseln. „Ich verstehe das alles nicht. Ich war doch bisher immer kooperativ."

„Darüber kann man streiten. Daß Buchmann Sie mit der Tasche aufgesucht hat, wollten Sie uns verheimlichen."

„Weil ich Angst hatte. Wegen meiner Vergangenheit. Wegen meiner Abhängigkeit. Hab ich doch schon erklärt."

„Schildern Sie bitte genau, wie das war mit Buchmann und der Tasche."

„Ich hab alles dazu gesagt."

„Es muß Ihnen doch merkwürdig vorgekommen sein, daß Buchmann nach Jahren plötzlich auftaucht, nur um eine Tasche bei Ihnen abzustellen. Er hätte sie ja auch in einem Schließfach am Bahnhof aufbewahren können."

„War ihm wohl zu riskant. Was weiß ich."

„Hat er angedeutet, für wie lange Sie die Tasche behalten sollten?"

„Nur für kurze Zeit, hat er gesagt. Er müsse noch etwas erledigen und wolle dann für einige Monate verreisen."

„Wohin?"

„Nach Spanien. Er meinte, da kenne er sich aus."

„Hat er Ihnen angeboten, ihn zu begleiten auf der Reise?"

„Wie kommen Sie darauf?"

„Weil es dann Sinn machen würde, sein Gepäck schon zu Ihnen zu bringen."

„Ich wäre sowieso nicht mitgefahren."

„Ach, und warum nicht?"

„Weil er immer noch soff."

„Aber angeboten hat er es Ihnen?"

„Ja, verdammt noch mal!" rief sie wütend.

„Interessant. Toll, wie man Ihnen jedes Detail aus der Nase ziehen muß. Wenn Sie so unschuldig sind, wie Sie tun, warum legen Sie dann nicht alle Karten offen auf den Tisch?"

„Wenn man im Untergrund gelebt hat, traut man keinem Polizisten."

„Okay. Eine andere Frage: Kennen Sie Reinhold Becker?"

„Jaaa", sagte sie zögernd. „Das ist doch der mit dem Hund?"

„Genau der. Woher kennen Sie ihn?"

„Kommt manchmal zu uns in die Gloria-Stube."

„Sonst hatten Sie keinen Kontakt zu ihm?"
„Nicht daß ich wüßte."
„Ja oder nein?"
„Nein."
„Sie lügen schon wieder. Sie waren vor Jahren mit Becker befreundet, bis Buchmann auftauchte und er Sie dem Becker abspenstig machte."
„Woher wollen Sie das wissen?"
„Von Becker persönlich."
„Ach, der redet viel, wenn der Tag lang ist. Was der schon alles behauptet hat."
„Das können Sie nur so genau wissen, wenn Sie ihn gut kennen."
„Das weiß jeder über ihn. Der ist doch berühmt wegen seiner Spinnerei."
„Wir haben ihn vorläufig festgenommen wegen des dringenden Verdachts, Buchmann getötet zu haben."
„Ach du Scheiße. Und was ist mit dem Hund?"
„Ist das alles, was Ihnen dazu einfällt?"
„Im Moment ja. Schließlich hängt so ein Tier an seinem Herrchen."

Spengler im Nebenraum lachte laut. Auch Yvonne konnte sich ein Kichern nicht verkneifen.
„Gottvoll", sagte Spengler schließlich. „Entweder ist das wirklich ein ganz ausgekochtes Luder, oder sie ist total naiv. Was meinen Sie?"
„Schwer zu sagen. Auf Anhieb würde ich sagen: naiv. Aber wenn man ihre Vergangenheit bedenkt? Sind Abhängige nicht notorische Lügner, die sich und anderen ständig etwas vormachen?"
„Das Lügen wird ihnen mit dem Entzug konsequent ausgetrieben."
„Also naiv?"
„Hoffen wir's."
„Und Sie verheimlichen mir auch, daß Sie Becker in den letzten Tagen gesehen haben", fuhr Friedberg fort.

„Und wo soll ich das getan haben?"
„Im Lokal."
„Ach so. Das kann sein. Aber man merkt sich nicht alle Gäste, wenn man viel zu tun hat."
„Frau Kersten, halten Sie mich nicht zum Narren. Es wäre uns ein Leichtes, das checken zu lassen. Einer Ihrer Stammgäste vom Skat-Tisch zum Beispiel wird sich bestimmt erinnern, wie Sie mit Becker gesprochen haben."
„Die kann man doch nicht ernst nehmen."
„Frau Kersten, es reicht jetzt!" wurde Friedberg laut.
„Okay, okay, ist ja gut. Regen Sie sich nicht auf. Warum sollte ich nicht mit Becker geredet haben. Man gibt sich ja Mühe, es seinen Gästen immer recht zu machen. Und wenn einer quatschen will, wer hat was dagegen?"
„Sie waren also früher mit Becker befreundet?"
„Wenn es Ihnen weiterhilft: ja. Aber das war nicht immer erfreulich. Wie gesagt: er redet viel und meistens dummes Zeug. Und er gab lustig das Geld aus, das ich mühsam angeschafft habe."
„Auf dem Strich?"
„Wo sonst? Unsereins hat ja nicht viele Möglichkeiten, an Geld zu kommen."
„Wie war das dann mit Buchmann?"
„Jedenfalls mußte ich nicht mehr auf den Strich. So etwas verpflichtet, wenn Sie wissen, was ich meine. Ich war ihm sehr dankbar, und außerdem war er ein ganzer Kerl und kein Laberfritze."
„Wie hat sich dann die Trennung von Becker abgespielt?"
„Was heißt Trennung? Wenn man auf der Straße lebt, kann man einen ja nicht rausschmeißen. Ich war halt mehr mit Enno zusammen, aber wir waren auch oft zu dritt."
„Und die Wohnung in Gröpelingen?"
„Die kam erst später, als ich anfing zu arbeiten und den Entzug gemacht habe, als ich raus wollte aus der ganzen Scheiße."
„Im Winter zog sich Buchmann ja in seinen Wohnwagen zurück. Was war dann mit Ihnen?"

„Da war ich schon weg von Enno. Wir waren nur einen Sommer lang zusammen, und da war von keinem Wohnwagen die Rede."

„Worüber haben Sie mit Becker in den letzten Tagen gesprochen?"

„Was weiß ich? Übers Wetter, über den Hund. Irgend so ein Zeug eben."

„Nicht über Enno Buchmann? Über seine Tasche?"

„Glaub ich nicht. War ja auch nicht so wichtig."

„Es soll nicht wichtig sein, wenn Enno Buchmann nach vielen Jahren plötzlich vor Ihrer Tür steht und Sie bittet, eine Tasche für ihn aufzubewahren und mit ihm auf Reisen zu gehen?" fragte Friedberg in scharfem Ton.

„Für mich schon, aber doch nicht für Becker. Geht ihn überhaupt nichts an."

„Ist Ihnen eigentlich bewußt, daß Sie sich unentwegt verdächtiger machen, weil Sie ständig versuchen, alles unter den Teppich zu kehren, was für Sie bedenklich sein könnte?"

„Ich weiß nicht, wovon Sie reden."

„Ich rede davon, daß Sie mit Becker über Buchmanns Besuch und über die Tasche gesprochen haben."

„Wenn Sie meinen."

„Ich rede davon, daß Becker von Ihnen erfahren hat, was in der Tasche war."

„Von mir aus."

„Ich rede davon, daß Sie mit Becker überlegt haben, wie man das Geld an sich bringen könnte."

„Die Gedanken sind frei."

„Ich rede davon, daß Sie mit Becker einen Plan entwickelt haben, der dann bei der Ausführung womöglich schief lief, so daß Sie keine andere Wahl hatten, als Buchmann zu töten."

„Eine blühende Phantasie haben Sie, Herr Kommissar. Alle Achtung. Hat Herr Spengler eigentlich heute frei?"

„Warum? Würden Sie lieber mit ihm sprechen?"

„Allerdings. Ich glaube, er sieht die Dinge nicht so verbissen wie

Sie. Auch die junge Frau wäre mir recht. Nur mit Ihnen hab ich so meine Probleme. Sie erinnern mich an einen Kunden damals, als ich noch anschaffen ging. Der kam auch immer so naßforsch daher, und wenn's ans Bezahlen ging, wollte er nachverhandeln, obwohl wir den Preis vorher ausgehandelt hatten."

„Jedenfalls haben wir Becker gestern festgenommen."

„Das sagten Sie schon."

„Ich wiederholte es, um Ihnen vor Augen zu führen, was auch auf Sie wartet, wenn Sie nicht endlich kooperativ sind."

„Hallo, Frau Kersten." Spengler und Yvonne betraten den Raum.

„Gott sei Dank", sagte die Kersten und reichte Spengler die Hand, der sich neben Friedberg setzte, während Yvonne abseits neben der Tür Platz nahm. „Ich dachte schon, Sie wollten mich im Stich lassen. Ihr Kollege versucht dauernd, mir einen Mord anzuhängen."

„Tut mir leid, daß Sie mich vermißt haben, aber Sie vergessen offensichtlich, daß ich nicht Ihr seelischer Beistand bin, sondern genau wie mein Kollege ein Verbrechen aufklären muß. Und ich kann nur sagen, daß Sie ganz schön in der Tinte sitzen."

„Hat sich denn heute alles gegen mich verschworen? Sie hinterhältiger Kerl haben die ganze Zeit da hinter der Scheibe gesessen und zugehört, stimmt's?" Sie zeigte auf den Spiegel.

„Ist so bei unserem Job. Also fassen wir mal zusammen: Sie haben Buchmanns Tasche angenommen und bei sich verwahrt, wollten aber nicht mit ihm verreisen. Stattdessen haben Sie in der Tasche nachgeschaut und das Geld entdeckt. Sie haben Ihrem Freund Becker davon erzählt und gemeinsam einen Plan entwickelt, das Geld an sich zu bringen. Wie ging's dann weiter?"

„Ich sage nun nichts mehr. Halten Sie sich doch an Reinhold Becker." Ihr Gesicht war eingefallen, die Schminke klebte häßlich auf der grauen Haut.

„Nichts leichter als das." Spengler nickte Yvonne zu. Die öffnete die Tür zum Flur und rief: „Sie können Herrn Becker jetzt reinbringen."

Ein Uniformierter führte Becker herein und ließ ihn auf einem Stuhl neben Inge Kersten Platz nehmen.

„Guten Tag allerseits", grüßte Becker devot. „Hallo, Inge." Er küßte sie auf die Wange. Sie wich angewidert zurück. „Hallo, Reinhold", zischte sie.

„Schön, Sie so nebeneinander zu sehen", sagte Spengler lächelnd. „Ich glaube, wir können an dem Punkt ansetzen, der ja von Ihnen beiden nicht bestritten wird, daß Sie sich nämlich über die Geldtasche von Buchmann ausgetauscht haben. Wer von Ihnen beiden hatte die Idee gehabt, das Geld zu behalten?"

„Sie", sagte Becker schnell und zeigte auf Inge Kersten.

„Er natürlich", sagte sie kühl.

„Dann wären wir ja schon einen großen Schritt weiter. Es steht also fest, daß einer von Ihnen die Idee hatte."

„Wie man halt so herumspinnt. Man könnte dies, man sollte das, aber so was meint man doch nicht ernst", versuchte sie abzuwiegeln.

„Ich hatte schon das Gefühl, daß du das ernst meinst", sagte Becker. „Sonst hättest du es mir doch gar nicht erzählen müssen."

„Es hat mich halt beschäftigt, daß der Kerl plötzlich aus der Versenkung auftaucht und wieder was von mir will. Und da du mal sein Freund warst, dachte ich ..."

„Er war nie mein Freund. Du hast ihn angeschleppt, als du schon mit ihm gepennt hattest. Ich hab den nie gemocht."

„Aber sein Geld hast du genommen. Konntest gar nicht genug kriegen."

„Und du hast dich von ihm aushalten lassen."

„Besser Kohle von ihm als von dreckigen Freiern!"

„Stopp!" rief Spengler. „Bleiben wir beim Thema. Lassen wir mal dahingestellt, wer zuerst auf die Idee kam, Buchmann zu bestehlen. Wie wollten Sie das bewerkstelligen?"

„Fragen Sie ihn." Sie zeigte auf Becker. „Er hat den Plan entwickelt. Ich hatte sowieso große Bedenken und war heilfroh, daß Enno uns zuvorgekommen ist."

„Inwiefern?" fragte Spengler.

„Ehe wir überhaupt was Konkretes beschließen konnten, hatte Enno die Tasche mit dem Geld heimlich abgeholt."

„Wie das? Ist er bei Ihnen eingebrochen?"

„Ich hatte ihm einen Schlüssel gegeben für den Fall, daß ich nicht zu Hause sein sollte, wenn er die Tasche brauchte."

„Wer's glaubt, wird selig", knurrte Becker. „Sie hat sich's anders überlegt, weil Enno ja nun mal ihr Liebling war, und sich gedacht: Lieber teile ich mit ihm als mit Reinhold. Auf eigene Faust hat sie unseren Plan umgesetzt. Sie hat die Tasche versteckt und ihm gedroht, das Geld zur Polizei zu bringen, wenn er nicht mit ihr teilt. Sie hat ihn erpreßt, so wie wir es vorgehabt haben."

„Stimmt das?" wandte sich Spengler an Inge Kersten.

„Alles Hirngespinste. Bevor wir überhaupt einen konkreten Plan entwickeln konnten, ist Enno mit dem Geld verschwunden", wiederholte sie.

„Sie lügt. Wir hatten alles genau überlegt, und die Sache mit der Erpressung war ihre Idee, das schwöre ich beim Leben meines Hundes."

„Okay, ich will gar nicht leugnen, vielleicht im Laufe des Gesprächs solch eine Idee entwickelt zu haben. Reinhold und ich haben ein bißchen Krimi gespielt. Wie man so etwas im Spaß eben macht. Aber keiner von uns hat das wirklich ernst gemeint. Du doch auch nicht, Reinhold", sagte sie eindringlich.

Er zog die Schultern hoch und machte sich klein. „Hast ja recht, Inge. Man spinnt so rum und denkt sich nichts dabei. Hatte ja auch ganz schön getankt. Da legt man nicht jedes Wort auf die Goldwaage. Ja, genauso war es. Inge und ich haben uns ein bißchen aufgegeilt an der Idee, dem Enno eins auszuwischen. Aber alles nur im Scherz, großes Ehrenwort. Meinen Sie, daß ich heute abend noch meinen Hund abholen kann in Findorff?"

Spengler lehnte sich lächelnd zurück. „Alles nur ein Spaß, na prima. Man könnte sich kaputtlachen, wenn da nicht ein Toter in der Pathologie läge. Meinen Sie beide, Sie können uns für dumm verkaufen?!" schrie er plötzlich. Alle im Raum zuckten zusammen.

„Ihren Hund können Sie vorerst vergessen, Herr Becker, und Sie, liebe Frau Kersten, werden sich auch bei uns häuslich einrichten müssen. Wir werden Sie hier so lange festhalten, bis wir wissen, wie Buchmann zu Tode gekommen ist. Haben Sie uns noch etwas zu sagen?"

„Ich habe mit dem Tod von Enno nichts zu tun", sagte Inge Kersten entschieden.

„Ich auch nicht", ergänzte Becker.

„Gut. Dann beantworten Sie uns bitte noch ein paar Fragen für das Protokoll. Zunächst bitte Sie, Frau Kersten: Wann genau tauchte Buchmann mit der Tasche bei Ihnen auf?"

„Zwei Tage vor seinem Tod. Also vor sechs Tagen."

„Wann haben Sie mit Herrn Becker darüber gesprochen?"

„Noch am selben Abend."

„Nachdem Sie zuvor die Tasche untersucht hatten?"

„Ja."

„Und wann hat Buchmann die Tasche wieder abgeholt?"

„Am nächsten Tag."

„Also einen Tag vor seiner Ermordung?"

„Ja."

„Und das mit dem Schlüssel ist die Wahrheit?"

„Ja."

„Wieso vertrauten Sie einem Mann, den Sie jahrelang nicht gesehen haben, einen Wohnungsschlüssel an?"

„Ich hatte kein Problem damit. Schließlich hat er mich eingeladen, mit ihm zu verreisen."

„Kam es zu Intimitäten bei seinem Besuch?"

„Geht Sie nichts an."

„Also ja. Gut. Dann möchte ich Sie bitten, mir jetzt einen Schlüssel auszuhändigen, damit wir eine Hausdurchsuchung bei Ihnen vornehmen können."

„Auch damit hab ich kein Problem." Aus einer Jute-Umhängetasche holte sie ein Schlüsselpaar hervor. „Der kleinere ist für die Haustür, der größere für die Wohnung. Könnte man mir bei der

Gelegenheit auch einen Schlafanzug und meine Zahnbürste mitbringen?" Sie legte die Schlüssel auf den Tisch.

„Unsere Kollegin Uphoff wird bei der Durchsuchung dabei sein und Ihnen das Gewünschte später in die Zelle bringen. Und nun zu Ihnen, Herr Becker. Können Sie bestätigen, daß Sie vor sechs Tagen mit Frau Kersten über Buchmann und die Tasche gesprochen haben?"
„Wenn Inge das sagt, wird's schon stimmen. Ich hab nicht so ein ausgeprägtes Zeitgefühl. Wenn ein Tag wie der andere abläuft, verliert man den Überblick."

„Okay, das wär's dann fürs erste, es sei denn, Sie hätten uns noch etwas zu sagen, was der Klärung des Falles dienlich wäre."

„Sie machen einen großen Fehler", sagte Inge Kersten resigniert. „Natürlich war es falsch, mit so vielem hinterm Berg zu halten, aus lauter Angst, in etwas verwickelt zu werden, das das mühsam hergestellte Gleichgewicht meines Lebens zerstört. Ich bin ja selbst schuld. Ich bin nur froh, daß ich heute in einer Zelle übernachten kann, in der ich mit Sicherheit keinen Alkohol finde. Aber Sie alle drei irren sich, wenn Sie glauben, über Reinhold und mich den Mord aufklären zu können. Vor allem von Ihnen, Herr Spengler, hätte ich mehr Menschenkenntnis erwartet."

„Und Verständnis für einen Hundebesitzer. Das arme Tier weiß doch überhaupt nicht, wie ihm geschieht. Wie soll es je wieder Vertrauen zu mir haben, wenn ich es so schmählich im Stich lasse?" Becker hatte wieder Tränen in den Augen.

„Tja, was soll man nun davon halten?" fragte Spengler seine Kollegen, als sie wieder im Büro saßen.

„Ich steige bei dieser Frau nicht durch", gestand Friedberg. „Was die uns an Widersprüchen aufgetischt hat, spottet jeder Beschreibung. Bei der weiß man nie, woran man ist. Also, ich hab das Gefühl, sie lügt immer noch, aber meinen Gefühlen traue ich nicht über den Weg."

„Ich habe sie wohl ein wenig falsch eingeschätzt, als ich dachte, die spielt mit offenen Karten. Inwieweit wirklich Angst hinter ihrer

Heimlichtuerei steckt, wie sie behauptet, oder doch kriminelle Energie, weiß ich im Moment nicht. Was meinen Sie, Yvonne?"

„Wenn Sie beide schon so unsicher sind, wie soll ich dann etwas Handfestes sagen? Also sage ich einfach aus dem Bauch heraus: ich halte beide nicht für Mörder. Daß sie an das Geld heran wollten, ist ziemlich wahrscheinlich. Und daß Buchmann vorher die Tasche heimlich abgeholt hat, können wir nicht ausschließen."

„Immerhin haben sie gemeinsam ein Verbrechen geplant, das steht für mich fest. Über die Rollenverteilung dabei wird noch zu reden sein", sagte Friedberg unzufrieden.

„Gut. Wir sollten uns jetzt um die Haftbefehle und den Durchsuchungsbeschluß kümmern. Yvonne, Sie sollten, wie ich schon gesagt habe, bei der Durchsuchung dabei sein und die Sachen für die Kersten mitbringen. Alles in allem ein unbefriedigender Tag. Und diese Julia Blome ist immer noch unerreichbar?"

„Ich kann ihr gern noch mal auf den AB sprechen", sagte Yvonne.

„Tun Sie das. Wenn sie sich bis morgen früh nicht meldet, werden wir uns ihre Wohnung mal ansehen. Haben Sie ihre Adresse?"

„Klar."

„Prima. Ich habe jetzt noch einen Arzttermin und wäre dir dankbar, wenn du die Papiere besorgen könntest", wandte er sich an Friedberg.

„Oh, Arzttermin. Was Schlimmes?"

„Immer dasselbe: Rücken und so. Reine Routine."

„Gut, ich kümmere mich, während du dich deinen Gebrechen widmest." Friedberg lachte zu laut.

Beim Belastungs-EKG kam Spengler ordentlich ins Schwitzen, obwohl er sonst regelmäßig sein Rad benutzte. Aber in Bremen fuhr man auf ebener Strecke, während man beim EKG einen Berg hinauf mußte. Er fürchtete, daß sein Herz die Brust sprengen würde, als er endlich aufhören durfte zu strampeln und sich nur noch mit leichten Bewegungen entspannen sollte.

„Es dauert reichlich lange, bis Ihr Blutdruck wieder runterkommt", meinte der Arzt, der neben ihm stand und auf sein Meßgerät schaute. „Gefällt mir nicht", fügte er hinzu und entkabelte Spengler. „Sie können jetzt absteigen und sich wieder anziehen. Gehen Sie bitte solange zurück ins Wartezimmer, bis ich Sie hereinrufe."

Und Ihnen Ihr Todesurteil verkünde, ergänzte Spengler in Gedanken. Es kostete ihn Mühe, Hemd und T-Shirt über seinen feuchten Oberkörper zu ziehen. Er fühlte sich erst wieder als Mensch, als er die Hose hoch- und den Reißverschluß zuziehen konnte.

„Nehmen Sie Platz." Der Internist zeigte auf den Stuhl vor seinem Schreibtisch und schaute konzentriert auf seinen Bildschirm. „Leider keine guten Nachrichten, Herr Spengler. Die Werte haben sich eher verschlechtert als verbessert. Nehmen Sie Ihre Medikamente regelmäßig?"

„Doch, doch."

„Das klingt nicht sehr überzeugend."

Arbeite du mal in so einem Job wie ich. Dann vergißt du auch mal die Scheißtabletten, dachte Spengler.

„Der Betablocker müßte ja wenigstens den Blutdruck gesenkt haben. Hat er aber offensichtlich nicht. Wir verdoppeln mal für vierzehn Tage die Dosis und kontrollieren Tag für Tag morgens und abends den Druck. Sie messen ja selbst?"

„Doch", sagte Spengler verlegen. Er hatte zwar ein Gerät, aber weder Zeit noch Lust, es zu benutzen. Außerdem hatte er das Gefühl, beim Messen mit seiner Nervosität den Druck noch in die Höhe zu treiben.

Der Arzt lächelte verstehend. „Also ab heute Abend messen wir brav und schreiben die Werte auf. Wie gesagt: zweimal am Tag oder öfter, wenn Sie mögen. Das zwei Wochen lang, dann sehen wir uns wieder und schauen uns die Liste an." Er stand auf und drückte Spengler die Hand.

Der nickte devot und murmelte einen Abschiedsgruß, obwohl er am liebsten gebrüllt hätte: Reden Sie mit mir nicht wie mit einem Vollidioten!

Wieder einmal kam ihm seine Wohnung viel zu klein vor. Er tigerte vor dem Fernseher auf und ab, stellte sich dann auf den Balkon und atmete tief ein und aus. Die Sonne stand schon tief über dem Weser-Stadion, dessen Lichtmasten deutlich erkennbar waren. Er verspürte nur Wut bei dem Gedanken, ständig Tabletten nehmen und sich wie ein Kranker verarzten zu müssen. In seinem Alter hatte man noch gesund zu sein. Fast die Hälfte der Menschheit hatte zu hohen Blutdruck, die meisten ohne es zu wissen, und ausgerechnet er sollte nun mit dem Bewußtsein eines Leidenden durchs Leben gehen. Das widersprach völlig all seinen Erwartungen an sich selbst. Hatte er sich nicht immer für unbesiegbar gehalten? Und nun machte sein Körper plötzlich schlapp, ohne ihn, den starken Spengler, um Erlaubnis zu fragen?

Das Telefon klingelte. Es konnte sich nur um Irmgard handeln, der er dummerweise vom Arzttermin erzählt hatte.

„Hallo", meldete er sich so munter wie möglich.

„Wie geht's? Was hat das EKG gebracht?"

„Alles im grünen Bereich", log er.

„Ist der Blutdruck runter?"

„Klar."

„Das hört sich nicht gut an", sagte sie leise.

„Was heißt das?"

„Du hörst dich an wie einer, der nicht die Wahrheit sagen will. Ich kenne diesen Ton genau bei dir. Mußt du wieder den großen Verdränger spielen?"

„Warum fragst du mich dann, wenn du sowieso schon alles weißt?"

„Eigentlich wollte ich dich zum Essen einladen. Ich wollte uns ein paar Scampi grillen. Was meinst du?"

„Klingt schon besser. Wann soll ich da sein?"

„Komm doch jetzt gleich. Dann können wir vorher noch ein bißchen schnacken."

„Bin schon unterwegs. Bin gleich da. Nur noch schnell duschen."

„Kannst du auch bei mir."

„Mit dir zusammen?"
„Gern."

Mit dem Duschen brachten sie sich in Stimmung, danach schliefen sie miteinander und genossen die kühle Haut des anderen. Spengler war in Hochform und vergaß sein gestresstes Herz. Sein Körper funktionierte tadellos, er war wieder der zwanzigjährige Kraftprotz, der Gott und die Welt nicht fürchten mußte.

„Wäre doch schön, wenn wir noch lange so beieinander sein könnten", flüsterte ihm Irmgard schließlich ins Ohr und legte einen Schenkel über seinen Unterleib.

„Wie meinst du das?" fragte er ernüchtert und richtete sich auf.

„Das weißt du doch. Ich mache mir deinetwegen ein wenig Sorgen."

„Du hast wirklich ein Talent, einem die Stimmung zu verderben." Er griff nach seiner Unterhose und wehrte ihre rechte Hand ab, die wieder zärtlich werden wollte.

„Ach, komm, war keine böse Absicht. Im Gegenteil. Ich brauche dich nämlich noch viele, viele Jahre und möglichst im selben körperlichen Zustand wie jetzt."

„Ach, Scheiße!" schimpfte er und zog sich an.

Die Scampi schmeckten ihm gut, auch wenn er das Irmgard nicht sagte. Der Weißwein war ebenfalls nicht zu verachten, so daß er schon bald zwei Gläser davon intus hatte. Da er mit dem Fahrrad gekommen war, mußte er den Alkohol nicht fürchten, konnte seine entspannende Wirkung auskosten. Das hob schließlich auch wieder seine Laune.

„Waren die Scampi okay?" fragte Irmgard, die seine Schweigsamkeit während der Mahlzeit respektiert hatte. Sie wußte genau, wann sie ihn in Ruhe lassen mußte. Er würde sich schon von selbst aus seiner Verstimmung lösen, während jeder Versuch, ihm das abzuverlangen, mit Sicherheit in Krach mündete.

„Doch. Lecker. Sind ja auch gesund." Beide lachten befreit.

„Und machen nicht dick", fügte sie hinzu.

„Willst du damit auf mein Körpergewicht anspielen?" fragte er grinsend.

„Nein, überhaupt nicht!" wies sie gespielt übertrieben zurück. „Es ist das viele Fastfood und der Kantinenfraß. Alles viel zu fett."

„Ich weiß."

„Wenn du immer für mich kochen würdest, könnte ich schnell abnehmen."

„Klar. Gemeinsame Wohnung, gemeinsame Küche, gemeinsame Gesundheit."

„Junggesellen-Leben ist schädlich. Sagt jeder Ernährungsberater."

Jetzt war sie es, die eine Pause und Abstand brauchte. Die krause Nase verriet ihren Ärger. Sie deckte den Tisch ab und brauchte länger in der Küche als üblich. Er blätterte im neuesten ‚Stern', ohne etwas aufzunehmen, betrachtete nur bunte Bilder.

Schließlich kehrte sie zurück, schenkte sich Wein ein und prostete ihm zu.

„Sag jetzt nicht ‚wohl bekomm's'", versuchte er zu scherzen.

„Den Teufel werde ich tun. Ich möchte nur mal wissen, was neuerdings in dich gefahren ist, weshalb du offensichtlich nicht mehr zufrieden bist mit unserem Zusammenleben."

„Vielleicht brauche ich mehr Nähe", sagte er nach einer Pause.

„Aber echte Nähe manifestiert sich doch nicht darin, daß man ständig zusammenhockt. Wie viele alte Paare gibt es, die sich Tag und Nacht fürchterlich auf die Nerven gehen und sich innerlich überhaupt nicht mehr nah sind."

„Kann sein, aber ich habe oft Angst vor meiner leeren Wohnung. Und hier hab ich immer wieder das Gefühl, nur zu Gast zu sein. Ich weiß, das klingt sentimental, aber ich fühle mich nirgends zu Hause. Früher hat mir das nichts ausgemacht, nur wenn man älter wird, will man wissen, wohin man gehört. Aber vergiß es. Jetzt, wenn ich es ausspreche, klingt es blöd. Es ist mir peinlich."

„Ach, hör auf. Ich finde es gut, daß du die Dinge beim Namen nennst, selbst wenn ich nicht weiß, wie ich dir helfen soll. Keiner kann über seinen Schatten springen. Ich eben auch nicht. Ich fühle mich dir so stark verbunden, daß ich diese räumliche Nähe nicht brauche. Im Gegenteil, ich hätte Angst davor, daß zu große Nähe unsere schöne Beziehung kaputt machen könnte."

„Das hast du schon oft gesagt, nur macht es das für mich nicht nachvollziehbarer. Aber lassen wir das. Tut mir leid, daß ich dich wieder bedrängt habe."

„Muß dir nicht leid tun. Kann ja auch sein, daß ich falsch liege mit meiner Angst vor emotionaler Verödung durch zu viel banalen Alltag. Es gibt ja nicht nur seelisch verkümmerte Seniorenpaare, sondern auch sehr muntere, die immer noch Händchen halten und nicht genug voneinander kriegen können." Sie lachten.

„Vielleicht hängt es auch mit meinem Job zusammen. Mein Verhältnis zu Friedberg hat sich irgendwie verändert. Ich spüre da so etwas wie versteckte Aggressionen gegen mich bei ihm. Jedes Mal wenn ich von Arztterminen oder so spreche, kann er sich blöde Bemerkungen über meinen maroden Zustand nicht verkneifen. Außerdem versucht er ständig, meine Position als Leiter der Mordkommission in Frage zu stellen durch kleine Ungezogenheiten und Respektlosigkeiten. Das ist noch schlimmer geworden durch die Anwesenheit unserer Anwärterin Yvonne. Vor der muss er sich wohl produzieren, obwohl die das gar nicht zu beeindrucken scheint."

„Alles, was du da erzählst, ist doch ein einziger Beleg dafür, daß sich Friedberg dir gegenüber hoffnungslos unterlegen fühlt. Du bist eine so starke Persönlichkeit, daß ein jüngerer und dir nachgeordneter Kollege zwangsläufig dagegen aufbegehren muß. Wenn er sich dir sang- und klanglos unterordnen würde, wenn er dir in den Hintern kriechen würde, um es deutlicher zu sagen, dann müßtest du dir Sorgen machen. Sieh den Konkurrenzkampf doch positiv, als Ansporn. Solange er nicht gegen dich intrigiert, dich nicht bei euren Chefs anschwärzt, ist das alles normal. Vielleicht hast du dich verändert. Vielleicht siehst du Probleme, wo gar keine sind. Du bist dünnhäutiger geworden, wenn mich nicht alles täuscht."

„Es ist einfach Scheiße, wenn der Körper anfängt, verrückt zu spielen. Und wenn dir bewußt wird, daß das nur schlimmer werden kann."

Sie nahm ihn in die Arme und führte ihn noch einmal ins Schlafzimmer.

V

Die Durchsuchung der Wohnung von Inge Kersten hatte nichts an neuen Erkenntnissen gebracht. Die Frau besaß nur einen bescheidenen Hausstand mit wenigen persönlichen Gegenständen wie Bücher oder Schallplatten. Keine Briefe, keine Fotos, nichts, was auf die Vergangenheit der Person Rückschlüsse zuließ. Ein Sparbuch und die Auszüge des Girokontos wiesen nur kleinere Beträge auf und belegten, daß alle laufenden Kosten für Miete und Nebenkosten pünktlich bezahlt worden waren. Das Sparbuch zeigte, daß regelmäßig kleinere Einzahlungen vorgenommen wurden.

Alles in allem: aus einer alkoholabhängigen Stricherin war eine brave Bürgerin geworden.

Setzte man so eine Existenz aufs Spiel mit schwerem Raub und womöglich sogar Totschlag? fragte sich Spengler und kaute auf seinem Kugelschreiber. Er legte den Bericht von Yvonne beiseite und schaute aus dem Fenster, das er trotz des Straßenlärms geöffnet hatte. Die Morgensonne übergoß die Kurfürsten-Klinik mit so gleißendem Licht, daß er geblendet die Augen schloß. Sofort fiel ihm ein, daß seine Augen nicht in Ordnung waren, daß er den grauen Star bekam.

Alles nur Kleinigkeiten, würde Irmgard sagen. Wenn diese Frau doch nur nicht so schrecklich vernünftig wäre! Vielleicht war jede körperliche Unzulänglichkeit für sich genommen eine Bagatelle, aber alle zusammen bedeuteten für ihn eine Katastrophe.

Er schaute zu Friedberg hinüber, der wie wild auf der Tastatur seines Computers herumhackte. Nein, der Kollege hatte nichts von seiner Wehleidigkeit mitbekommen, konnte ja schließlich nicht Gedanken lesen. Spengler seufzte und strich sich über den knurrenden Magen, denn er hatte nicht gefrühstückt. Nachdem er gestern abend noch die ganze Flasche Wein bei Irmgard geleert hatte, konnte er heute morgen nach dem Aufstehen nur mit Übelkeit an feste Nahrung denken.

Deshalb war er froh, daß Yvonne jetzt ein Tablett mit drei Kaffeebechern und einem Wurstbrötchen für den Chef hereintrug.

Er ließ es sich schmecken trotz all seiner Leiden und dankte ihr für den sorgfältigen Bericht über Inge Kerstens Wohnung.

„Lassen wir die beiden erst einmal schmoren. Sie sind und bleiben Tatverdächtige, auch wenn vieles dafür spricht, daß sie unschuldig sind", sagte Spengler und wischte sich den Mund mit dem Handrücken.

„Was spricht dafür?" Friedberg schob den Monitor des PC beiseite und schaute Spengler groß an.

„Daß ich eine Nacht darüber geschlafen habe und die Welt etwas nüchterner sehe. Die Kersten führt inzwischen ein so ordentliches Leben, da paßt kein Kapitalverbrechen hinein, schon gar nicht so ein ausgekochtes mit Vortäuschung eines Tierüberfalls."

„Und Becker mit seinem Dobermann?"

„Ein weinerlicher Suffkopp, der gar nicht mehr die Kraft hat für so eine Nummer."

„Und ihre Heimlichtuerei? Die Widersprüche und Falschaussagen?"

„Es geht immerhin um Mord. Daß die beiden bei ihrer Vergangenheit verzweifelt versuchen, sich aus der Sache herauszuhalten, ist doch nur allzu verständlich."

„Eigentlich könntest du dich als Anwalt niederlassen und ihre Verteidigung übernehmen."

„Okay, vielleicht hab ich heute meine rosa Brille auf. Aber wie soll es weitergehen? Meine Hoffnung, in der Wohnung Hinweise darauf zu finden, daß sie der Tatort war, hat sich erledigt."

„Blutspuren waren keine zu finden", ergänzte Yvonne. „Aber es wurden Haare und Faserreste auf dem Teppich eingesammelt und Fingerabdrücke sichergestellt. Das Labor untersucht sie."

„Ich will dem Bericht nicht vorgreifen, aber wenn das Ergebnis ist, daß Buchmann sich in der Wohnung aufgehalten hat, sind wir so schlau wie vorher. Wie auch immer, ich habe das dringende Gefühl, daß wir in andere Richtungen ermitteln müssen. Sonst was Neues?"

„Allerdings", sagte Friedberg. „Es hat sich ein Autohändler aus Utbremen gemeldet. Bei dem hat Buchmann vorige Woche einen gebrauchten VW-Passat gekauft. Er hat Buchmann auf dem Zeitungsfoto erkannt."

„Und das sagst du jetzt erst?" wunderte sich Spengler.

„Jeder hat eben so seine Geheimnisse", sagte Friedberg grinsend. „Fahndung ist raus an alle Streifenwagen."

„Prima. Und was ist mit Julia Blome? Ist doch merkwürdig, daß die sich nicht meldet. Wollen wir Kollegen hinschicken oder gleich selber nachschauen?"

„Selber nachschauen", sagten Friedberg und Yvonne gleichzeitig.

„Wir leben noch ein Jahr zusammen!" rief Friedberg fröhlich.

„Ich glaube nicht, daß mein Ausbildungsplan das erlaubt. Oder Sie müßten mich heiraten."

Lachend verließen sie das Büro. Spengler folgte in einigem Abstand.

Julia Blome bewohnte ein kleines Reihenhaus in Leherfeld. Als sie davor hielten, näherte sich ihnen ein älterer Mann aus einem benachbarten Vorgarten, als hätte er auf sie gewartet.

„Entschuldigen Sie. Könnte es sein, daß Sie von der Polizei sind?" fragte er aufgeregt.

„Ja, warum fragen Sie?" wandte Spengler sich ihm zu.

„Weil ich schon mal angerufen habe bei Ihnen. Aber da hat man mir gesagt, wegen einem vollen Briefkasten könnten sie nichts unternehmen. Vermutlich sei der Hausbesitzer verreist. Doch das glaube ich nicht, denn das Auto von Frau Blome steht ja dahinten vor dem gelben Haus von Krügers." Er zeigte auf einen blauen Volvo älterer Bauart.

„Nun sind wir ja da und können klären, was anliegt."

„Gott sei Dank. Schließlich macht man sich Sorgen, wenn etwas nicht stimmt. Und Frau Blome ist eine so nette Frau, müssen Sie wissen. Wenn man sich trifft, hat sie immer ein freundliches Wort für einen übrig. Und das kommt ja heutzutage nicht oft vor. Meine Frau sagt immer, daß gute Nachbarschaft fast so wichtig ist wie der Frieden in einer Familie."

„Schön, Herr …"

„Köster."

„Es ist gut, daß es so aufmerksame Nachbarn gibt, Herr Köster. Wenn wir noch Fragen haben sollten, melden wir uns bei Ihnen."

„Gut, ich wohne gleich nebenan." Er wies auf das Nachbarhaus, wo hinter der Gardine des Wohnzimmerfensters eine Frauengestalt wahrnehmbar war.

Sie öffneten die Gartenpforte mit dem Briefkasten, aus dem Werbeprospekte aller Art gemischt mit Briefen und Zeitschriften hervorquollen. Ein Teil davon klatschte auf den Steinplattenweg, der zur Haustür führte, als die Pforte ins Schloß fiel. Yvonne trug die Papiere zur Tür und legte sie davor ab.

„Und wie kommen wir rein?" fragte Spengler. „Klingeln nützt ja wohl nichts."

Friedberg drückte trotzdem auf den Knopf. Ein lautes ‚Dingdong' war bis nach draußen hörbar. Sie warteten, aber es rührte sich nichts.

„Hast du die Dietriche dabei?" fragte Spengler.

Friedberg zog sie aus der Tasche und untersuchte das Schloß. „Die Tür ist nicht verriegelt, nur einfach zugezogen", sagte er schließlich. „Scheckkarte genügt." Sekunden später konnten sie eintreten.

Es bot sich ihnen ein Bild der Verwüstung. Umgeworfene Möbel und Lampen, herausgerissene Schubladen und deren verstreuter Inhalt, zerfetzte Kissen und zerschnittene Bilder an den Wänden. Hier war nicht nach etwas gesucht worden, hier hatte sich hemmungslose Zerstörungswut ausgetobt.

In der Küche zerbrochenes Geschirr auf den Fliesen und in der Gästetoilette ein zerschlagener Spiegel. Im oberen Stockwerk ein demoliertes Schlafzimmer. Wäsche und Kleidung überall auf dem

Boden, das Bett zerfetzt und beschmutzt. Im Badezimmer wieder ein zerschlagener Spiegel, Schmink-Utensilien und eine Vielzahl zerbrochener Fläschchen und Flakons in der Badewanne. Ein unerträglich süßlicher Geruch von all den Parfums und Wässerchen durchwaberte das Obergeschoß.

„Mein Gott, was für ein Chaos", flüsterte Yvonne, während sie wieder ins Erdgeschoß hinabstiegen.

„Hier muß sofort die Spurensicherung aktiv werden," ordnete Spengler an, der eine starke Übelkeit verspürte.

„Wird erledigt, Chef." Friedberg zückte sein Handy.

Sie traten vor die Tür und atmeten tief durch. Sofort war Nachbar Köster wieder zur Stelle.

„Ist was passiert?" fragte er neugierig.

„Nichts, was Sie etwas anginge", sagte Spengler grob.

„Oh, Entschuldigung. Nichts für ungut. Ich dachte nur: Fragen kostet ja nichts."

„Richtig", sagte Spengler etwas sanfter. „Aber da Sie die Nachbarschaft so gut im Auge haben, könnte Ihnen ja außer dem vollen Briefkasten noch mehr aufgefallen sein in den letzten Tagen. Haben Sie irgendwelche Leute bei Frau Blome ein- oder ausgehen sehen?"

„Eigentlich hatte sie ja selten Besuch. Nur ihr Freund kam regelmäßig. Herr Breuer heißt er, fährt einen BMW. Sie hat ihn uns mal vorgestellt. So über'n Gartenzaun. Im Sommer sieht man sich ja manchmal, wenn man draußen sitzt."

„Wie man den Herrn Breuer erreichen kann, wissen Sie nicht?"

„Nee, leider. Aber er fährt einen BMW in silbergrau. Ein Fünfer-Modell, glaube ich."

„Und wie ist es mit Lärm aus dem Haus? Ist Ihnen da mal was aufgefallen?"

„Ja, stimmt. Jetzt wo Sie's sagen. Muß ungefähr 'ne Woche her sein. Ich bin wach davon geworden. Meine Frau auch. Trotz unserer Tabletten. Wohl was runter gefallen bei Frau Blome, haben wir gedacht."

„Können Sie nicht genauer sagen, wann das war?"

„Doch, jetzt erinnere ich mich. Muß Sonntag gewesen sein. Wir haben vorher ‚Tatort' gesehen."

„Heute ist Freitag, also am letzten Wochenende?"

„Genau. Es ist doch was passiert, hab ich recht?"

„Erst mal vielen Dank für Ihre Auskünfte. Wenn es überall so aufmerksame Nachbarn gäbe, hätte die Polizei weniger Probleme", sagte Spengler sarkastisch.

„Oh, das ist aber ein Kompliment." Köster strahlte vor Stolz. „Wenn Sie mich noch brauchen, müssen Sie nur klingeln. Köster allzeit bereit." Er zog sich in seinen Vorgarten zurück, stand noch eine Weile unschlüssig vor seinem Rosenbeet, bis ihn seine Frau hereinrief. Kurz danach tauchte er am Wohnzimmerfenster auf und behielt die Straße im Auge, bis die Wagen von der Spurensicherung eintrafen, erschien sofort wieder vor dem Haus der Blome, wurde jedoch von allen Polizisten ignoriert, bis er aufgab und sich endgültig zurückzog.

Als erstes machten die Kollegen ein drahtloses Telefon ausfindig, das sie Spengler in einer Plastikfolie überreichten. Er überprüfte die stattliche Liste der eingegangenen Anrufe und stellte fest, daß eine bestimmte Nummer mehrmals auftauchte. „Vielleicht Breuer, der Freund." Er diktierte Yvonne die Nummer, die sie sofort auf ihrem Handy wählte.

„Richtig", sagte sie. „Aber es ist nur der Anrufbeantworter. Soll ich was drauf sprechen?"

„Unbedingt. Er soll sich sofort bei uns melden. Es sei äußerst wichtig."

Yvonne erledigte den Anruf.

Spengler zog sich ins Auto zurück. Seine Beine kündigten schmerzhaft an, daß sie genug hatten von den zig Kilo, die auf ihnen lasteten. Friedberg war im Haus, und auch Yvonne gesellte sich zu den Kollegen, die mühsam Ordnung in das Chaos brachten.

Er war gerade ein wenig eingenickt, als Friedberg sich neben ihn setzte. „Blutspuren auf dem Bett", sagte er eifrig. „Die kommen sofort ins Labor." Er zeigte auf einen Polizeiwagen, der gerade abfuhr.

„Schleifspuren auf der Treppe. Wirken so, als hätte man einen menschlichen Körper heruntergezogen. Im Schlafzimmer könnte ein Kampf stattgefunden haben, so wie das Bett und die Matratze aussehen. Wenn du mich fragst, hier wurde Buchmann getötet."
„Aber warum dazu dieser totale Vandalismus? Wenn die Blome die Täterin ist, weshalb verwüstet sie auch gleich noch ihre Wohnung?"
„Tabula rasa. Vielleicht wollte hier jemand seine Vergangenheit, sein ganzes Leben auslöschen."
„Na ja, das alles trägt nicht gerade die Handschrift einer Frau. Wo steckt diese verdammte Blome?"
„Vielleicht kann uns der Breuer weiterhelfen, wenn er sich meldet. Ich schlage vor, wir fahren jetzt ins Präsidium zurück und warten dort auf weitere Ergebnisse der Untersuchung."

Schon am Nachmittag wußten sie, daß das Blut nicht von Buchmann stammte. Aber man hatte Haare von ihm im Bett gefunden, Hautspuren von ihm an einer Gardinenschnur, mit der er offensichtlich erdrosselt worden war, und Fasern vom Teppichboden der Treppe an seiner Hose. Es konnte kein Zweifel bestehen, Buchmann war in Julia Blomes Schlafzimmer umgebracht worden. Mit Haaren aus ihrer Bürste wurde ein DNA-Test gemacht, um zu klären, ob das Blut von ihr stammte. Wenn ein Kampf stattgefunden hatte, konnte sie dabei verletzt worden sein.

Zog man in Betracht, daß Buchmann volltrunken gewesen sein mußte, kam eine Frau als Täterin durchaus in Frage. Daß er die Treppe nicht herunter getragen sondern gezerrt worden war, machte die Täterschaft der Blome noch wahrscheinlicher. Nur weshalb der Vandalismus? fragten sich die drei immer wieder.

Mit einem Foto aus ihrer Wohnung wurde Julia Blome zur Fahndung ausgeschrieben. Außerdem schlug Spengler vor, Inge Kersten und Reinhold Becker auf freien Fuß zu setzen. Friedberg meldete Bedenken an. „Selbst wenn sie für den Mord vermutlich nicht verantwortlich sind, bleibt immer noch die Frage: wo ist das Geld? Und Diebstahl ist den beiden auf jeden Fall zuzutrauen."

„Und weshalb scheiden sie als eventuelle Mörder aus?" fragte Yvonne.

„Berechtigte Frage", mußte Spengler zugeben. „Im Moment spricht zwar alles dafür, daß die Blome den Buchmann auf dem Gewissen hat, aber die beiden bleiben unter Verdacht. Schade. Ich bin eigentlich ein tierliebender Mensch und hätte es schön gefunden, wenn der Becker seinen Hund in der Hemmstraße heute hätte abholen können. Aber ihr habt recht. Fühlen wir ihnen noch einmal auf den Zahn." Spengler fragte sich verwirrt, wie ihm eine solche Fehleinschätzung hatte passieren können. Das leichte Kopfschütteln von Friedberg war ihm nicht entgangen. Er ordnete an, die beiden nacheinander in das Vernehmungszimmer zu bringen.

Zuerst wurde Inge Kersten hereingeführt. Sie sah müde und verbittert aus und grüßte niemanden. Sie setzte sich auf einen Stuhl den beiden Männern gegenüber. Yvonne hielt sich im Hintergrund.

„Wie geht's Ihnen?" fragte Spengler freundlich.

„Blöde Frage. Schlafen Sie mal auf so einer Pritsche. Und die Verpflegung ist auch nicht gerade zum Jubeln."

„Tut uns leid. Zunächst einmal eine Frage. Kennen Sie Julia Blome?"

„War das nicht die Frau, mit der Enno damals durchgebrannt ist?"

„Genau die. Haben Sie sie mal persönlich kennengelernt?"

„Nicht daß ich wüßte. Der hätte ich auch die Augen ausgekratzt nach allem, was sie Enno und seiner Familie angetan hat."

„Und was genau soll die Blome denen angetan haben?"

„Na, die hat doch den armen Enno zu der ganzen Scheiße angestiftet."

„Woher wissen Sie das?"

„Na, von Enno selbst. Hat er mir alles erzählt damals. Vor der hatte er richtig Schiß."

„Weshalb das? Sie mußte ihm doch dankbar sein für das schöne Leben, das sie eine Zeitlang auf seine Kosten führen konnte."

„Die und Dankbarkeit? Enno hatte eben noch das Geld, wie wir wissen…"

„Allerdings", unterbrach Friedberg, „und von dessen Verbleib Sie natürlich keine Ahnung haben."

„Sie sagen es. Jedenfalls war sie wohl scharf auf das Geld, vermute ich mal aus heutiger Sicht."

„Wissen Sie, wo Frau Blome wohnt?" fuhr Friedberg fort.

„Keine Ahnung. Warum sollte ich?"

„Weil wir glauben, daß Sie am letzten Sonntag in Julia Blomes Haus waren zusammen mit Ihrem Freund Becker."

„Wie bitte? Am letzten Sonntag? Da war ich in der Gloria-Stube. Den ganzen Nachmittag und Abend. Können Sie nachprüfen."

„Wie lange?"

„Bis zwölf bestimmt. Um halb zwölf waren alle weg. Da hab ich noch aufgeräumt und Kasse gemacht und bin so um zwölf gegangen."

„Nach Hause?"

„Wohin sonst. Ich war mit dem Rad und bestimmt um halb eins schon in der Falle."

„Hat Sie Becker an der Kneipe abgeholt oder zu Hause?"

„Wie abgeholt?"

„Mit einem Wagen. Er kann doch Auto fahren, oder?"

„Ich verstehe nur noch Bahnhof. Woher soll ich wissen, ob Reinhold Auto fahren kann?"

In diesem Moment wurde Becker hereingeführt und neben Inge Kersten gesetzt. Er war grau im Gesicht. Seine Lippen zitterten.

„Na prima, dann können Sie ihn ja selbst fragen, ob er Auto fahren kann oder nicht", sagte sie wütend.

„Okay. Hallo, Herr Becker. Wie geht es Ihnen?" fragte Spengler freundlich.

„Beschissen. Bringen Sie mir eine Flasche Korn und meinen Hund, dann geht's mir besser."

„Wir haben gerade mit Frau Kersten über Julia Blome gesprochen."

„Wer ist das? Muß ich die kennen?"

„Ennos Verflossene. Die mit ihm damals in Spanien war", sagte Inge Kersten schnell.

„Ach, dieses Früchtchen. Was ist mit der?"

„Wir gehen davon aus, daß Enno Buchmann im Haus der Blome umgebracht wurde."

„Und was sagt Frau Blome dazu?"

„Nichts. Die ist verschwunden."

„Sicher nicht ohne Grund."

„Die war immer scharf auf sein Geld", sagte Inge Kersten eifrig. „Am Sonntag hat Enno die Tasche bei mir abgeholt und ist damit bestimmt zu ihr gefahren. Weil ich sein Reiseangebot abgelehnt habe, wollte er vielleicht die Blome mitnehmen. Aber die wollte nur die Kohle, und da ist es eben passiert."

„Dann ist ja alles klar", sagte Becker plötzlich hellwach. „Dann haben Sie ja Ihren Täter und können uns endlich gehen lassen, obwohl es gar nicht so schlecht war, mal ein Dach über dem Kopf zu haben."

„Moment, Moment", bremste Spengler. „Wir sind Ihnen ja sehr dankbar, daß Sie diesen Fall aufgeklärt haben, aber ein Wörtchen hätten wir gern noch mitgeredet. Sie, Herr Becker, müßten doch eigentlich eine Mordswut auf Buchmann gehabt haben?"

„Warum?"

„Weil er immer wieder auftauchte und Unruhe stiftete. Hat es Ihnen nicht gestunken, daß er Ihnen Ihre Freundin zum zweiten Mal abspenstig machen wollte?"

„Na ja. Begeistert war ich nicht gerade. Aber Inge hat ihm ja einen Korb gegeben."

„Trotzdem, so eine Demütigung macht einem sicher zu schaffen. Hat Buchmann Sie nicht immer wie den letzten Dreck behandelt?"

„Ist wohl so, obwohl er ja auch oft einen spendiert hat."

„Aber da staut sich doch was auf. Irgendwann hat man die Schnauze voll und schlägt zurück."

„Reinhold, paß auf, da stellt dir einer eine Falle", schaltete sich Inge Kersten ein.

„Wieso, der Bulle hat ja recht, manchmal möchte man schon zurückschlagen", sagte Becker störrisch.

„Und dieser Moment des Zurückschlagens war gekommen, als Enno wieder mal mit seinem Geld rumprahlte und Inge ein zweites Mal kaufen wollte."

„Gewurmt hat mich das schon. Aber was soll man machen?"

„Ganz einfach", sagte Friedberg. „Sie haben am Sonntag vor Inges Wohnung auf Buchmann gewartet, um ihm die Leviten zu lesen. Buchmann kam mit seinem Auto, das er vorige Woche gekauft hatte. Er hat es nicht abgeschlossen, als er kurz in Inges Wohnung ging, um die Tasche zu holen. Sie haben die Gelegenheit genutzt und sich hinten in das Auto gelegt. Auf diese Weise hat Buchmann Sie mitgenommen zu Julia Blomes Wohnung. Später am Abend haben Sie dann bei ihr geklingelt, sich als Freund von Buchmann vorgestellt und sind eingelassen worden. Als Sie das Geld von Buchmann gefordert haben, ist es zum Kampf gekommen. Julia Blome hat die Flucht ergriffen, und Sie haben Buchmann besiegt. In Ihrer maßlosen Wut auf Buchmann und sein Liebchen haben Sie die Wohnung demoliert, Buchmann die vermeintlichen Bißwunden beigebracht und ihn in sein Auto geschleppt. Im Bürgerpark haben Sie ihn deponiert und den Wagen irgendwo abgestellt."

Becker hatte ihm mit weit geöffnetem Mund zugehört, ohne ihn zu unterbrechen. Inge Kersten hatte mehrmals den Kopf geschüttelt, während Spengler und Yvonne betont gleichmütig vor sich hinstarrten.

„Schöne Geschichte", sagte Becker schließlich ruhig. „Könnte so passiert sein. Manchmal möchte man sich eben mal richtig Luft machen. Und mit Enno hätte ich wirklich kein Mitleid. Aber leider könnte die Sache schon wegen Bobby nicht so ablaufen. Der hätte mich ja im Auto bestimmt verraten. Und ohne Bobby geht bei mir gar nichts mehr. Tut mir leid, Herr Kommissar. Und du, liebe Inge, mußt mich nicht vor irgendwelchen Fallen warnen. So ganz und gar habe ich meinen Grips noch nicht versoffen. Aber Auto fahren kann ich, um Ihre Frage von vorhin zu beantworten. Können Inge und ich jetzt raus aus dem Bau?"

„Leider nein", entschied Friedberg schnell. „Dazu sind noch zu

viele Fragen offen, zum Beispiel die nach dem Geld."
„Scheiße."

Um fünf meldete sich Dieter Breuer mit aufgeregter Stimme bei ihnen. Yvonne übergab Spengler den Hörer.
„Ja, Spengler, Kripo Bremen."
„Hier ist Dieter Breuer. Ich finde gerade Ihren Anruf auf meinem Beantworter. Ich sollte Sie zurückrufen."
„Ja, gut, daß Sie sich melden. Wir müssen unbedingt mit Ihnen sprechen wegen Julia Blome."
„Ja, was ist mit ihr? Ich versuche schon seit Tagen vergeblich, sie telefonisch zu erreichen. Ich war auf Dienstreise und bin erst vorhin nach Bremen zurückgekommen."
„Wir wissen nicht, was mit ihr ist, nur daß sie verschwunden zu sein scheint. Deshalb würden wir uns gern mit Ihnen treffen."
„Wenn Sie das für sinnvoll halten, okay. Nur weiß ich genau so wenig wie Sie, wo sie sich zur Zeit aufhält. Wenn Sie vorbeikommen wollen, ich wohne in der Scharnhorststraße fünfundzwanzig."
„Gut. Wir sind in zehn Minuten bei Ihnen."

Es empfing sie ein Mann Mitte vierzig, dunkler Anzug, dunkle Haare, dunkle Augen hinter einer randlosen Brille, dunkler Schnurrbart über rosigen Lippen, die sich mit einem Lächeln abquälten.

Ein Intellektueller, dachte Spengler und fragte sich sofort, wie so einer zu der Blome paßte, der ja nicht gerade ein guter Ruf voraus ging.

Breuer bat sie in ein Wohnzimmer, in dem alle vier Wände hinter Bücherregalen verschwanden. Sie setzten sich in alte Ledersessel, die von einem Trödler zu stammen schienen.

Spengler stellte sich und seine Kollegen vor und fragte, auf die Bücher zeigend: „Arbeiten Sie an der Uni?"

„Ja. Ich bin Dozent. Aber was tut das zur Sache? Ich bin in großer Sorge wegen Julia. Was hat sie mit der Polizei zu tun? Wieso ist sie verschwunden?"

„Das fragen wir uns auch. Wir wissen nur, daß ihr Haus völlig verwüstet worden ist, und daß vermutlich jemand darin umgebracht wurde."

„Oh Gott!" Er hielt sich die rechte Hand vor den Mund.

„Wann haben Sie Frau Blome zum letzten Mal gesehen?"

„Und Sie glauben, daß Julia getötet worden ist?" fragte er mit heiserer Stimme.

„Wir können noch nichts Konkretes sagen, aber es ist möglich, daß die Blutspuren, die wir gefunden haben, von ihr stammen. Noch einmal: Wann haben Sie Frau Blome das letzte Mal gesehen?"

„Am Samstagabend. Am Sonntag bin ich nach München gefahren und war die ganze Woche auf einem Symposium. Am Sonntag nachmittag habe ich noch mit ihr telefoniert, da schien alles in bester Ordnung zu sein."

„Wie lange kennen Sie Frau Blome schon?"

„Aufgefallen ist sie mir schon vor drei Jahren. Sie ist Verkäuferin in der Universitäts-Buchhandlung. Näher kennengelernt habe ich sie auf einer Party bei Thomas Kampe, einem Kollegen aus dem Institut."

„Thomas Kampe? Den Namen habe ich doch schon mal gehört." Spengler überlegte.

Yvonne blätterte in ihrem Notizblock. „Da ist er. Der Freund von Petra Buchmann."

„Richtig", bestätigte Breuer. „Petra ist mit Kampe liiert."

„Das ist ja ein dicker Hund!" staunte Spengler. „Petra Buchmann und die Exgeliebte ihres Vater auf einer Party. Ich dachte, die Buchmann haßt Julia Blome aus tiefstem Herzen."

„Jedenfalls dürfte sie kaum freundschaftliche Gefühle für die Blome hegen." Friedberg schüttelte den Kopf.

Breuer schaute ratlos zwischen den Polizisten hin und her. „Könnten Sie mich vielleicht etwas genauer über den Sachverhalt aufklären. Ich bin in größter Sorge um Julia, und Sie reden von Petra Buchmann."

„Weil es da möglicherweise einen Zusammenhang gibt zwischen

ihrem Verschwinden und ihrer früheren Beziehung zu Petras Vater Enno Buchmann."

„Sie war seine Assistentin, das hat sie mir erzählt."

„Und seine Geliebte", ergänzte Friedberg.

„Das ist mir neu." Breuer zuckte hilflos mit den Achseln und schob sich die Brille dicht vor die Augen.

„Und nicht nur das. Man vermutet, daß sie mit Buchmann das ergaunerte Geld durchgebracht hat."

„Darüber weiß ich nichts."

„Aber Sie wissen von dem Prozeß, den es damals wegen des Immobilienskandals gegeben hat."

„Flüchtig, nur das, was Julia mir erzählt hat. Ich war ja zu der Zeit noch in Münster. Bin erst vor vier Jahren nach Bremen gekommen. Ich weiß, daß Julia für Buchmann gearbeitet hat und daß es ein Konkursverfahren gab."

„Offensichtlich hat Ihre Freundin Sie nur unzureichend und schönfärberisch über ihre Vergangenheit informiert. Es gab kein Konkursverfahren, sondern ein Betrugsverfahren, in dem Frau Blome ein große Rolle gespielt hat. Es konnte ihr zwar nicht nachgewiesen werden, aber sowohl die Polizei als auch andere Mitarbeiter Buchmanns und die Familie gingen davon aus, daß sie ihn dazu angestiftet hat, die Kundengelder zu unterschlagen und sich mit ihr abzusetzen."

„Unmöglich. Die Julia Blome, die ich kenne, wäre zu so etwas nicht fähig", sagte er mit heiserer Stimme. „Ich kenne sie als äußerst korrekte und gerade in finanziellen Angelegenheiten absolut zuverlässige Person."

„Und wie kann sich eine Verkäuferin ein Haus leisten?" fragte Friedberg.

„Das hat sie geerbt von ihrem Vater. Der ist vor zwei Jahren gestorben, soviel ich weiß."

„Das läßt sich nachprüfen."

„Aber was soll diese ganze Rumrätselei? Wäre es nicht sinnvoller, erst einmal nach Julia zu suchen?" fragte Breuer verzweifelt und rieb sich nervös die Hände.

„Wir rätseln nicht herum, wir informieren Sie über Fakten, auch wenn die Ihnen sicher nicht genehm sind. Im übrigen haben wir schon die Fahndung eingeleitet."

„Aber wie soll man sie finden, wenn sie getötet worden ist? Wahrscheinlich hat man ihren Leichnam längst beseitigt. Begraben oder in der Weser versenkt." Er raufte sich die Haare.

„Wer sagt, daß Frau Blome getötet worden ist? Wir gehen davon aus, daß in ihrem Haus Enno Buchmann, der Exgeliebte, ums Leben kam, und dessen Leiche liegt in der Pathologie."

„Das ist doch Wahnsinn! Eine Frau wie Julia bringt keinen Menschen um. Haben Sie sie mal gesehen, ihre zierliche Figur, die schmalen Arme und Beine, die zarten Hände? Woher soll sie die Kraft nehmen für so eine Gewalttat?"

„Wir kennen nur ein Foto, das eine sehr attraktive, normal gebaute weibliche Person zeigt. So wie Sie offensichtlich falsche Vorstellungen von Frau Blomes Vergangenheit haben, so vielleicht auch von ihrem körperlichen Zustand. Es heißt ja auch, daß Liebe blind macht." Friedberg beugte sich in seinem Sessel vor und schaute Breuer herausfordernd an.

„Ich darf doch sehr bitten!" empörte sich der.

„Herr Breuer, wir können gut nachvollziehen, wie Ihnen im Moment zumute ist", schaltete sich Spengler ein. „Wir tappen ja auch im Dunkeln, was die Ereignisse in Frau Blomes Haus betrifft. Wir vermuten, daß Buchmann dort zu Tode gekommen ist, aber was die Rolle Ihrer Freundin dabei angeht, haben wir noch keine konkreten Anhaltspunkte. Umso wichtiger ist die Frage, ob Sie irgendeine Vorstellung haben, wo sich Frau Blome aufhalten könnte. Sie sagten, ihr Vater sei gestorben. Was ist mit der Mutter?"

„Die lebt in einem Pflegeheim. Bremer Heimstiftung. Haus Riensberg. Zu der hat sie kaum noch Kontakt."

„Und andere Verwandte?"

„Sie ist Einzelkind. Vielleicht gibt es entfernte Verwandte, aber davon weiß ich nichts."

„Hat sie eine Freundin?"

„Ja. Hella Christiansen. Wohnt in Burg Lesum."

„Adresse und Telefonnummer?"

„Warten Sie." Er nahm ein Büchlein von einem Beistelltisch, auf dem auch das Telefon stand. „Soll ich gleich anrufen?" Er schlug das Verzeichnis auf.

„Bitte."

Breuer wählte mit zitternden Händen. „Hallo, Hella", sagte er mit brüchiger Stimme. „Hier ist Dieter. Ist Julia bei dir? Nein, nein, ich geb dich mal weiter an die Polizei, die suchen nach ihr. Moment." Er reichte Spengler den Hörer.

„Hallo, Frau Christiansen. Hier ist Spengler, Kripo Bremen. Bei Ihnen hält sich Frau Blome also nicht auf, wenn ich es richtig verstehe."

„Nein", meldete sich eine rauchige Frauenstimme. „Hier ist sie nicht, und ich habe auch keine Ahnung, wo sie sein könnte. Worum geht es denn?"

„Wir ermitteln in einem Mordfall und hätten Frau Blome gern gesprochen."

„Geht es um Enno Buchmann?"

„Allerdings. Kannten Sie ihn?"

„Klar. Ich bin ja schon seit Ewigkeiten mit Julia befreundet. Wir waren zusammen in der Banklehre. Und Sie glauben, Julia hätte etwas mit dem Mord zu tun?"

„Zunächst einmal wollen wir nur mit ihr reden. Hatten Sie in der letzten Woche Kontakt zu ihr?"

„Nein. Am Dienstag hab ich versucht, sie anzurufen, aber sie war nicht da. Ich hatte das Foto von Enno in der Zeitung gesehen und wollte sie darauf aufmerksam machen. Merkwürdig, daß sie verschwunden ist. Da könnte man ja sonst was denken."

„Was zum Beispiel?"

„Julia ist nie richtig losgekommen von Enno. Aber sagen Sie das bitte nicht Dieter, der ist sowieso krankhaft eifersüchtig."

„Stand sie also noch in Verbindung mit Buchmann?"

„Sitzt Breuer bei Ihnen?"
„Ja."
„Dann ist das eine wirklich blöde Frage. Aber bitte: Ihr Problem. Ja, das tat sie. Leider, muß ich sagen, denn Dieter ist wirklich ein netter Bursche."
„Gut, Frau Christiansen. Danke für die Auskunft. Sollte sich Frau Blome bei Ihnen melden, informieren Sie uns bitte sofort."
„Mach ich. Tschüß."
Sie legte auf. Sofort griff Breuer nach dem Telefon, warf es neben die Basisstation und fragte hastig: „Was hat sie gesagt? Standen die beiden noch in Verbindung?"
„Tut mir leid für Sie, Herr Breuer, aber das taten sie wohl."
Er fiel in sich zusammen, als würde Luft aus seinem Körper entweichen. „Ich habe immer geahnt, daß da noch ein anderer Mann im Spiel war, selbst wenn sie es vehement bestritten hat. Wußte Hella auch, ob die beiden noch intim miteinander waren?"
„Davon war nicht die Rede."
„Gott sei Dank. Könnte ich mir auch nicht vorstellen, denn Julia hat immer eher verächtlich von ihrem ehemaligen Chef gesprochen, ihn als Macho und Weiberhelden dargestellt." Er richtete sich wieder auf. „Ist ja auch nichts dabei, wenn sie mit ihrem ehemaligen Chef Kontakt hat", beruhigte er sich selbst. „Ich stehe auch noch in Verbindung mit früheren Kolleginnen aus Münster." Er lächelte, als sei die Welt nun wieder in Ordnung, und schien völlig vergessen zu haben, daß seine Freundin verschwunden, möglicherweise eine Mörderin oder schlimmstenfalls nicht mehr am Leben war. Hauptsache, man hatte ihm keine Hörner aufgesetzt.

Er geleitete die Polizisten zur Wohnungstür und verabschiedete sie mit einer kleinen Verbeugung. Das leicht irre Lächeln hatte sich auf seinem Gesicht festgesetzt.

Die Möglichkeit, daß Julia Blome selbst etwas zugestoßen war, erhielt weitere Nahrung durch den Laborbericht, nach dem das Blut in ihrem Bett eindeutig von ihr stammte. Außerdem hatten die Kollegen von der Spurensicherung in der Wohnung von Frau Blome zwei anonyme Briefe gefunden, in denen sie aufs Übelste beschimpft und mit dem Tod bedroht wurde.

Sie saßen wieder an ihren Schreibtischen und überlegten, ob sie noch Petra Buchmann aufsuchen sollten, als der Kollege Waldmann, der mit den Reaktionen auf die Belohnungs-Ausschreibung beschäftigt war, zu ihnen ins Zimmer kam und einen Stapel Notizen auf Spenglers Tisch warf.

„Fast nur heiße Luft", sagte Waldmann, der seine Glatze mit einem dunklen Vollbart kompensierte, „die üblichen Spinner. Und nun gehe ich nach Hause, denn dieser Scheiß-Job macht einen völlig fertig. Schönes Wochenende, die Herrschaften."

„Stimmt, wir haben ja Freitagabend. Schönes Wochenende gibt's für uns wohl nicht. Aber vielleicht für Petra Buchmann. Ehe sie uns womöglich abhaut, sollten wir sie heute noch besuchen. Sie, Yvonne, dürfen jetzt allerdings auch ins Wochenende verschwinden. Und dich würde ich bitten, uns bei der Buchmann anzumelden", wandte er sich an Friedberg, und bevor der reagieren konnte, war er aus der Tür, um sich eine kleine Auszeit auf der Toilette zu gönnen.

Nachdem sie Yvonne mühsam davon überzeugt hatten, daß es für eine Frau ihres Alters gesundheitsschädlich sein könnte, wenn zu viele Überstunden und Nachtarbeit anfielen, dafür aber zum Ausgleich erlauben mußten, daß sie sich auch am Samstag wieder einfinden würde, machten Spengler und Friedberg sich zu zweit auf den Weg in die Neustadt.

Diesmal hatte Petra Buchmann ihren Freund Thomas Kampe zum Gespräch dazu gebeten. Das konnte den Polizisten nur recht sein, denn Breuer hatte Frau Blome ja bei Kampe lieben gelernt. Kampe war wesentlich älter als Petra, ein grauhaariger schlanker Mann mit weichem Kindergesicht und rosiger Haut.

Spengler kam gleich zur Sache, nachdem sich alle gesetzt hatten: „Gut, daß wir Sie hier auch antreffen, Herr Kampe, denn es geht um eine Party bei Ihnen zu Hause, auf der Ihr Kollege Breuer seine spätere Freundin Julia Blome ins Herz schloß."

„Ja, das ist wahr. Wir, Petra und ich, kannten Julia Blome aus dem Uni-Buchladen und fanden sie sehr patent. Deshalb haben wir sie eingeladen, vor allem Petra wollte sie näher kennenlernen, nicht wahr, Schatz?"

„Ja. Ich wußte zu dem Zeitpunkt noch nicht, daß diese Buchhändlerin die Geliebte meines Vaters gewesen ist."

„Meinen Sie das im Ernst? Sie waren immerhin schon ein Teenager, als der Prozeß stattfand. Damals gab es diverse Presseberichte, auch mit Fotos von Julia Blome."

„Schon möglich. Aber das war lange her, und ich habe in der Frau aus dem Buchladen nicht die Blome erkannt."

„Wann wurde Ihnen denn klar, wen Sie sich da eingeladen hatten?"

„An dem besagten Abend, als sie sich mit Namen vorstellte. Da fiel bei mir der Groschen. War kein schönes Fest für mich, das können Sie mir glauben."

„Haben Sie sie auf die Geschichte mit Ihrem Vater angesprochen?"

„Zunächst nicht. Erst als ich mir etwas Mut angetrunken hatte."

„Und wie lief diese Unterredung?"

„Sie war natürlich die Unschuld in Person, das arme Opfer meines kriminellen Vaters."

„Waren Sie bei diesem Gespräch zugegen?" wandte sich Friedberg an Thomas Kampe.

„Nein. Petra hat mir nur später davon erzählt. Das Ganze hat sie sehr aufgewühlt, daran erinnere ich mich noch deutlich, nicht wahr, Schatz?"

„Allerdings. So etwas von Verlogenheit hatte ich noch nicht erlebt. Es gibt Menschen, die jede Realität auf den Kopf stellen. Sie hatte natürlich immer nur das Beste gewollt. Sie hat meinem Vater ständig ins Gewissen geredet, ihn davon abbringen wollen, das Geld zu unterschlagen. Sie hat ihn schließlich auch dazu bewogen, sich der Polizei zu stellen. Ein einziges Lügenmärchen, nur um in einem guten Licht dazustehen."

„Grund genug also, diese Frau zu hassen", sagte Spengler bestimmt.

„Wir haben sie alle gehaßt, meine Mutter, ich und später auch mein Bruder, als er alt genug war, um die Geschichte der Familie zu verkraften."

„Julia Blome ist verschwunden", warf Friedberg ein.

„Sind Sie deshalb zu mir, zu uns gekommen? Denken Sie, ich hätte sie versteckt? Ich hab sie nur einmal bewußt erlebt, damals auf der Party, und das reicht mir für alle Zeiten."

„Warum belästigen Sie meine Freundin mit dieser Fragerei? Der Tod ihres Vaters hat sie genug gequält. Warum jetzt auch noch das Verschwinden von Frau Blome mit Petra diskutieren?" mischte sich Thomas Kampe in das Gespräch.

„Weil Frau Buchmann uns neulich verschwiegen hat, daß es einen Kontakt zu Frau Blome gab. Das hat uns nachdenklich gemacht, so daß wir uns fragen, ob es vielleicht noch weitere Berührungspunkte zwischen den Frauen gab", meinte Spengler höflich.

„Aber das hat sie gerade eben bestritten", verschärfte Kampe seinen Ton.

„Und wenn sie uns nun wieder etwas verschweigen möchte?" Spengler lächelte.

„Ich finde es schon einigermaßen infam, wie Sie Petra unter Druck setzen!" wurde Kampe laut.

„Wir sind nicht gekommen, um mit Ihnen zu diskutieren, Herr Kampe."

„Können Polizisten sich auch manchmal in andere Menschen hineinversetzen? Was haben Petra und ihre Familie alles durchmachen müssen! Wie viel Leid haben Buchmann und Frau Blome über diese Menschen gebracht! Und da kommen Sie mit irgendwelchen an den Haaren herbeigezogenen Verdächtigungen und reißen ohne Not alte Wunden wieder auf!"

„Wir können Frau Buchmann auch mit aufs Präsidium nehmen und dort ohne Ihren Beistand vernehmen, Herr Kampe. Was würden Sie davon halten, Frau Buchmann?" fragte Friedberg.

„Ist nicht nötig", sagte Petra Buchmann leise. „Sie haben ja recht, daß ich das neulich verschwiegen habe. Aber erstens haben Sie mich nicht danach gefragt, und zweitens habe ich mich wegen dieser Einladung an die Blome zu der Party geschämt." Sie senkte den Kopf und verstummte.

„Warum das?" fragte Spengler.

„Ich habe die Blome schon vorher im Buchladen erkannt. Ich wollte sie unbedingt kennenlernen. Deshalb habe ich Thomas dazu bewegt, sie zu der besagten Party einzuladen. Ich wollte wissen, was das für eine Frau war, die so einen unheimlichen Einfluß auf meinen Vater gehabt hat. Ich muß gestehen, daß das ein Fehler war. Natürlich entging mir nicht, daß sie eine starke sexuelle Ausstrahlung hat, aber ihre Oberflächlichkeit und Kälte waren erschreckend. Ihre besondere Begabung allerdings, andere verantwortlich zu machen für eigenes Fehlverhalten, war beeindruckend. Die Unschuld in Person, wie gesagt."

„Es kam aber zu keiner Auseinandersetzung zwischen Ihnen beiden?"

„Nein, das ist ja das Perverse. Auch nachdem ich mich ihr als Enno Buchmanns Tochter zu erkennen gegeben habe, verlief unser Gespräch weiterhin fast freundschaftlich. Sie nahm allem, was ich sagte, die Spitze, gab mir ständig recht auf Kosten meines Vaters. Als ich vom Elend meiner Mutter sprach, äußerte sie großes Mitleid, tiefe Reue und betonte gleichzeitig ihre Unschuld, weil ja, so ihre Worte, die Initiative für den Ehebruch von meinem Vater ausgegangen war und sie selbst geglaubt hatte, daß er bereits von meiner Mutter getrennt lebte. Nichts war greifbar. Und sie selbst wäre ja auch ins Elend geraten, müßte sich ihr Geld als Verkäuferin verdienen."

„Und es gab dann keine Kontakte mehr? Zum Beispiel eine Gegeneinladung von Breuer und Blome?"

„Die Einladung kam natürlich. Aber wir haben abgesagt und die Beziehung einschlafen lassen."

„Wir müssen davon ausgehen, daß die Blome nach der Entlassung Ihres Vaters weiterhin ständig in Verbindung mit ihm stand. Auch noch, als sie sich schon mit Breuer eingelassen hatte. Im Winter wohnte er in einem Wohnwagen in der Nähe von Syke, und dort hat sie ihn regelmäßig besucht."

„Das ist nicht wahr!" rief sie entsetzt.

„Und um das Maß vollzumachen: Ihr Vater wurde in der Wohnung von Frau Blome ermordet."

„Nein, nein, hören Sie auf!"

Petra Buchmann hockte auf ihrem Sessel, die Hände vor dem Gesicht. Sie wurde von Schluchzern geschüttelt. Kampe kniete sich neben sie und legte einen Arm um sie.

„Vielleicht reicht das für heute", sagte Kampe zu Spengler. Der zuckte die Schultern.

„Nein, nein!" rief Petra Buchmann und richtete sich auf. Sie wischte sich die Tränen aus dem Gesicht und ordnete ihr Haar. „Da müssen wir jetzt durch. Wenn Sie noch Fragen haben, ich stehe zur Verfügung. Glauben Sie, daß die Blome meinen Vater getötet hat?"

„Wir können das nicht ausschließen. Aber vielleicht ist ihr auch selbst etwas passiert. Wir haben Blutspuren von ihr gefunden."

„Sie denken an Doppelmord?"

„Möglich ist alles."

„Und warum hat man dann nur meinen Vater gefunden? Es wäre doch hübsch gewesen, sie als Pärchen im Bürgerpark abzulegen." Sie weinte wieder.

„Wann beenden Sie endlich diese Quälerei?" fragte Kampe wütend.

„Wenn wir fertig sind", sagte Friedberg ruhig.

„Petra kann Sie auch vor die Tür setzen", schimpfte er.

„Nun laß doch, Thomas", faßte sie sich wieder. „Die Herren sind ja nicht zum Vergnügen hier. Also was wollen Sie noch wissen?"

„Danke", sagte Spengler. „Fällt Ihnen irgend jemand aus der Gruppe der Geschädigten ein, der damals besonders aufgefallen ist?"

„Da gab es ein älteres Ehepaar, das auch vor Gericht aufgetreten ist."

„Die Kramers."

„Ja. Und dann Christa Olfers natürlich, eine Kollegin der Blome, eine aus der Firma meines Vaters, die ihr ganzes Erspartes verloren hatte. Der Fall ging groß durch die Presse als ein besonders infames Beispiel für die Machenschaften von Enno Buchmann."

„Stimmt. Ich erinnere mich", sagte Spengler und verfluchte sich, weil er diese Geschichte völlig vergessen hatte. Und er verfluchte Yvonne, die die Presse von damals studiert und offensichtlich nicht geschaltet hatte. Und er verfluchte Friedberg, der bei den Kollegen, die seinerzeit aktiv gewesen waren, auch keinen Hinweis auf diesen Sonderfall erfragt hatte. „Der Sache werden wir nachgehen." Er stand auf.

In diesem Moment klingelte es an der Tür.

„Oh, das werden Mirko und Kevin sein", sagte Petra Buchmann, „die wollten kurz vorbeischauen und sich meinen Laptop ansehen. Der macht Probleme, wenn ich ins Internet will."

Sie ging zur Wohnungstür und drückte den Summer, um die Haustür unten zu öffnen. Sich laut unterhaltend kamen die beiden die Treppe hinauf und blieben überrascht im Flur stehen, als sie die Polizisten sahen. Kevin Köhler war etwas kleiner als Mirko, schmal, blaß und eher unsportlich, aber von fast mädchenhafter Schönheit mit dunklen Locken und schwarzen Augen.

„Du hast Besuch?" fragte Mirko leise.

„Ja, Thomas und die beiden Kommissare. Es geht um Julia Blome."

„Ach ja? Interessant", sagte Mirko und betrat das Wohnzimmer, gefolgt von Kevin Köhler. „Guten Abend, die Herren. Wir wollen nicht stören. Wir wollen nur Petras Notebook checken. Wo hast du es?" wandte er sich an seine Schwester.

„Oben." Sie zeigte auf die Treppe.

„Vielleicht hat das noch einen Moment Zeit", sagte Spengler. „Es wäre schön, wenn wir Ihnen auch ein paar Fragen stellen könnten."

„Wenn Sie meinen. Allerdings wird es dann etwas eng hier." Er wies auf die beiden Sessel und das kleine Sofa, die schon besetzt waren.

„Ich hole Stühle aus der Küche", bot Petra Buchmann an.

„Laß man, Schwesterchen, das machen wir selbst." Sie stellten die Stühle gleich neben die Tür und hielten so Abstand zu der übrigen Gruppe. „Es geht um Julia Blome?" fragte Mirko.

„Ja. Und um den Tod Ihres Vaters. Wir wissen jetzt, daß er in Frau Blomes Haus umgebracht wurde."

„Dann sind Sie ja schon einen großen Schritt weiter", sagte Mirko lächelnd „Und was schließen Sie aus dieser Tatsache?"

„Daß der oder die Täter, wenn es denn nicht sogar Frau Blome selbst war, sich mit den Örtlichkeiten ausgekannt haben müssen und auch wußten, daß Ihr Vater sich bei seiner Freundin aufhielt."

„Seine Freundin? Ich denke, die beiden hatten keinen Kontakt mehr nach dem Prozeß."

„Doch, Mirko, stell dir vor, die haben ihre Beziehung nie wirklich aufgegeben." Petra Buchmann kamen wieder die Tränen.

„Das stelle ich mir lieber nicht vor. Ekelhaft."

„Was erschüttert Sie so sehr daran?" fragte Friedberg. „Nachdem Ihr Vater und der Rest der Familie völlig miteinander gebrochen hatten, könnte es Ihnen doch ziemlich egal sein, mit welchen Frauen er Beziehungen pflegte. Er hat ja auch eine Zeitlang mit Inge Kersten zusammengelebt."

„Wer ist das?" fragten beide Geschwister gleichzeitig.

„Seinerzeit eine alkoholabhängige Stricherin. Jetzt eine cleane Kellnerin. Auch zu ihr hatte Ihr Vater noch kurz vor seinem Tod Kontakt."

„Wird ja immer toller. Was meinst du dazu, Kevin?"

„Verachtenswert, im höchsten Maße verachtenswert. Ich sage ja immer, daß Geld jede Moral zerstört." Der junge Mann schüttelte sich.

„Selbst wenn wir mit unserem Vater gebrochen hatten, gab es doch immer noch in jedem von uns die Hoffnung, daß er nicht ganz so mies war, wie er in der Öffentlichkeit dargestellt wurde. Wie soll man denn leben in dem Bewußtsein, die Gene dieses Verbrechers in sich zu tragen?"

„Sicher nicht einfach", sagte Spengler. „Aber lassen Sie uns auf Frau Blome zurückkommen. Sie ist verschwunden."

„Na großartig. Und jetzt suchen Sie die Dame bei uns?" fragte Mirko sarkastisch. „Wir haben ja wirklich Gründe genug, ihr Unterkunft zu gewähren. Sie denken vielleicht, das müßten wir schon aus Dankbarkeit tun, weil sie uns ja schließlich von diesem Scheusal von Vater befreit hat."

„Die Herren sind hier, weil wir, Thomas und ich, die Blome mal zu einer Party eingeladen haben", erklärte Petra.

„Wie bitte?" Mirko starrte sie ratlos an. „Die Blome zu einer Party? Ich fasse es nicht. Und warum erfahre ich das erst jetzt?"

„Weil ich mich geschämt habe, es euch zu erzählen, Mama und dir. Wir kannten sie aus dem Uni-Buchladen, und ich wollte sie unbedingt näher kennenlernen, wissen, was für ein Mensch das ist, der so viel Unglück über uns gebracht hat", sagte Petra kleinlaut.

„Fabelhaft. Wirklich eine tolle Idee, dieses Miststück einzuladen, statt sie in den Boden zu stampfen!"

„Du hast ja recht."

„Habe ich meistens", sagte er arrogant.

„Ich weiß nicht, welcher Teufel mich damals geritten hat." Sie griff nach Thomas Kampes Hand.

„Solchen Abschaum auch noch hoffähig zu machen!"

„Bitte mäßige dich, Mirko. Petra hat das bitter bereut, tut es bis heute, wie du siehst." Thomas Kampe drückte die Hand seiner Freundin und küßte sie auf die Wange.

„Bereitet es Ihnen Vergnügen, diesem kleinen Familienstreit beizuwohnen?" fragte Mirko Friedberg, der grinsend zugehört hatte.

„Ich freue mich immer über so aufgeweckte junge Leute wie Sie", erwiderte Friedberg. „Da weiß man doch, daß Deutschland um seine Zukunft nicht bangen muß."

„Sie kennen Frau Blome also nur vom Hörensagen?" fragte Spengler den jungen Mann.

„Geht das nicht aus dem bereits Gesagten hervor?"

„Ich hätte es gern noch einmal ausdrücklich von Ihnen gehört."

„Ich hatte bis zu diesem Augenblick nicht das Vergnügen, Julia Blome persönlich zu begegnen. Und mein Freund hier auch nicht, stimmt's, Kevin?"

Der nickte.

„Soll ich es auf die Bibel schwören?" fuhr Mirko fort.

„Nicht nötig. Üben Sie sich lieber ein wenig in Bescheidenheit", sagte Spengler nett.

„Schaff ich nicht. Hochmut macht mehr Spaß. Ein Verbrecherkind hat eben viel zu kompensieren. Dürfen wir jetzt nach oben gehen und den Laptop auf Vordermann bringen?" Mirko und Kevin standen auf, nahmen ihre Stühle in die Hand.

„Tun Sie das." Spengler reckte sich.

„Wo ist eigentlich Ihre nette Kollegin? Mit der hätte ich gern noch etwas geplaudert."

„Die haben wir schon ins Bett geschickt. Junge Leute sollten nicht zu lange aufbleiben. Viel Schlaf stärkt den Charakter."

„Das werde ich mir merken. Damit ich nicht wie mein Vater auf die schiefe Bahn komme. Bis später." Sie trugen die Stühle in die Küche und entschwanden nach oben in die ausgebaute Dachkammer.

„Wo waren wir stehen geblieben?" wandte sich Spengler an Petra Buchmann. „Ach ja, bei dieser Christa Olfers. Wissen Sie, wo man die antreffen kann?"

„Nein, wie sollte ich? Einer Frau, der so übel mitgespielt wurde, könnte ich nicht unter die Augen treten als eine Buchmann. Vielleicht kann Ihnen Herr von Brunk weiterhelfen. Der hat ja damals mit den Opfern zu tun gehabt. Auch so ein sympathischer Zeitgenosse. Ging früher ein und aus bei uns, gehörte quasi zur Familie, bis er sich dann von uns allen distanzierte, obwohl Mama und wir Kinder ihm ja nichts getan hatten. Sippenhaft."

„Glauben Sie, daß er nach dem Prozeß noch Kontakt zu Ihrem Vater oder zu Frau Blome hatte?"

„Wenn mein Vater wirklich über größere Geldbeträge nach seiner Haft verfügte, können Sie davon ausgehen, daß von Brunk ihn unter Druck gesetzt hat."

„Wir wissen inzwischen, daß Geld da war."

„Dann hat Herr von Brunk sicher sein sauberes Händchen danach ausgestreckt", sagte sie gehässig.

„Er ist inzwischen erfolgreicher Geschäftsmann und hat es kaum nötig, sich um illegales Geld zu bemühen."

„Für Geld tut der alles, egal ob es sauber ist oder nicht!" stieß sie hervor. Thomas Kampe drückte sie an sich, aber sie machte sich gereizt von ihm frei. „Er ist ein Schweinehund und keinen Deut besser als mein Vater."

„Ich denke, wir sollten das Thema jetzt wechseln", schlug Kampe vor. „Es regt Petra zu sehr auf."

„Nein, ist schon in Ordnung, Thomas. Die Herren sollten ruhig Bescheid wissen. Dieser Mensch hat versucht, mir Gewalt anzutun, als ich fünfzehn war. Das war ein Jahr nach dem Prozeß. Uns ging es damals sehr schlecht. Mama hatte noch keine Arbeit. Wir waren überall geächtet. Mirko hatte Schulprobleme, und ich verlor alle meine Freundinnen. Ich hatte von Brunk noch als guten Freund der Familie in Erinnerung und in meiner grenzenlosen Naivität dachte ich, daß er uns vielleicht ein wenig beistehen könne. Ohne meiner Mutter etwas zu sagen, lief ich in seine Kanzlei, nicht ahnend, daß es ihm zu dieser Zeit selbst sehr dreckig ging. Aber da er schon immer ein gewisses Faible für mich hatte, tat er sehr freundlich, hörte sich meine Sorgen geduldig an und versprach, sich wegen eines Jobs für Mama umzuhören. Als ich mich verabschiedete, nahm er mich tröstend in die Arme. Aus dem Trost wurde aber schnell etwas anderes. Ich mußte alle Kraft aufwenden, um mich von ihm zu befreien und konnte ihn nur durch einen Tritt in den Unterleib außer Gefecht setzen."

Die Stille wurde erst nach einer Weile unterbrochen durch Geräusche aus der Dachkammer. Mirko Buchmann beugte sich übers

Geländer. „Ach, die Herren ermitteln noch immer. Warum weinst du denn, Schwesterchen?"

„Nichts Besonderes. Nur unschöne Erinnerungen. Kommt ihr voran mit dem Laptop?"

„Dein Browser ist hinüber. Wir laden dir einen neuen herunter. Das dauert einen Moment."

„Prima. Ich habe gerade erfahren, daß unser Vater sehr wohl noch Geld hatte."

„Wen wundert's? Wahrscheinlich der Grund dafür, daß er den Löffel abgeben mußte."

„Er hatte Geld und hat uns trotzdem nicht unterstützt. Kannst du das nachvollziehen?"

„Vermutlich hat er sich gesagt, daß Ihre Mutter ja die Wohnung verkaufen könnte, wenn es finanziell zu eng würde", warf Friedberg ein.

„Siehst du, Schwesterchen, die Polizei hat für alles eine Erklärung." Mirko verschwand wieder.

„Ja", seufzte Petra Buchmann, „weshalb Mama die Wohnung partout nicht hergeben wollte, habe ich nie verstanden."

„Vielleicht, weil sie sie nie wirklich als ihr Eigentum betrachtet hat. Schließlich hatte sie Ihr Vater einmal bezahlt", sagte Spengler und dachte: Sie ist eben nie von diesem Kerl losgekommen.

VI

Da es Samstag war, ließ Spengler sich Zeit mit Morgentoilette und Frühstück. Das stabile Skandinavien-Hoch bescherte wieder einen Sonnentag mit wolkenlosem Himmel und leichtem Ostwind, also herrlichstes Segelwetter. Spengler dachte verdrossen an sein Boot, das er schon seit Wochen nicht mehr angerührt hatte. Da seine ‚Anke', so genannt nach einer Jugendliebe, für ihn eine Art Lebewesen war, hatte er ihr gegenüber ein schlechtes Gewissen, empfand sich als treulos.

Jedenfalls war er nicht gerade guter Laune, als er das Büro betrat, in dem Friedberg laut telefonierte und Yvonne sich über ihren Laptop beugte. Sie erwiderte Spenglers „Guten Morgen" mit freundlichem „Hallo", während Friedberg nur die linke Hand hob und weiter ins Telefon brüllte: „Große Klasse! Habt ihr super gemacht! Wir schicken sofort einen Abschleppwagen, damit wir ihn hier an Ort und Stelle untersuchen können!" Er legte auf.

„Was ist passiert?" fragte Spengler müde.

„Du siehst aus, als hättest du die Nacht durch gefeiert. Hast du wieder deine Samstagslaune?" fragte Friedberg grinsend.

„Was los ist, möchte ich wissen."

„Ein Streifenwagen hat Buchmanns Wagen gefunden. Und rate mal, wo."

„Mach's nicht so spannend."

„In der Parkallee."

„Ja und?"

„Ganz in der Nähe vom Leichenfundort."

„Die hatten es eben eilig und wollten den Wagen, mit dem sie Buchmann da hintransportiert haben, so schnell wie möglich los sein."

„Wieso ‚die'? Du glaubst also, daß es mehrere Täter waren?"

„Sagt mir mein Instinkt."

„Na dann prost."

„Sonst noch was?"

„O ja! Unser Freund von Brunk hat uns verschwiegen, daß er mit der verschwundenen Julia Blome noch bis in jüngste Zeit zu tun hatte. Es wurde in ihrer Wohnung ein Foto gefunden, das die beiden Arm in Arm in fröhlicher Runde bei irgendeiner Feier zeigt. Das Foto ist datiert und noch kein Vierteljahr alt. Außerdem, und das ist noch interessanter, haben wir in ihrem Handy-Telefonbuch eine Nummer gefunden, die sie noch am Tag ihres Verschwindens angerufen hat: der Handy-Anschluß von von Brunk. Was sagst du nun?"

„Nicht schlecht. Konnte den Kerl auf Anhieb nicht ausstehen."

„Ein Polizist sollte sich nie von Sym- oder Antipathien leiten lassen", sagte Friedberg grinsend.

„Das gilt nur für Wochentage, nicht für einen Sonnabend mit Kaiserwetter. Ruf ihn an und bestell ihn hierher."

„Mit dem größten Vergnügen."

Friedberg erreichte von Brunk sofort über Handy. Er befand sich auf einer Betriebseinweihung in Oldenburg und weigerte sich, nach Bremen zurückzufahren. Er würde am Montag vorbeischauen.

„Das paßt uns aber gar nicht. Erstens hatten wir Ihnen untersagt, die Stadt zu verlassen, und zweitens haben sich neue Aspekte ergeben, die Ihre Gegenwart hier bei uns unerläßlich machen. Wir können das auch so erledigen, daß wir Ihnen einen Streifenwagen schicken und zwei Uniformierte Sie aus der Veranstaltung herausholen. Wie würde Ihnen das gefallen?"

Eine Stunde später saß von Brunk ihnen gegenüber im Vernehmungszimmer. Er beschwerte sich lautstark über die Belästigung, wurde aber still, als Spengler ihm das Foto über den Tisch zuschob.

„Ach ja, Frau Blome. Wir haben uns zufällig getroffen auf einer Feier im Parkhotel. Das hatte ich völlig vergessen."

„Ist aber erst ein Vierteljahr her." Spengler wischte sich den Mund.

„Wirklich? Wissen Sie, wenn man so viel zu tun hat ..."

„Das Foto zeigt uns zwei Menschen, die sich sehr gut kennen. Man spürt geradezu die Intimität der Beziehung."

„Was Sie da alles rauslesen. Wie gesagt, reiner Zufall."

„Hören Sie auf, uns zum Narren zu halten. Frau Blome hat am letzten Sonntag mit Ihnen telefoniert. Auch Zufall?"

„Okay. Auf dieser Party im Parkhotel habe ich Frau Blome nach vielen Jahren zum ersten Mal wiedergetroffen. Sie war mit ihrem Freund, einem Dozenten von der Uni da. Wir sind ins Gespräch gekommen, und sie hat mir erzählt, daß sie unzufrieden ist mit ihrem Job als Verkäuferin. Sie hat mich gefragt, ob ich ihr nicht eine andere Stelle besorgen könnte, da ich ja als Firmenberater viel herumkomme. Ich hab ihr versprochen, mich umzuhorchen. Das war alles. An dem Sonntag hat sie mich gefragt, ob sich schon etwas ergeben hätte, was nicht der Fall war."

„Wie wirkte Frau Blome bei dem Telefonat?"

„Ganz normal. Ein wenig enttäuscht natürlich. Aber nichts Auffälliges."

„Lieber Herr von Brunk, Sie haben als Anwalt und Berater gelernt, Leute mit gewissen Wahrheiten nicht zu überfordern. Solche Rücksichten müssen Sie bei uns nicht nehmen. Die beiden Leute auf dem Foto haben sich nicht seit Jahren das erste Mal wiedergetroffen. Diese Leute sind völlig vertraut miteinander und würden sich nicht Arm in Arm präsentieren, wenn zum Beispiel der Freund von Frau Blome anwesend wäre."

„Was wollen Sie denn von mir hören?"

„Daß Sie eine Beziehung zu der Frau hatten und haben. Wir wissen, daß Buchmann den Kontakt zu Frau Blome nie ganz abgebrochen hat, und wir gehen davon aus, daß es zwischen Ihnen und ihr ähnlich lief. Ein Dreierverhältnis, das aus welchem Grund auch immer alle Zerwürfnisse und Kränkungen überstanden hat. Und dazu hätten wir jetzt gern eine Erklärung."

„Reicht Ihnen der Begriff ‚Freundschaft'?"

„Nein."

„Liebe?"

„Erst recht nicht."

„Dann müssen Sie sich ohne Erklärung ein Bild machen."

„Ihr Freund Buchmann wurde am Sonntag im Haus von Frau Blome ermordet. Das Haus wurde total verwüstet. Und Frau Blome ist seit diesem Sonntag spurlos verschwunden, seit dem Tag, an dem Sie noch mit der Dame telefoniert haben."

Von Brunks glattes Gesicht zeigte auch auf diese Eröffnung hin keine Reaktion. Ungerührt und kühl sagte er: „Buchmann war nicht mehr mein Freund. Wenn er noch in Verbindung mit Julia Blome stand, wovon ich nichts wußte, ist es nicht allzu überraschend, daß er in ihrem Haus ums Leben kam. Zu Frau Blomes Verschwinden kann ich Ihnen nichts sagen."

„Aber zu Ihrem Verhältnis zu Frau Blome. Die Geschichte mit der Stellungssuche nehmen wir Ihnen nicht ab." Friedberg wurde ungeduldig.

„Bezogen sich die Begriffe ‚Freundschaft' und ‚Liebe' ausschließlich auf Ihre Beziehung zu Frau Blome?" ergänzte Spengler.

„Auf Enno jedenfalls nicht. Wenn es Ihnen irgendwie weiterhilft: Ja, Julia und ich haben uns gelegentlich getroffen."

„Wogegen ja nichts einzuwenden wäre", sagte Friedberg gereizt. „Was uns nur nachdenklich macht, ist Ihre Geheimniskrämerei. In unserem ersten Gespräch haben Sie Frau Blome sogar beschuldigt, hinter der ganzen Betrugsaffäre zu stecken. Wie paßt das zusammen?"

„Ich möchte nicht, daß Julias Beziehung zu Dieter Breuer in irgendeiner Weise belastet wird, dazu schätze ich diesen Mann zu sehr. Außerdem glaube ich wirklich, daß Julia damals Enno angestiftet hat. Aber Menschen können sich ändern. Julia ist unter dem Einfluß von Breuer ein anderer Mensch geworden."

„Und diesen anderen Menschen, der ja, so hört man, an körperlicher Attraktivität nichts eingebüßt hat, wollten Sie dann auch hin und wieder beglücken oder besser: sich von ihm beglücken lassen trotz des tadellosen Breuers?" fragte Friedberg sarkastisch.

„Ich kann mir denken, daß solch eine Freundschaft ein normales Polizistengehirn überfordert."

„Könnten wir bitte zu einem normalen Umgangston zurückfinden", schaltete sich Spengler ein. „Sie und Buchmann waren also schon als Jugendliche befreundet, wie Sie uns neulich erzählt haben. Wie kam Julia Blome dazu?"

„Ich habe sie an der Uni kennengelernt. Ich studierte Jura, sie BWL."

„Also war sie zunächst Ihre Freundin?"

„Hört sich so an, nicht wahr?"

„Und dann trat Buchmann in Erscheinung?"

„Enno war zu der Zeit schon mit Freia liiert. Wir waren zwei ganz normale eng befreundete Paare. Die Probleme begannen erst, als Enno Julia in seine Firma holte. Sie war unzufrieden mit ihrem damaligen Job bei einem Kaffeegroßhandel, und er suchte jemanden für den kaufmännischen Teil seines Betriebs." Zum ersten Mal drückte von Brunks Gesicht eine gewisse Emotionalität aus.

„Die beiden kamen sich näher, und Sie waren der Gelackmeierte", sagte Friedberg mit einer Spur Schadenfreude.

„Nein, nein, wir blieben zwei Paare, aber ..." Er zögerte.

„Aber Sie tauschten die Partner aus", ergänzte Friedberg schnell.

„Gelegentlich, ja. Als immer deutlicher wurde, daß sich zwischen Enno und Julia etwas tat, rückten Freia und ich ebenfalls mehr zusammen. Ich mochte Freia schon immer sehr gern, so mehr als Kumpel versteht sich, und ich war ihr wohl auch nicht gleichgültig. Jedenfalls wurde so aus einer Notgemeinschaft eine herzliche Beziehung."

„Klingt fast rührend." Friedberg schüttelte den Kopf. „Aber wenn ich es richtig verstehe, liefen auch die ursprünglichen Beziehungen weiter?"

„Natürlich. Eigentlich hingen wir alle vier unzertrennlich aneinander. Bei Freia und Enno kam hinzu, daß Kinder da waren. Zunächst Petra ..."

„Zu der Sie dann ja auch noch ein besonders inniges Verhältnis entwickelt haben."

„Was wollen Sie damit sagen?" Von Brunk hatte jede Selbstsicherheit verloren.

„Daß Sie nach Buchmanns Prozeß versucht haben, seiner halbwüchsigen Tochter Gewalt anzutun", sagte Friedberg aggressiv.

„Hat das Miststück das behauptet?" ging von Brunk auf Friedbergs Ton ein.

„Allerdings."

„Umgekehrt wird ein Schuh draus! Diese Nymphomanin hat sich an mich rangemacht. Schon zu Zeiten, als wir noch zu viert waren, hat die Göre mit mir geflirtet auf Deubel komm raus. Ich konnte mich gar nicht retten vor ihren verbalen und auch körperlichen Attacken, mit denen sie mich zu provozieren versuchte. Seit ihrer Pubertät hatte sie nichts anderes im Kopf, als ihre Wirkung auf männliche Wesen zu testen. Da sie als Kindfrau besonders sexy war, hatte man als Mann einen schweren Stand."

„Eine Lolita also. Und als sie damals hilfesuchend zu Ihnen ins Büro kam, hat sie Sie zu verführen versucht?"

„Es war ähnlich warm wie heute, und sie erschien in Hot Pants und Bikini-Oberteil, geschminkt und parfümiert."

„Und das hat Sie völlig kalt gelassen?"

„Natürlich nicht. Aber ich habe mir Mühe gegeben, mir nichts anmerken zu lassen. Als sie sich dann allerdings beim Abschied an mich drängte ..." Er zögerte.

„Also doch", konstatierte Friedberg zufrieden.

„War ich in Gefahr, mich zu vergessen. Gott sei Dank klingelte in dem Moment das Telefon."

„Also keinen Tritt in die Eier?"

„Hat sie das behauptet? Dann lügt sie." Von Brunk wischte sich Schweiß von der Stirn.

„Kehren wir noch einmal zu den vier Erwachsenen und ihrem Beziehungsgeflecht zurück", sagte Spengler. „Könnte es sein, daß die Kinder oder zumindest Petra etwas davon mitbekommen haben?"

„Wir haben uns größte Mühe gegeben, das vor ihnen zu verbergen."

„Ist das überhaupt möglich? Natürlich haben Sie's nicht vor deren Augen getrieben, aber so ein Gefühlssalat wirkt sich doch atmosphärisch aus."

„Kann sein. Aber für uns Betroffene war das schwer zu kontrollieren. Vielleicht war Petras auffälliges Betragen davon beeinflußt, aber Mirko dürfte nichts gemerkt haben. Er war ein sehr verschlossener, in sich ruhender Junge."

„Und wie kam es dann zum Bruch und dem Verschwinden von Buchmann und Blome?"

„Das geschah für Freia und mich völlig überraschend. Erst im Nachhinein wurde mir bewußt, daß sich Julias Verhalten mir gegenüber verändert hatte. Sie war oft geistesabwesend und irgendwie unnahbar geworden, unser Sexualleben kam quasi zum Stillstand. Von Freia habe ich später erfahren, daß es ihr mit Enno ähnlich ging. Nur sind das fast unmerkliche Prozesse, die erst nach dem Knall ihren Sinn ergeben."

„Was ich wirklich faszinierend finde, ist die Tatsache, daß diese ‚Viererbande' trotz des großen Betrugs zwischendurch immer weiter existiert hat, denn ich gehe mal davon aus, daß Sie auch Ihre Beziehung zu Freia Buchmann nie ganz abgebrochen haben. Oder irre ich mich?" fragte Spengler liebenswürdig.

„Nein", sagte von Brunk schlicht.

„Und deshalb fällt es einem schwer, nicht einen Zusammenhang herzustellen zwischen dem Tod des einen, dem Verschwinden der anderen und den beiden übrigen dieser Viererbande."

„Glaube ich Ihnen. Aber es gibt diesen Zusammenhang nicht", sagte von Brunk ruhig. Er hatte sich wieder gefangen.

„Dann erklären Sie uns bitte das Geheimnis Ihrer Gruppe. Was hielt sie über all die Probleme hinweg so eng zusammen?"

„Zunächst sicher Zuneigung, später sexuelle Gier und schließlich Geld. Ich habe die Beziehungen zu beiden Frauen aufrecht erhalten, um über sie an Ennos Geld heranzukommen, denn ich wußte, daß beide weiterhin mit ihm verkehrten. Den Frauen konnte ich alles nachsehen, auch daß sie von Enno nicht loskamen, aber ihm konnte ich seinen Betrug nicht verzeihen. Ja, ich sage das, selbst wenn ich mich damit in Ihren Augen belaste. Ich wollte das Geld, zumindest meinen Anteil."

„Also haben Sie die Frauen nur benutzt?"

„Nein, nein, ich hatte durchaus noch meinen Spaß mit ihnen, sogar mit Freia, deren Reize ja ein wenig reduziert sind, seit ihre Augen nicht mehr wollen."

„Ihr Zynismus ist ziemlich widerwärtig", konnte sich Spengler nicht verkneifen. „Weshalb haben Sie am Sonntag mit Julia Blome telefoniert?"

„Wenn ich schon am Auspacken bin, warum dann nicht gleich richtig. Julia hat mich um Rat gefragt. Enno stand ihr ins Haus, um endgültig von ihr zu erfahren, ob sie ihn nach Spanien begleiten wolle. Sie hatte mehrere Drohbriefe erhalten ..."

„Sind uns bekannt", unterbrach Friedberg.

„Sehen Sie. Jedenfalls fühlte sie sich in Bremen nicht mehr sicher. Aber sie hatte Zweifel, ob sie sich Buchmann ein zweites Mal anvertrauen sollte. Ich habe ihr zugeraten, denn ich war überzeugt, daß er sein Geld auch irgendwie nach Spanien schaffen würde. Und ich wußte, daß sie genauso scharf darauf war wie ich. Da er es nicht über irgendwelche Konten laufen lassen konnte, mußte er es irgendwie bar bei sich haben. Sie versprach, die Augen offen zu halten, es ihm bei erstbester Gelegenheit abzunehmen und mit mir zu teilen."

„Und so was haben Sie am Telefon besprochen? Ganz schön leichtsinnig."

„Am Sonntag war ja noch nichts passiert. Wer sollte da abhören?"

„Stimmt. Alles was Sie uns jetzt erzählt haben, reicht aus, um Sie in den Kreis der Tatverdächtigen aufzunehmen. Sie wußten, daß

Buchmann sich mit seinem Geld ins Ausland absetzen wollte. Sie vermuteten, daß er es bar bei sich haben würde, womit Sie völlig richtig lagen, wie wir inzwischen wissen. Sie wußten außerdem, daß Julia Blome in Gelddingen nicht zuverlässig war. Warum also irgendein Risiko eingehen, wenn Sie doch nur in Frau Blomes Haus marschieren mußten, um Ihrem Exfreund das Geld abzunehmen?"

Große Pause. „Tja", sagte von Brunk schließlich, „da hab ich mich wohl ganz schön in die Scheiße geritten. Klingt alles logisch, ist aber falsch. Zunächst einmal würde ich nie eine körperliche Auseinandersetzung mit Enno suchen, und die wäre wohl unvermeidbar gewesen, denn freiwillig hätte er das Geld nicht herausgerückt. Ich bin kein Kämpfer. Und vor Ennos Kraft hatte ich immer Respekt. Zweitens habe ich für den Sonntag ein Alibi. Ich war den ganzen Tag und die darauf folgende Nacht mit einer Frau zusammen."

„Deren Namen und Adresse Sie uns um so lieber nennen werden." Spengler schüttelte den Kopf.

„Sie glauben mir nicht. Das kann ich verstehen. Trotzdem sage ich die Wahrheit. Die Frau heißt Christa Olfers und wohnt in der Saarbrückener Straße 148. Wollen Sie auch die Telefonnummer?"

„Wir bitten darum." Spengler und Friedberg wechselten verblüffte Blicke.

Von Brunk diktierte Yvonne die Nummer und schaute auf die beiden Polizisten. „Was ist? Kennen Sie Frau Olfers?"

„Noch nicht. Aber wir hatten vor, sie zu besuchen. Deshalb sind wir glücklich, daß wir schon ihre Adresse erfahren haben. Das erleichtert uns die Arbeit."

„Man tut, was man kann. Darf ich jetzt gehen?" Von Brunk wollte aufstehen.

„Moment", sagte Spengler ruhig. „Noch möchten wir Sie nicht entbehren. Bis wir das mit dem Alibi bei Frau Olfers überprüft haben, können Sie sich in einer unserer Zellen entspannen. Mit anderen Worten: Sie sind vorläufig festgenommen."

„Das können Sie nicht machen!" schrie von Brunk. „Ich werde sofort einen Anwalt einschalten!"

„Sie dürfen gleich telefonieren, wenn wir hier fertig sind. Vorher aber noch ein paar Fragen. In welchem Verhältnis stehen Sie zu Frau Olfers?"

„Wir sind befreundet. Sie hat seinerzeit auch in der Firma von Enno gearbeitet. Seitdem kennen wir uns."

„Nach unseren Informationen hat Frau Olfers damals eine Menge Geld verloren."

„Das ist richtig."

„Und wieso ist sie dann mit Ihnen befreundet, der Sie doch Buchmann bei seinen schmutzigen Geschäften unterstützt haben?"

„Ich habe sie nach Ennos Untertauchen juristisch beraten und dafür gesorgt, daß sie eine Abfindung erhielt."

„Wie das?" fragte Spengler ungläubig.

„Nach dem Konkurs wurden die beiden Wohnblocks in Chemnitz verkauft. Von dem Erlös wurde die Bank abgefunden und der Rest ging an die Gläubiger. Ein befreundeter Anwalt hat durch meine Vermittlung erreicht, daß Christa nicht leer ausging."

„Klingt sehr dubios."

„Ich mochte sie, und es hat mir sehr leid getan, daß sie auf Ennos falsche Versprechungen hereingefallen ist. Wobei man zu seiner Entschuldigung sagen muß, daß er lange gezögert hat, einen Vertrag mit ihr zu machen. Er hatte das zunächst sogar abgelehnt mit der Begründung, daß sie als seine Mitarbeiterin nicht auch seine Kundin sein könnte. Und ich habe sie ebenfalls davon abzuhalten versucht, aber sie war geradezu versessen darauf, eine Wohnung zu erwerben. Sie vertraute Enno, mit dem sie eine Affäre hatte, blind und versprach sich eine sichere Anlage für ihr kleines Vermögen."

„Also ebenso naiv wie berechnend."

„Mehr naiv. Daß sie ihr Geld gut verwahrt wissen wollte, ist ja kein Verbrechen."

„Richtig. Jedenfalls hat Sie das Schicksal dieser Frau so angerührt, daß Sie ihr zu einem Schadenersatz verholfen haben. Und dafür ist Sie Ihnen bis heute dankbar."

„Wenn da nicht dieser ironische Unterton wäre, könnte ich Ihnen zustimmen. Es war mir wirklich ein ehrliches Bedürfnis, ihr zu helfen."

„Weil Sie mit ihr ein Verhältnis hatten und haben."

„Was tut das zur Sache?"

„Einiges. Es entwertet Ihr Alibi, wenn diese Frau in irgendeiner Form von Ihnen abhängig ist."

„Wir schlafen nicht miteinander. Wir haben uns bis spät in der Nacht unterhalten. Gegen Morgen hat sie sich in meinem Gästezimmer ein wenig hingelegt. Wir sind Freunde ohne Sex. So etwas soll es geben."

„Ist sie so unattraktiv?" fragte Friedberg.

„Sie machen es einem wirklich schwer", seufzte von Brunk. „Ich finde es schön, eine platonische Beziehung zu einer Frau zu haben, und außerdem ..." Er zögerte.

„Außerdem?" setzte Friedberg nach.

„Außerdem wollte ich mir keine dritte Frau sexuell mit Enno teilen. Hinzu kam, daß nach Ennos Verschwinden eine intime Beziehung mit Christa gar nicht möglich war. Ihre Enttäuschung über seinen Doppelbetrug an ihr hat sie in tiefste Depressionen gestürzt. Sie hat jahrelang überhaupt keine Beziehung zu anderen Männern gehabt."

„Warum so eine extreme Reaktion? Verlorenes Geld ist bitter, aber kein Grund für tiefste Depressionen. Und außerdem hatte sie ein Verhältnis mit einem verheirateten Mann, also ohnehin nur eine Beziehung mit Verfallsdatum", sagte Friedberg.

„Ich kenne mich in der weiblichen Psyche nicht so aus. Ich kann nur sagen, daß sie sehr gelitten hat, und daß ich ihr irgendwie helfen wollte."

„Und da haben Sie Ihr Konto geplündert und Frau Olfers über einen Umweg und mit getrickster Story eine sogenannte Entschädigung zukommen lassen, um Ihr schlechtes Gewissen zu beruhigen", sagte Friedberg grimmig. „So entstehen Freundschaften fürs Leben."

„Ich weiß, daß ich hier die Arschkarte habe, aber es wurde wirklich eine Freundschaft fürs Leben. Und dafür bin ich sehr dankbar."

„Also war es Ihr Geld, mit dem Sie für diese Freundschaft bezahlt haben?"

„Ja, verdammt noch mal. Aber ich habe keine Gegenleistung erwartet. Daß es menschliche Regungen gibt, die nicht berechnend sind, ist wohl für Polizisten unvorstellbar."

„Da liegen Sie nicht ganz falsch." Friedberg schlug mit der Hand auf den Tisch.

„Gut, beenden wir vorerst die Vernehmung." Spengler stand auf.

„Wenn wir mit Frau Olfers gesprochen haben, kommen wir wieder auf Sie zu."

„Wo kann ich telefonieren?"

„In unserem Büro. Frau Uphoff bringt Sie hin und wird darauf achten, daß Sie nicht etwa Frau Olfers anrufen."

„So viel Mißtrauen!" rief von Brunk.

„Nur Vorsicht. Bis später."

„Tolle Neuigkeiten!" sagte Friedberg, nachdem man von Brunk in die Zelle gebracht hatte und die drei wieder in ihrem Büro saßen. „Da gibt es ja ein ganzes Netz von Beziehungen. Freia Buchmann und von Brunk, von Brunk und Christa Olfers, fehlt nur noch, daß der alte Kramer ein Onkel von Enno Buchmann ist."

„Ist doch schön, wenn man nicht ins Leere ermittelt. Und alle Betroffenen sind eifrig bemüht, diese Verflechtungen unter der Decke zu halten, damit sie ja nicht mit dem Mord in Verbindung gebracht werden. Bin mal gespannt, was wir gleich wieder für Lügengeschichten aufgetischt bekommen. Wen knöpfen wir uns als nächsten vor?" fragte Spengler.

„Christa Olfers!" rief Yvonne, und war damit den Bruchteil einer Sekunde schneller als Friedberg, der „Freia Buchmann!" rief.

„Sieger", sagte Yvonne zufrieden.

„Dann melden Sie uns bitte bei der Olfers an", sagte Spengler.

Christa Olfers war zu Hause und bereit, die Polizisten zu empfangen. Als die drei das Präsidium verlassen wollten, wurden sie von einem Kollegen mit einem Brief in der Hand aufgehalten. „Herr Spengler, einen Moment bitte! Dieser Brief war gerade eben in der Post, persönlich an Sie adressiert als Leiter der Mordkommission. Ich dachte, es könnte wichtig sein."

„Vielen Dank."

Bevor sie abfuhren, öffnete Spengler im Auto vorsichtig den Umschlag und zog einen Brief hervor, den er kurz überflog, dann laut vorlas:

„Herr Spengler! Sie als Leiter der Mordkommission und Ihre geschätzten Kollegen werden sich bestimmt Sorgen machen wegen des Verschwindens von Julia Blome. Diese Dame befindet sich in unserer Gewalt. Nur gegen ein Lösegeld von einer Million Euro werden wir sie freilassen. Um die Angelegenheit zu beschleunigen, haben wir die Dame ab sofort auf Diät gesetzt, das heißt, sie bekommt erst wieder zu essen und zu trinken, wenn sich das Geld in unseren Händen befindet. Ort und Termin für die Übergabe erfahren Sie in einem weiteren Schreiben, das am Montag bei Ihnen eingehen wird. Wenn Sie Frau Blome unnötige Qualen ersparen wollen, besorgen Sie schon mal das Geld. Scheiße!"

„Wann und wo ist der Brief abgeschickt worden?" fragte Friedberg.

„Der Stempel ist verwischt. Irgendein Briefzentrum. Das Datum scheint das von gestern zu sein."

„Wenn die die Blome seit gestern dursten lassen, sieht es übel aus, denn wir können ja erst übermorgen aktiv werden. Und dann können immer noch Tage verstreichen, bis wir die Entführer gefaßt oder die Blome befreit haben. Wirklich große Scheiße. Warum betreiben die ihr übles Geschäft über ein Wochenende? Warum zögern sie die Bekanntgabe von Übergabetermin und Ort hinaus?"

„Weil es vielleicht Sadisten sind, Typen, die Spaß daran haben, eine möglichst dramatische Situation heraufzubeschwören", sagte Spengler grimmig.

„Oder Dummköpfe, die nicht bedenken, was sie tun."

„Danach hört sich der Brief nicht an. Außerdem ist er fehlerfrei geschrieben beziehungsweise getippt auf einem PC. Yvonne, bringen Sie den Wisch bitte schnell ins Labor. Hoffentlich finden Sie jemanden, der ihn sofort untersuchen kann. Sonst bitten Sie einen vom Team, der einen Laborfritzen alarmieren und herbestellen soll." Spengler schob den Brief zurück in den Umschlag, steckte ihn in eine Plastiktüte und gab ihn Yvonne.

„Bin gleich wieder da!" Sie sprang aus dem Wagen und lief zurück ins Haus.

„Wenn wir nur einen Ansatzpunkt hätten, um heute schon mit der Suche nach der Blome zu beginnen. Wo könnten unsere Freunde Inge und Reinhold die Frau versteckt haben?" fragte sich Friedberg.

„Denkfehler, Herr Kollege. Die beiden können gestern keinen Brief abgeschickt haben, weil wir sie in Gewahrsam haben. Die scheiden also für die Entführung aus und damit vermutlich auch für den Mord an Buchmann."

„Aber nicht für den Diebstahl des Geldes." Friedberg putzte sich umständlich die Nase.

„Was hast du gegen Hunde?" fragte Spengler grinsend.

„Wieso?"

„Weil du offensichtlich um jeden Preis verhindern willst, daß Bobby endlich zu seinem Herrchen zurückkann."

„Weshalb überprüfen wir nicht von Brunks Wohnung oder Haus? Wir kennen nur sein Büro. Vielleicht hat er einen Keller oder ein Gartenhaus oder was auch immer, wo er die Blome gefangen hält."

„Gute Idee. Dann besorge dir doch seine Adresse und frag ihn, ob er eine Parzelle hat. Vielleicht gibt er dir ja auch seine Schlüssel."

„Das glaubst du doch selber nicht. Der war mal Anwalt und weiß, daß wir ohne Durchsuchungsbeschluß nicht in seine Privaträume eindringen dürfen."

„Na ja, vielleicht kann uns die Olfers da weiterhelfen. Eventuell hat sie einen Schlüssel. Beeil dich. Ich warte hier im Wagen."

„Okay. Von Brunk wäre vermutlich ein Einzeltäter, im Brief wird aber im Plural gesprochen."

„Tarnung. Bewußte Irreführung. Oder Pluralis majestatis. Letzteres wäre von Brunk durchaus zuzutrauen." Friedberg stieg aus, und Spengler zog sein Handy aus der Brusttasche. Er rief das Telefonbuch auf und drückte die oberste Nummer. „Hallo, Irmgard. Wollte mich mal melden. Ja, viel Arbeit. Zum Mord kommt nun auch noch eine Entführung mit Lösegeldforderung hinzu. Ja, dieser Fall hat's in sich. Nein, hab ich noch nicht gehört. Ach, im Radio. Wann, heute morgen? Und war es ein Wolf? Nur ein verwilderter Schäferhund. Hab ich mir fast gedacht. Wölfe verirren sich nicht in unseren Bürgerpark. Na, fein, ist wenigstens eine Bestie erlegt. Unsere läuft leider noch frei herum. Sag mal, was ich fragen wollte, was machst du heute abend? Ja, wenn du es denn unbedingt hören willst: ich habe Sehnsucht nach dir. Ich habe im Moment mit so vielen pervertierten Beziehungen zu tun, daß ich deine Klarheit und Unkompliziertheit brauche. Ja, verdammt nochmal, das soll ein Kompliment sein. Seit wann ist es eine Beleidigung, wenn ich dich unkompliziert nenne? Nein, Oberflächlichkeit ist was völlig anderes. Ach, Scheiße, ich wollte doch nur ... ja, du hast recht ... ich werde in Zukunft genau überlegen, was ich sage ... mein Gott, bist du heute empfindlich. Ach, der Ton macht die Musik. Wer hätte das gedacht! Nein, ich will nicht unbedingt Krach mit dir haben, ich will nur ... Gut, einverstanden. Wann? Okay, um acht. Ja, ich freue mich. Bis dann." Er stellte das Handy ab. „Scheißweiber!" fluchte er laut.

Yvonne streckte den Kopf durchs offene Seitenfenster herein. „Meinten Sie mich?" fragte sie lächelnd.

„Fühlen Sie sich angesprochen?" fragte er grimmig zurück.

„Eigentlich nicht. Im Großen und Ganzen bin ich doch pflegeleicht, oder?" Sie stieg wieder ein. „Der Brief wird heute noch untersucht. Die Leute vom Labor sind da, weil sie ja auch den Wagen von Buchmann auseinandernehmen. Es wurden schon Blutspuren gefunden, konnten aber noch nicht zugeordnet werden. In den Rei-

fenprofilen steckten Split-Stückchen, so als sei das Auto über eine frische Straßenbaustelle oder einen mit Split gestreuten Weg gefahren worden. Genaueres später in einem ausführlichen Bericht."
„Danke, Yvonne. Wir müssen noch auf Friedberg warten. Im übrigen habe ich nichts gegen Frauen, eher im Gegenteil."
„Davon bin ich bisher auch ausgegangen, Chef."
Er ließ sich von ihrem Lachen anstecken.

Christa Olfers bewohnte ein helles Appartement mit großem Wohnzimmer, das eher bescheiden möbliert war, vermutlich wegen der vielen Katzen, die den Raum beherrschten und eine wertvollere Einrichtung sicher schnell ruiniert hätten. Obwohl die Balkontür weit offen stand, roch man die Tiere.

Frau Olfers war eine mittelgroße Frau um die Vierzig, der gedrungene Körper unter einem geblümten Hängekleid verborgen, das wegen einer zu großen Nase und zu schmalen Lippen eher häßliche Gesicht ungeschminkt, die aschblonden Haare streng nach hinten gekämmt und in einem Knoten gebändigt. Wenn sie lächelte, wirkte sie sympathisch, auch wenn ihr jede sexuelle Ausstrahlung abging. Daß von Brunk nur ihre Freundschaft suchte, war verständlich, und daß Buchmann mit ihr geschlafen hatte, wohl nur darauf zurückzuführen, daß jede Art von Frau für ihn eine Herausforderung gewesen war. Die Verführung einer unattraktiven Frau konnte womöglich größere Überraschungen bieten als der Umgang mit solchen, deren Reize dem allgemeinen Geschmack entsprachen. Spengler jedenfalls mochte das Lächeln der Frau, die sie aufforderte, Platz zu nehmen. Er wählte einen schlichten Holzstuhl, weil die gepolsterten Sitzgelegenheiten voller Katzenhaare waren.

„Ich habe Sie schon erwartet, seit ich von Buchmanns Tod und von Julia Blomes Verschwinden gehört habe. Ich habe beide gut gekannt. Buchmann war mein Chef und Julia meine Kollegin. Ich muß gestehen, es hat mich nicht überrascht, daß es zu einem Malheur gekommen ist, so wie die beiden mit Menschen umgegangen sind. Was möchten Sie von mir wissen?"

„Zunächst einmal, ob Sie am letzten Sonntag bei Herrn von Brunk zu Gast waren und dort auch die Nacht verbracht haben", sagte Spengler höflich.

Sie lachte. „Das hört sich so an, als sei ich seine Geliebte. Wir sind nur gute Freunde. Aber es stimmt, ich war bei ihm und habe auch in seinem Gästezimmer übernachtet."

„Und Ihre Katzen? Können Sie die nachts allein lassen?"

„Warum nicht? Die leisten sich ja untereinander Gesellschaft. Und für ausreichend Futter und Wasser ist immer gesorgt, wenn ich weg bin. Tagsüber sind sie in der Woche sowieso sich selbst überlassen, wenn ich im Büro bin."

„Wo arbeiten Sie?"

„Ich bin Sachbearbeiterin in einem Reisebüro."

„Gut. Hat Herr von Brunk während der ganzen Zeit, als Sie da waren, das Haus nicht verlassen?"

„Nein. Wir haben uns Essen vom Italiener bringen lassen und den schönen Sommerabend auf seiner Gartenterrasse genossen."

„Hat in der Zeit jemand angerufen?"

„Ja. Es gab mehrere Anrufe. Herbert hat sie im Wohnzimmer angenommen. Ich kann Ihnen also nicht sagen, mit wem und über was er gesprochen hat. Nur einmal ist er etwas lauter geworden, und ich konnte den Namen ‚Julia' hören. Das ist alles."

Spengler seufzte. „Also stimmt auch das."

„Sie sagen das so enttäuscht." Sie schaute Spengler verwundert an.

„Vielleicht bin ich das, weil Sie von Brunks Alibi bestätigen und auch, daß er mit Julia Blome telefoniert hat."

„Wie darf ich das verstehen? Etwa daß Sie Herbert im Verdacht haben, seinen Freund Enno umgebracht und seine Geliebte Julia entführt zu haben?"

„Wessen Geliebte?" fragte Friedberg.

„Bitte?" fragte sie irritiert. „Ach so!" Sie lachte. „Richtig müßte es wohl heißen: beider Geliebte. Nein, meine Herrschaften, da sind Sie absolut auf dem falschen Dampfer. Buchmann und Herbert hatten sich längst miteinander arrangiert. Auch daß sie sich Julia teilten, fand in gegenseitigem Einvernehmen statt. Da gibt es keinerlei Anlaß für Mord und Entführung."

„Aber es ging ja nicht nur um Frauentausch, es ging auch um Geld, möglicherweise um viel Geld. Buchmann hat offensichtlich das, was er ergaunert hat, nicht komplett verjubelt, sondern einen großen Teil davon zur Seite gelegt."

„Für Geld würde Herbert erst recht kein Verbrechen begehen. Er ist ein sehr großzügiger Mensch. Sie wissen sicher, daß Buchmann auch mich um meine Ersparnisse gebracht hat. Herbert hat sich damals dafür eingesetzt, daß ich aus dem Restvermögen der Firma eine Entschädigung erhalten habe. Ich habe später erfahren, daß das Restvermögen komplett an die Bank gegangen ist. Also muß ich annehmen, daß Herbert mir etwas aus eigener Tasche gezahlt hat. Ich finde das hoch anständig. Womöglich hatte er auch mir gegenüber ein schlechtes Gewissen, denn er war ja an der Gaunerei nicht ganz unbeteiligt. Ich habe das Geld jedenfalls genommen und in diese Wohnung gesteckt. Für den Fall, daß ich vor ihm sterbe, bekommt er aus dem Erlös der Wohnung sein Geld mit Zinsen zurück. Das habe ich testamentarisch verfügt. So hat jeder von uns seine kleinen Geheimnisse, das belebt eine Freundschaft."

„Klingt mir alles ein bißchen zu schön, um wahr zu sein", sagte Friedberg aggressiv.

„Ich verstehe Sie nicht."

„Sie hätten allen Grund, auf von Brunk sauer zu sein. Ich an Ihrer Stelle hätte das Geld nicht angenommen, beziehungsweise zurückgezahlt, als bekannt wurde, daß es von ihm privat stammte. Man läßt sich doch nicht einfach so Geld schenken, oder man bietet dafür eine Gegenleistung."

„Und wie sollte die aussehen?" fragte Christa Olfers ratlos. „Daß ich mit ihm schlafe?"

„Warum nicht."

Sie schüttelte den Kopf. „Ich bin nicht die Frau, um die sich die Männer reißen. Unsere Freundschaft hatte nie mit Sex zu tun."

„Warum so prüde? Mit Enno Buchmann sind Sie doch auch ins Bett gegangen."

„Das mußte ja jetzt kommen. Ja, mit dem habe ich mich leider eingelassen und es bitter bereut."

„Von wem ging das aus?"

„Was tut das heute noch zur Sache?"

„Viel. So wie Buchmann Ihnen mitgespielt hat, kann man sich gut vorstellen, daß Sie einen großen Haß auf diesen Menschen in sich tragen."

„Mein Gott, das ist über zehn Jahre her. Wenn ich ihn damals umgebracht hätte, okay. Aber inzwischen stehe ich über der Sache."

„Manche Kränkungen vergißt man ein Leben lang nicht", sagte Spengler sanft. „Wieso haben Sie sich damals mit Buchmann eingelassen?"

„Ich war verliebt in ihn. Es war das erste Mal, daß ein attraktiver Mann mir eine gewisse Aufmerksamkeit schenkte."

„Aber nicht nur Ihnen. Er war doch durch und durch ein Damenmann."

„Was man nicht sehen will, sieht man nicht, wenn man verknallt ist. Ich habe ja nicht mal bemerkt, daß er schon ein Verhältnis mit Julia hatte. Ich war blind auf beiden Augen und verschossen in diesen Kerl wie ein Schulmädchen. Von heute aus gesehen kann ich nur sagen: Ich war nicht mehr ganz bei Sinnen." Sie lachte.

„Und jetzt finden Sie das komisch. Oder warum lachen Sie?"

„Mehr aus Verlegenheit. Ich schäme mich für diese Entgleisung bis zum heutigen Tag."

„Also doch bis heute. Die Sache hängt Ihnen nach. Sie stehen folglich nicht darüber."

„Was meine Scham über mich selbst betrifft, vielleicht nicht. Da haben Sie recht. Aber was meine Enttäuschung über Buchmann angeht, sehr wohl. Er hat mich benutzt wie so viele Frauen, doch ich sage mir heute: dazu gehören immer zwei. Ich hab es ihm ja leicht gemacht, mich nur allzu gern benutzen lassen. Geradezu an den Hals geschmissen habe ich mich ihm."

„Herr von Brunk hat uns erzählt, daß Sie damals beinahe versessen darauf waren, eine der Wohnungen in Chemnitz zu kaufen, obwohl er Ihnen davon abgeraten hat. Warum?"

„Herbert hat gemeint, ich sollte mir lieber was in Bremen kaufen und selber nutzen. Direkt abgeraten hat er mir nicht. Ich hatte damals etwas Geld von meinen Eltern geschenkt bekommen und auch einiges gespart, und das wollte ich möglichst sicher und gewinnbringend anlegen. Da ich Enno völlig vertraute, auch seinen Rendite-Versprechungen, wollte ich unbedingt eine der Wohnungen."

„Herr von Brunk meint, daß Buchmann selbst gezögert hat, einen Vertrag mit Ihnen zu machen."

„Ja, und ich dumme Kuh habe das als Liebesentzug betrachtet und um so heftiger darauf bestanden, von ihm hereingelegt zu werden. Für mich wurde der Wohnungskauf zu einer Art Treuegelöbnis. Ich war so blöd zu glauben, dieser Handel wäre eine Liebesverpflichtung für uns beide."

„Schwer nachvollziehbar. Aber es ist unser täglich Brot, die absurdesten Geschichten zu hören, vor allem wenn sogenannte Leidenschaft im Spiel ist. Jedenfalls war das Verhalten von Buchmann einigermaßen schäbig. Er hätte zumindest dafür sorgen müssen, daß Ihr Geld bei der Unterschlagung verschont blieb."

„Ja, wie denn? Das war doch eine Nacht- und Nebelaktion. Wie sollte er da vorher noch meine Einlage sichern? Durch ein Sonderkonto oder eine Blitzüberweisung? Ich glaube, in dem Moment hat er an mich überhaupt nicht mehr gedacht. Ich habe später von Julia erfahren, daß er meinetwegen ein schlechtes Gewissen gehabt haben soll, anders als bei den übrigen Geschädigten, die ihm ziemlich egal waren, nach dem Motto: selber schuld, wenn die sich vor lauter Geldgier auf ein dubioses Geschäft einlassen."

„Hätte er wirklich ein schlechtes Gewissen gehabt, hätte er Ihnen ja später noch etwas zukommen lassen können, denn es ist ziemlich sicher, daß er vor seinem Prozeß Geld beiseite geschafft hat."

„Hat er aber nicht."

„Und das verbittert Sie nicht?"

„Ich habe alles, was ich brauche."

„Ihre Abgeklärtheit heute ist beeindruckend. Aber unmittelbar nach dieser Affäre waren Sie alles andere als gefasst, wurde uns gesagt."

„Ja, ich bin damals in ein tiefes Loch gefallen. Ich mußte wegen schwerer Depressionen behandelt werden, verbrachte sogar ein halbes Jahr in einer Klinik. Die Illusion, doch nicht nur das graue Mäuslein zu sein, wurde auf so brutale Weise zerstört, daß jeder Lebenswille in mir erloschen war. Seit meiner Pubertät habe ich unter meiner Unscheinbarkeit zu leiden gehabt. Die Jungs gingen mir aus dem Weg, und die Mädchen machten sich hinter meinem Rücken über mich lustig. Ich hatte nie eine Freundin, geschweige denn einen Freund. Ich steckte all meinen Ehrgeiz in schulische Leistungen und später in meine Berufsausbildung als Kauffrau. Ich war, ob Sie es glauben oder nicht, bis zu meinem Verhältnis mit Enno noch Jungfrau. Und das war es wohl auch, was ihn an mir gereizt hat, meine sexuelle Unerfahrenheit, meine Jungfräulichkeit in jeder Beziehung, nicht nur rein körperlich. Es gefiel ihm, geschlechtliche Bedürfnisse in mir zu wecken, es gefiel ihm, mich abhängig zu machen, Gewalt über mich auszuüben. Aber hören wir damit auf. Ich merke, daß meine Abgeklärtheit allmählich ins Schwinden gerät. Und ich sehe Ihren Gesichtern an, was in Ihren Köpfen vor sich geht: Eine Frau, die so tief gedemütigt worden ist, bleibt eine potentielle Mörderin ihr Leben lang."

„Dadurch daß Sie es selbst so klar aussprechen, versuchen Sie doch nicht etwa, uns den Wind aus den Segeln zu nehmen?" fragte Friedberg listig.

„Ich versuche nur, meine Haltung wiederzugewinnen." Sie wischte sich die Augen.

„Was ich noch nicht verstehe, ist Ihre Ahnungslosigkeit über das ganze Betrugsmanöver von Buchmann. Zumindest seine Mitarbeiter konnten doch schon früh erkennen, daß da etwas nicht in Ordnung war, daß zum Beispiel die Baumaßnahmen in Chemnitz nicht in Angriff genommen wurden, daß mit fingierten Rechnungen und falschen

Fotos Aktivitäten vorgetäuscht wurden."

„Ich war die letzten beiden Monate, als die Sache ins Rollen kam, krankgeschrieben. Kurz nachdem mein Vertrag abgeschlossen war, hat Enno mit mir Schluß gemacht. Er hat von Problemen mit seiner Frau gesprochen und davon, daß er sich ein Verhältnis mit einer seiner Angestellten wegen des Betriebsfriedens nicht leisten könnte. Ich hatte einen Nervenzusammenbruch und habe meinen Arbeitsplatz nie mehr wiedergesehen. Denn bevor meine Kündigung wirksam wurde, war der liebe Enno schon mit Julia verschwunden."

„Und mit dem Geld", sagte Friedberg.

„Das war das kleinere Übel. Denn inzwischen hatte ich von Herbert von Brunk erfahren, daß Enno während der ganzen Zeit, in der er mir den Kopf verdreht hat, schon eine intime Beziehung mit Julia unterhielt."

„Und das alles haben Sie letztlich unbeschadet weggesteckt."

„Unbeschadet nicht. Aber ich habe meine Katzen und einen guten Freund, der von Enno ebenfalls schamlos hintergangen worden ist."

„Tja, und nun geben Sie und Ihr guter Freund sich ein Alibi und wollen uns glauben machen, daß Sie mit dem Mord an Buchmann nichts zu tun haben."

„Ja, das will ich, weil es die Wahrheit ist, obwohl ich zugeben muß, daß diese Wahrheit für einen Polizisten ziemlich unglaubwürdig klingt. Wollen Sie mich festnehmen?"

„Nein", sagte Spengler. „Wir haben schon Herrn von Brunk in Gewahrsam und gehen mal davon aus, daß bei Ihnen keine Fluchtgefahr besteht – schon wegen der Katzen. Ich danke Ihnen jedenfalls für Ihre Offenheit, wobei Sie sich selbst ja nicht gerade geschont haben. Meine Hochachtung."

„Wo bleibt dein Kommentar?" fragte Spengler im Auto seinen Kollegen Friedberg, dessen Fahrweise verriet, wie unzufrieden er mit der letzten Vernehmung war.

„Verkneif ich mir lieber", knurrte Friedberg und hupte einen

Radfahrer an, der trotz eines Radwegs auf der Straße fuhr. Ein Stinkefinger war die Antwort.

„Auch mich würde interessieren, was Sie zu Frau Olfers meinen. Schließlich muß ich ja lernen", sagte Yvonne lieb und nett wie ein Schulmädchen.

„Es will nicht in meinen Kopf, wie man einer höchst verdächtigen Person seine Hochachtung aussprechen kann", stieß Friedberg hervor.

„Ein so tierlieber Mensch ...", begann Yvonne, wurde aber sofort von Friedberg unterbrochen: „Hitler hat auch Tiere geliebt!"

Sie hatten das Präsidium erreicht, und Friedberg sprang aus dem Wagen, um einen Durchsuchungsbeschluß, den er in Auftrag gegeben hatte, und die Schlüssel für von Brunks Haus in Oberneuland zu holen.

„Ich bin etwas ratlos in Bezug auf Frau Olfers, deshalb hab ich von den Katzen gesprochen, denn so sympathisch sie einerseits ist, so berechnend könnte ihre Lebensbeichte andererseits sein. Jemand, der so viel Mitleid verdient, der so schonungslos selbstkritisch ist, kann doch kein Mörder sein. Und dennoch hat sie wie keiner der anderen, die wir bis jetzt erlebt haben, einen Grund, sich an Buchmann zu rächen."

„Tja. Sie beschreiben diesen Zwiespalt, den ich genau so sehe, sehr gut. Und deshalb reagieren Friedberg und ich auch so unterschiedlich. Ich gestatte mir manchmal Gefühle, und die sagen mir in diesem Fall: unschuldig. Friedberg geht ganz cool nur von den Fakten aus, und die sprechen gegen Frau Olfers. Sie müssen sich nun entscheiden."

„Nee, lieber nicht. Ich warte einfach ab. Als Lehrling steht mir noch keine eigene Meinung zu." Sie lachte, stieg aus dem Wagen und reckte sich, wobei ihre hübsche Figur gut zur Geltung kam.

„Kleiner Feigling", sagte Spengler und betrachtete sie mit Vergnügen, bis ihm Irmgard einfiel und der völlig überflüssige Telefonstreit mit ihr. Es hatte ihn schon immer gestört, daß man sich am Telefon viel schneller kränken und verletzen konnte, als wenn man sich Auge in Auge unterhielt. Worte bekamen plötzlich eine ganz andere Wertigkeit, Mißverständnisse waren geradezu vorprogrammiert. Jedenfalls hatte er wieder mal den schwarzen Peter und mußte das, was quasi ohne sein Zutun entstanden war, aus der Welt schaffen, am besten mit Blumen, auch wenn das nicht gerade sehr einfallsreich war.

Friedberg setzte sich ans Steuer und hielt ein Schlüsselbund triumphierend in die Höhe. „Der backt jetzt ganz kleine Brötchen. Immer wieder erstaunlich, wie so ein Aufenthalt in einer Zelle die Leute Bescheidenheit lehrt."

Auch Yvonne stieg ein. „Hätten die Herren was dagegen, wenn wir kurz bei Mc Donalds anhalten? Ich hab Hunger."

„Ich auch", pflichtete ihr Spengler bei.

„Typischer Polizistenfraß: ein Hamburger auf die Faust. Pfui Teufel." Friedberg startete.

Spengler schwieg dazu, um sich nicht zu blamieren, denn er aß gern Hamburger.

Ein gepflegter Bungalow auf einem großen Grundstück mit altem Baumbestand erwartete sie in Oberneuland. Eine gepflasterte Auffahrt führte zu einer Doppelgarage, ein Fußweg von der Pforte zur weißen zweiflügeligen Haustür, auf deren Glasscheibe ein immergrüner Kranz mit Schleifen hing. Das ganze Anwesen verriet Wohlstand und gutbürgerlichen Geschmack. Jedenfalls wirkte es einschüchternd, so daß man sich wie selbstverständlich die Füße abputzte, bevor man das Haus betrat.

Von einer geräumigen Diele gingen mehrere Türen ab, eine besonders große führte ins Wohnzimmer, das sie zunächst aufsuchten. Es hatte eine breite Fensterfront bis hinunter zum Parkettboden mit Tür zur Terrasse. Eine teure Sitzgarnitur war kombiniert mit Antiquitäten wie Biedermeiervitrine, Barockschrank und Empiresekretär. Alte Bilder und moderne Grafiken wechselten sich an den Wänden ab. Man konnte nur konstatieren, daß Herr von Brunk Geschmack hatte.

Die Pracht setzte sich fort in Küche, Arbeitszimmer und Schlafzimmer. Etwas bescheidener war das Gästezimmer eingerichtet, verfügte aber immerhin über ein eigenes Bad.

In so einem Haus konnte kein Verbrechen geschehen, geschweige denn eine entführte Frau versteckt werden. Dieses Ambiente gehörte zu besseren Menschen, zu höheren Wesen. Sein Besitzer führte nicht umsonst ein ‚von' vor seinem Namen.

Spengler verschlug der Luxus den Atem. Auch seine Kollegen schienen beeindruckt zu sein. Sie bewegten sich äußerst vorsichtig durch die Räume, als befürchteten sie, etwas zu beschädigen.

„Mensch, muß der Kohle haben", sagte Friedberg verärgert.

„Bist du neidisch?" fragte Spengler.

„Bestimmt nicht. In so einer kalten Pracht könnte ich nicht leben. Hier traut man sich nicht mal zu furzen."

„Und warum bist du dann sauer?"

„Weil ich mich frage, warum solch ein Krösus einen armen Penner wie Buchmann um sein Geld bringen sollte. Der hat doch mehr als genug."

„Solche Leute haben nie genug. Für die ist jeder Euro wichtig, und für ein paar Tausender nehmen die alles in Kauf, auch einen Rechtsbruch oder Schlimmeres."

„Wie einen Mord", sagte Friedberg.

„Möglich. Jedenfalls frage ich mich, ob das alles hier rechtmäßig erworben ist. Firmenberatung – gut und schön. Ein verkrachter Rechtsanwalt häuft so einen Besitz an? Mehr als dubios. Wenn Mord, dann vielleicht aus ganz anderen Gründen, als wir bisher vermutet haben. Stellen wir uns mal vor, das alles hier ist nicht legal zustande gekommen. Vielleicht ist Herr von Brunk Drogenboss, Autoschieber oder Mafia-Pate. Und Buchmann ist ihm auf die Schliche gekommen, hat ihn erpreßt, ihm mit Anzeige gedroht. Er wollte sein Budget für seinen Auslandsaufenthalt noch ein bißchen aufbessern und hat seinen Exfreund unter Druck gesetzt ..."

„Oder die beiden haben zunächst einmal gemeinsam krumme Dinger gedreht. Buchmann hat nach seiner Haft bei von Brunk angeklopft, ist als alter Freund in Gnaden aufgenommen worden, hat aber dann erleben müssen, daß von Brunk die dicken Geschäfte machte, während er mit kleinen Beträgen abgespeist wurde. Er hatte ja keine legalen Mittel zur Verfügung, um sich gegen von Brunks Machenschaften zur Wehr zu setzen. Irgendwann ist ihm der Kragen geplatzt und er hat seinem Kumpanen mit Anzeige gedroht. Jedenfalls finde ich es sehr einleuchtend, daß da zwischen den beiden etwas gelaufen ist. Das würde auch erklären, weshalb Buchmann aus Bremen weg wollte."

„Ist es nicht schön, wie so eine Umgebung unsere Phantasie beflügelt?" rief Spengler lachend.

„Wollen wir hier jetzt mal so richtig die Sau raus lassen und nach belastendem Material suchen?" fragte Friedberg eifrig.

„Nein, den Spaß verkneifen wir uns. Dafür sind unsere Kollegen zuständig. Darf ich dir in Erinnerung rufen, daß wir hier sind, um nach Julia Blome zu forschen?"

„Spielverderber", sagte Friedberg gespielt beleidigt.

„Darf ich noch etwas sagen?" fragte Yvonne.

„Klar doch", ermunterte sie Spengler.

„Ich finde die Überlegungen von Ihnen beiden sehr interessant und bedenkenswert. Ich habe auch das Gefühl, daß mit diesem Reichtum hier etwas nicht stimmt."

„Das motiviert uns zusätzlich", sagte Spengler ohne Ironie, während Friedberg das Gesicht verzog, als hätte er eine freche Bemerkung auf den Lippen.

Die Durchsuchung von Keller, Garage und Dachboden blieb ergebnislos.

Der Empfang bei Irmgard war kühl. Auch die Reaktion auf den üppigen Blumenstrauß, für den er extra noch mal zum Bahnhof gefahren war, ließ zu wünschen übrig. Es dauerte lange, bis sie eine passende Vase dafür gefunden hatte, während er im Wohnzimmer saß und den eher bescheidenen Abendbrottisch betrachtete. Sie hatte nur Aufschnitt und Käse gedeckt und nicht einmal Brot aufgebacken, sondern ein paar Schnitten Graubrot aus der Tüte auf einen Teller gelegt. Auch der Wein fehlte, statt dessen gab es Wasser und eine Flasche Bier für ihn.

„Ich hatte keine Zeit, noch groß einzukaufen und zu kochen", sagte sie, als sie sich setzte.

„Macht ja nichts. Sieht alles sehr lecker aus. Guten Appetit", sagte er bemüht locker.

„Guten Appetit."

Sie aßen schweigend, bis Spengler es nicht mehr aushielt und fragte: „Was ist eigentlich los?"

„Was soll los sein? Wir essen Abendbrot. Schmeckt es dir nicht?"

„Ach, du weißt genau, was ich meine. Du bist immer noch sauer wegen des Telefonats."

„Und wenn? Denkst du, es wird besser, wenn wir das noch weiter ausspinnen? Ich bin für dich unkompliziert, das heißt ein Mensch ohne Tiefgang, ein oberflächlicher Partner für eine oberflächliche Beziehung. Okay, dann ist es eben so."

„Ich wollte dir nur etwas Nettes sagen. Und du hast das völlig in den falschen Hals gekriegt. Vielleicht war meine Wortwahl unglücklich, aber deine Interpretation geht absolut vorbei an dem, was ich gemeint habe. Ich bewundere dich für deine Intelligenz, für deine Klarheit im Kopf."

„Laß gut sein. Das Gerede macht es nur noch schlimmer."

„Habe ich nicht erst vor kurzem gesagt, daß ich mir mehr Nähe zu dir wünsche, habe ich nicht sogar vorgeschlagen zusammenzuziehen? Widerspricht das nicht total deiner Unterstellung, ich hielte dich für eine oberflächliche Person?"

Sie zuckte die Achseln und widmete sich ihrem Käsebrot, dessen Geruch plötzlich Ekelgefühle in ihm hervorrief. Überhaupt widerte ihn der ganze Essensvorgang an, dieses Kauen und Einspeicheln, dieses Schlucken und Verdauen, diese morbide Fleischlichkeit ihrer alternden Körper.

Er saß einer Fremden gegenüber, einer Unerreichbaren, einer Unbegreifbaren. Er saß in einem fremden Zimmer, in einer fremden

Wohnung, in einer fremden Stadt. Die Angst, die ihn überfiel, ließ sich auch mit einer zweiten Flasche Bier nicht verdrängen. Er verabschiedete sich bald mit einem Kuß auf ihre klebrig kühle Stirn.

VII

Als er nach wirren Träumen die Augen öffnete, wollte er mit der Welt, die für ihn sichtbar wurde, nichts zu tun haben. Das Schlafzimmer, das nur das Bett, einen Schrank, einen Nachttisch und einen Flachbildschirm an der Wand enthielt, ging ihn nichts an. Er befand sich in einer Realität, die trotz aller Vertrautheit nicht zu ihm gehörte.

Er schloß die Augen und suchte Zuflucht in weiterem Schlaf, der ihm aber verwehrt wurde. Gedanken schoben sich vor die Müdigkeit, Bilder vom vorigen Abend, Irmgards verschlossenes Gesicht. Mit einem Schwächegefühl in der Magengegend und einem schmerzhaften Ziehen im Gedärm machte sein Körper auf sich aufmerksam.

Er wälzte sich stöhnend hin und her und fluchte bei dem Gedanken, daß Sonntag war und er diesen öden Tag allein verbringen mußte. Es war zu keiner Verabredung zwischen Irmgard und ihm gekommen, obwohl sie sonst immer freie Wochenendtage gemeinsam verlebten.

Nach dem Abendessen hatten sie noch eine Weile eine Satire-Sendung im Fernsehen angeschaut, aber beide lautes Gelächter vermieden. Sie hatten sich so in ihre Mißstimmung vergraben, daß unbefangene Kommunikation nicht mehr möglich war. Um neun nach einer zweiten Flasche Bier war Spengler aufgestanden und hatte gesagt: „Ich hau jetzt ab. Bin todmüde."

„Okay", hatte sie gesagt und war sitzen geblieben, den Blick starr auf den Fernseher gerichtet.

„Mach's gut." Mehr zu sagen, schaffte er nicht.

„Du auch." Es folgte der Kuß auf ihre kühle Stirn und keine Verabredung für den Sonntag.

Er schlug die Bettdecke mit den Beinen beiseite und richtete sich mühsam auf. Sonnenlicht ließ die leichten Vorhänge leuchten. Wieder ein Sommertag, den man besonders angenehm auf dem Wasser verbringen konnte. Aber sollte er allein auf der ‚Anke' herumsitzen? Nein und abermals nein. Er würde nach dem Frühstück wieder ins Bett gehen und den ganzen Tag fernsehen. Auf keinen Fall würde er Irmgard anrufen, auf keinen Fall. Sie hatte ohne jeden Grund eine Beziehungskrise herbeigeredet, und deshalb war es an ihr einzulenken. Sie mußte sich ja nicht groß entschuldigen, nur einfach anrufen und fragen, wie es mit einem Segeltörn wäre. Mehr nicht.

Beim Zähneputzen und Gurgeln wurde ihm übel. Er setzte sich auf einen Schemel und legte die Stirn auf das kühle Waschbecken. Was zum Teufel war eigentlich passiert?! Wollte sie mit ihrem unverständlichen Benehmen ihre Kompliziertheit demonstrieren nach dem Motto: jetzt zeig ich dir mal, wie schwierig ich sein kann?

Er hatte sich nichts dabei gedacht, als er sie unkompliziert genannt hatte. Aber vielleicht war gerade das sein Fehler. Daß er sie so undifferenziert charakterisiert hatte, sie in eine Schublade gesteckt hatte. Daß er damit gezeigt hatte, wie wenig er sie in Wirklichkeit kannte.

Beim Rasieren schnitt er sich am Kehlkopf und klebte ein Stück Klopapier auf die Wunde. Er war ein unverbesserlicher Naßrasierer trotz der Verletzungsgefahr. Jeden Tag eine kleine Mutprobe.

„Quatsch", sagte er laut. Er war eben ein Gewohnheitstier, rasierte sich seit dreißig Jahren auf diese Weise und verriet damit, daß er nicht jede Neuerung mitmachte.

Klar, sagte er sich und lächelte sich im Spiegel an, du neigst zu Verallgemeinerungen.

Als er unter der Dusche das warme Wasser auf seinem Körper spürte, geriet er in eine versöhnliche Stimmung. Warum sollte er nicht den ersten Schritt tun, wenn er sich denn im Ton oder in der Wortwahl vergriffen hatte? Was vergab er sich dabei? „Nichts", sagte er laut und rubbelte seine Haut, bis sie rot wurde.

Als er sich Kaffee kochte und zwei tiefgefrorene Brötchen im Backofen aufwärmte, hoben der Duft von Kaffee und frischem Brot seine Laune. Sollte er Irmgard sofort anrufen? Nein, es war erst neun und sie sicher noch im Bett. Bloß nicht riskieren, sie in unausgeschlafenem Zustand zu erwischen.

Er holte sich die Sonntagsausgabe des Weser Kurier aus dem Briefkasten und studierte sie beim Frühstück. Im Lokalteil stieß er auf den Bericht über die erlegte ‚Bestie vom Bürgerpark'. Daß der Autor die Gelegenheit nutzte, sich in leicht abfälligem Ton über die bisher offensichtlich ergebnislosen Ermittlungen der Polizei im Mordfall Buchmann zu äußern, verdarb ihm den Appetit und lenkte ihn schlagartig von seinen Privatproblemen ab.

Deshalb wunderte es ihn auch nicht, als sein Telefon klingelte und nicht Irmgard dran war, sondern Friedberg. Der machte Sonntagsdienst und hatte inzwischen alle Laborberichte und Untersuchungsergebnisse der Spurensicherung vorliegen. Die Blutspuren im Wagen stammten eindeutig von Buchmann. Außerdem hatte man Haare von Julia Blome im Kofferraum gefunden. Offensichtlich waren beide mit dem Fahrzeug abtransportiert worden. Die Split-Stückchen in den Reifenprofilen konnten noch nicht zugeordnet werden.

„Und das Schönste zum Schluß", sagte Friedberg. „Unser Entführer hat wieder zugeschlagen mit einem neuen Brief."

„Wie das? Heute wird doch keine Post zugestellt."

„Ein etwa zehnjähriger Junge hat ihn in der Vahrer Wache abgegeben. Ein Mann mit Sonnenbrille und Baseball-Mütze hatte ihn in der August-Bebel-Allee angesprochen, ihm zehn Euro in die Hand gedrückt und genau beschrieben, wo er den Brief hinbringen sollte."

„Na prima. Also schon einen Tag früher als zuvor angekündigt. Und was steht drin?"

„Das Geld soll morgen abend aus dem Zug geworfen werden, und zwar auf der Strecke nach Hamburg an einem bestimmten Bahnübergang gleich hinter Sagehorn. Zugnummer und Abfahrtszeit in Bremen sind genau angegeben."

„Und was machen wir?"

„Mit markiertem Falschgeld als Deckblätter und leeren Papierbündeln auf die Forderung eingehen, schlage ich vor. Die Gegend weiträumig und unauffällig überwachen, denn im Brief wird gedroht, die Blome umzubringen, wenn Polizei an der angegebenen Stelle angetroffen wird. Auch wenn wir Hubschrauber einsetzen."

„Üble Sache. Ich kenne die Gegend. Eine flache offene Acker- und Wiesenlandschaft. Kaum Möglichkeiten für Verstecke. Die Leute vom Einsatzkommando dürfen erst in der Dunkelheit anrücken, ohne Licht und völlig geräuschlos. Und die Entführer dürften es ebenfalls schwer haben, dort das Geld abzuholen. Aber gut. Laß alles vorbereiten und benachrichtige die Kollegen vor Ort und das LKA in Hannover."

„Vielleicht kommt damit endlich Licht in die Sache."

„Glaube ich nicht. Diese Übergabebedingungen sind zu dubios. Entweder erlaubt sich da jemand einen Scherz, oder der Entführer ist ein absoluter Dilettant. Vermutlich ein Trittbrettfahrer, den wir mit unserer Fahndung nach der Blome auf dumme Gedanken gebracht haben."

„Pessimist." Friedberg lachte.

„Schließlich ist Sonntag. Wo soll da Optimismus herkommen?"

„Gehst du noch aufs Boot?"

„Nee. Keine Lust."

„Dann komm ins Präsidium. Gibt Arbeit genug."

„Ich treffe mich gleich mit Irmgard", log Spengler, um das Gespräch zu beenden.

Da saß er nun, und jegliche Motivation, etwas zu unternehmen, war ihm abhanden gekommen. Er faltete die Zeitung sorgfältig zusammen und schlug damit nach einer Fliege, die durch die offene Balkontür hereingeflogen war. Selbst dieser Tötungsversuch mißlang.

Er legte sich auf die Couch und wartete. Er mochte nicht lesen, nicht fernsehen, nicht Radio hören, er wollte aus seinem Erstarrungszustand durch einen Anruf von Irmgard erlöst werden.

Als er erwachte, war es halb zwei. Er briet sich ein Spiegelei und legte es auf ein Schinkenbrot, aß eine Banane als Nachtisch und trank eine Flasche Bier. Die Idee, sich auf den Balkon zu setzen, verwarf er sofort wieder aus Angst, er könnte es Hunderttausenden gleich tun, die nichts Besseres im Kopf hatten, als ihren nackten Bauch in die Sonne zu halten. Sonntagsvergnügungen dieser Art waren ihm zutiefst zuwider.

Er schlief bis vier und fand endlich den Mut, Irmgard anzurufen. Vergeblich. Sie hatte auf Anrufbeantworter geschaltet. Er trank Kaffee, aß einen Rest Kekse und wartete bis kurz nach fünf in der Hoffnung, Irmgard würde seinen Anruf bemerken und sich melden.

Dann verließ er die Wohnung, fuhr in die nur von Touristen bevölkerte Innenstadt und ging in das erstbeste fast menschenleere Kino, um sich eine alberne amerikanische Teenager-Komödie anzuschauen.

Wieder zu Hause sah er auf dem Display seines Festnetztelefons, daß Irmgard angerufen hatte. Immerhin. Sie hätte es zwar auch auf seinem Handy versuchen können, doch daß sie sich überhaupt gemeldet hatte, war Grund genug, sich mit dem Apparat auf den Balkon zu setzen und den Rückruf zu starten. Sie war sofort dran und sagte forsch: „Na, endlich. Ich habe mir schon Sorgen gemacht. Wo warst du denn?"

„Im Kino."

„Bei dem Wetter? Ich hatte gehofft, du würdest dich schon morgens melden. Wir hätten doch aufs Boot gehen können."

„Ich habe mich mal richtig ausgeschlafen. Und außerdem ..." Er zögerte.

„Außerdem?" fragte sie munter. Er hörte eine Frau, der nichts mehr von Verstimmung anzumerken war.

„Außerdem hatte ich Schiß, mir einen Korb zu holen."

„Sag mal, spinnst du? Wir sind doch bei solchem Wetter am Wochenende immer auf dem Boot, wenn du frei hast."

„Warum hast du denn nicht mal angerufen?"

„Ist es mein Boot? Und du warst gestern abend so muffig, daß ich gedacht habe, es sei an dir, mich einzuladen."

Spengler lachte hilflos. „Dann haben wir wohl beide ziemlich aneinander vorbei gedacht."

„Sieht ganz so aus. Und jetzt? Willst du noch bei mir vorbeikommen?"
„Nichts lieber als das."
„Dann schwing dich in dein Auto. Kannst ja bei mir übernachten, damit wir noch eine Flasche Wein trinken können. Ich könnte dir ein bißchen Geschnetzeltes warm machen. Wie wäre es damit?"
„Mir läuft schon das Wasser im Mund zusammen."
Beschwingt und erlöst fuhr Spengler nach Hemelingen und wurde mit einer kräftigen Umarmung in Empfang genommen. Sie aßen und tranken und schliefen miteinander so leidenschaftlich wie schon lange nicht mehr. Zufrieden lag Spengler neben der leise atmenden Frau, deren plötzliche Verstimmung ihn genauso überrascht hatte wie diese unvorhergesehene Versöhnung. Verstehe einer die Frauen, dachte er und fühlte sich trotzdem geborgen.

Nach der Frühbesprechung machten sie sich auf den Weg nach Findorff, wo die Kramers eine kleine Erdgeschoß-Wohnung gemietet hatten. Ihr Traum von eigenen vier Wänden war von Buchmann gründlich zerstört worden. Am Telefon hatte sich Herr Kramer sofort zu einem Gespräch bereit erklärt.
„Ich weiß wirklich nicht, was du von denen willst", sagte Friedberg mißmutig, nachdem er schon im Präsidium seine Zweifel am Sinn dieser Unternehmung geäußert hatte. „Es muß noch so viel wegen dieser Geldübergabe geregelt werden. Und ansonsten wäre ein Gespräch mit Freia Buchmann jetzt auf jeden Fall angebrachter."
„Die arbeitet. Und ich möchte, daß wir sie heute nach Dienstschluß unangemeldet überfallen."
„Du hast Nerven. Da laufen die Vorbereitungen in Sagehorn auf Hochtouren."
„Nicht für uns. Es reicht, wenn wir nach Einbruch der Dunkelheit dort auftauchen. Der Zug fährt ja erst um kurz nach elf ab Hauptbahnhof."
„Ja, Chef", knurrte Friedberg.

Auch Spengler versprach sich nicht viel von dem Besuch bei den Kramers, aber er war ein gewissenhafter Polizist, und die alten Leute standen nun mal auf der Liste der noch abzuarbeitenden Vernehmungen. Außerdem hatte er schon oft erlebt, daß reine Routinevorhaben plötzlich auf eine heiße Spur führten.

Die Haustür wurde nach dem Klingeln sofort geöffnet, als hätte Herr Kramer direkt dahinter gewartet. Statt eines gebeugten weißhaarigen Greises stand ein hünenhafter muskulöser Mann mit dunklen Haaren vor ihnen, dem man sein Alter von über siebzig Jahren überhaupt nicht ansah. Er bat sie freundlich herein, hatte aber nur Augen für Yvonne Uphoff.

Im Wohnzimmer erwartete sie die nächste Überraschung. Auch Frau Kramer war eine überaus stattliche Erscheinung. Die schlanken Beine steckten in einer engen Sommerhose, die weiße Bluse zeigte viel von einem noch ansehnlichen Busen. Eine Bernstein-Kette lenkte vom faltigen Hals ab, aber das Gesicht war straff und gebräunt, und die grauen Haare bildeten einen prächtigen Schopf. Ein attraktives Paar, das offensichtlich alles tat, um körperlichen Zerfall aufzuhalten. Bestimmt trieben sie Sport, waren im Fitness-Zentrum zu Hause und ernährten sich gesund.

Die Wohnungseinrichtung wirkte eher bescheiden und abgenutzt. Auf Gemütlichkeit wurde wohl keinen Wert gelegt, die beiden verbrachten ihre Zeit vermutlich hauptsächlich an der frischen Luft, um sich auf Sportplätzen oder Finnbahnen fit zu halten.

Herr Kramer schien Waffensammler zu sein, denn an den Wänden hingen außer ein paar kitschigen Ölbildern Waffen aller Art: gekreuzte Säbel, Krummdolche, Nachbildungen von alten Pistolen, Flinten und einer Armbrust. Auf der Anrichte stand zwischen Leuchtern und Nippes eine Minikanone aus Messing.

Man setzte sich. Auf dem Couchtisch waren Gläser und eine Karaffe Orangensaft bereitgestellt. Nur das Ehepaar und Yvonne bedienten sich.

„Wie nett, daß es jetzt auch weibliche Polizisten gibt." Herr Kramer hob sein Glas und prostete Yvonne zu. Sein Blick taxierte ihren

Busen, der von der Uniform-Bluse verborgen wurde.

„Ich bin noch in der Ausbildung", sagte Yvonne verlegen. Die aggressive Männlichkeit von Kramer schien sie einzuschüchtern.

„Wir sind gekommen, um uns mit Ihnen über Enno Buchmann zu unterhalten", eröffnete Spengler das Gespräch.

„Den es ja nun Gott sei Dank nicht mehr gibt." Kramer grinste zufrieden.

„Sie freuen sich über seinen Tod?" fragte Friedberg.

„Was erwarten Sie? Soll ich trauern nach all dem, was uns dieser Mensch angetan hat? Er hat endlich bekommen, was er verdient."

„Sie waren damals sehr aktiv, als der Betrug aufflog."

„Oh ja. Ich habe seinerzeit eine Interessengemeinschaft der Geschädigten ins Leben gerufen. Wir haben Buchmann auf Schadenersatz verklagt, jeder einzelne von uns, denn Sammelklagen gibt es ja in diesem Scheißland nicht."

„Und was ist dabei herausgekommen?"

„Nichts. Aus der Konkursmasse hat sich nur die Bank bedient, bei der Buchmann einen Kredit aufgenommen hatte. Wir anderen sind leer ausgegangen. Unsere Einlagen wurden als verlorene Baukostenzuschüsse gehandelt."

„Wieviel haben Sie eingebüßt?"

„Vierzigtausend. Unsere ganzen Ersparnisse."

„Wie ärgerlich", sagte Spengler voller Mitleid.

„Ärgerlich? Eine Riesensauerei war das! Jahrzehntelang jede Mark beiseite gelegt, um nicht zu sagen, vom Munde abgespart, nur damit dieser Hund ein Luxusleben in Spanien führen kann. Aber so ist das eben in diesem Land. Blutsauger, wohin man schaut. Vampire überall."

„Stammen Sie aus dem Osten?" Spengler glaubte, einen entsprechenden Akzent wahrgenommen zu haben.

„Allerdings. Wir beide, meine Frau und ich, sind in Chemnitz oder besser Karl-Marx-Stadt aufgewachsen. Wir kennen uns schon aus der Schule. Kurz vor der Mauer sind wir dann rüber. In den goldenen Westen! Daß ich nicht lache: goldener Westen. Wer hier nicht funktioniert, wird aussortiert."

„Was waren Sie von Beruf?"

„Drüben bei der Volksarmee. Hier hat es nur zum Feuerwehrmann gereicht."

„Und Sie, Frau Kramer?"

„Ich habe immer als Bürokraft gearbeitet."

„Haben Sie Kinder?"

„Leider nicht. Mein Mann ..."

„Das tut doch hier nichts zur Sache!" fuhr er sie an.

„Und wie sind Sie an Buchmann geraten?" wollte Spengler wissen.

„Durch eine Zeitungsannonce. Als wir gelesen haben, daß man da was in Chemnitz für einen guten Preis haben konnte, waren wir sofort interessiert. Seit der Wende hatten wir ohnehin vor, zurückzugehen nach unserer Pensionierung. Und von Wohneigentum haben wir immer geträumt. Und dann dieser Buchmann!"

„Aber charmant war er, das mußt du zugeben", sagte Frau Kramer.

„Charmant, charmant. War doch nur Schau. Der hat mit allen Frauen geflirtet, was das Zeug hielt. Du warst ja auch kaum noch zu halten", motzte er.

„Bitte, Walter", bettelte sie.

„Ich allein wäre nie auf den reingefallen. Was hast du mir in den Ohren gelegen. Der ist so nett! Der kann kein Gauner sein!"

„Das stimmt ja nicht!" wehrte sie sich. „Du wolltest unbedingt kaufen. Die Reise nach Chemnitz hat dich doch blind gemacht für jede Realität, besonders der Abend in der Hotelbar mit diesen bestellten Mädchen."

Kramer riß sich sichtbar zusammen. „Entschuldigen Sie bitte. Sie sehen, die ganze Angelegenheit ist auch heute noch ein Reizthema für uns. Tatsache ist, daß dieser Verbrecher mit allen Mitteln gearbeitet hat, um arglose Menschen auf den Leim zu locken. Vierzigtausend Euro. Die Zahl spricht ja wohl für sich."

„War es nicht ein wenig naiv von Ihnen, Buchmann Ihr Geld ohne jede Sicherheit anzuvertrauen?"

„Naiv und blöd, völlig richtig! Ich könnte mir heute noch vor Wut in den Hintern beißen."

„Aber die Prospekte waren wunderschön und die beiden fertigen Wohnungen in Chemnitz wirklich einmalig. Dazu die günstigen Konditionen. Wer kann da widerstehen?" sagte Frau Kramer schwärmerisch.

„Klar, du würdest heute noch auf den ganzen Mumpitz reinfallen. Aber zugegeben, das war schon raffiniert eingefädelt. Wer kommt denn auf dumme Gedanken, wenn sogar ein Rechtsanwalt den Vertrag beglaubigt. Keiner konnte ahnen, daß der mit dem Buchmann unter einer Decke steckte."

„Jedenfalls merkt man Ihnen an, daß Sie auch heute noch einen großen Zorn auf Buchmann haben", stellte Spengler fest.

„Ja, wie denn nicht?! Wer kann wohl solche kriminellen Machenschaften vergessen oder gar verzeihen?" schimpfte Kramer.

„Sie lieben Waffen?" fragte Friedberg und zeigte auf die Armbrust an der Wand.

„Ja. Weshalb fragen Sie?"

„Nur so. Sie wirken trotz Ihres Alters außerordentlich kämpferisch und dazu dieses Waffenarsenal in der Wohnung ... Das stimmt nachdenklich."

„Ach so!" Kramer lachte laut. „Sie wollen mir den Mord anhängen. Na, jetzt wird es ja richtig interessant. Dann legen Sie mal los."

„Ich kann nur feststellen, daß Sie und Ihre Frau in einer körperlichen Verfassung sind, die eine Gewalttat durchaus denkbar erscheinen läßt. Und an Motiven fehlt es Ihnen weiß Gott nicht. Vor allem natürlich Rache für den Betrug, aber vielleicht noch mehr der Wunsch, sich Ihr Geld zurückzuholen."

„Wie das? Buchmann hat unter Pennern gelebt, wie in der Zeitung zu lesen war. Bei dem war doch nichts mehr zu holen."

„Schon zu Zeiten des Prozesses wurde gemunkelt, daß Buchmann einen Teil des Geldes beiseite geschafft haben könnte. Dieses Gerücht hat sich bis heute gehalten. Und wir wissen inzwischen, daß es stimmt. Buchmann verfügte noch über eine erhebliche Summe."

„Das ist mir neu."
„Das glaube ich Ihnen nicht."
„Ihre Sache. Aber allmählich habe ich die Schnauze voll von Ihren Verdächtigungen. Was soll die ganze Scheiße?!" Kramer wurde laut.
„Walter, bitte", bat Frau Kramer erneut. „Was regst du dich auf? Das bringt doch nichts."
„Muß man sich denn in diesem Land alles gefallen lassen? Man wird betrogen, gedemütigt und nun auch noch von der Polizei schikaniert. Es reicht, verdammt noch mal!" brüllte er.
„Bitte, beruhigen Sie sich, Herr Kramer", sagte Spengler sanft. „Noch eine Frage, wenn's erlaubt ist. Kennen Sie Julia Blome?"
„Und ob ich die kenne! Das war doch sein Liebchen. Diese Schlampe war überall dabei und hat allen Kerlen schöne Augen gemacht."
„Das kann man wohl sagen", pflichtete ihm seine Frau bei und fügte hinzu: „Besonders dir."
„Ach, hör damit auf!" fuhr er sie an. „Ich hab mit der jedenfalls nicht so herumpoussiert wie du mit Buchmann."
„Man könnte also sagen, daß beide, Buchmann und die Blome, mit allen Mitteln für ihr Geschäft geworben haben", stellte Spengler fest.
„Durchaus. Wobei Buchmann wohl nicht bis zum Letzten ging, jedenfalls nicht bei mir. Aber die Blome war zu allem bereit, nicht wahr, Walter?" Ihr glattes Gesicht hatte sich unschön verzerrt.
„Halt endlich die Schnauze!" brüllte er. „Oder ich schmeiß dich raus!"
„Du vergißt dich wieder mal. Die Herrschaften von der Polizei müssen ja sonst was denken."
„Das ist mir scheißegal!"
„Sie dürfen das nicht falsch verstehen", wandte sie sich an Spengler. „Er ist nun einmal so ein Bullerkopp. Er meint es nicht so."
„Und er wird in diesem Zustand auch nicht gewalttätig?" fragte Friedberg scheinheilig.

„Wo denken Sie hin. Hinterher tut es ihm immer leid. Dann bittet er um Verzeihung wie ein kleiner Junge."

„Interessant. Wir haben schon oft die Erfahrung gemacht, daß Gewalttäter, wenn sie sich denn abreagiert haben mit Mord und Totschlag, anschließend sanft wie die Lämmer sind."

Mit einem Schrei sprang Kramer auf, riß ein Gewehr von der Wand und richtete es abwechselnd auf die Polizisten und seine Frau.

„Raus jetzt!" brüllte er. „Raus, raus, raus! Alle miteinander! Das Gewehr ist geladen. Zwingen Sie mich nicht abzudrücken!"

„Laß das doch, Walter", beschwor Frau Kramer ihren Mann und stand langsam auf. „Sei ein lieber Junge und gib mir das Gewehr", bat sie mit weinerlicher Stimme. „Du machst dich nur unglücklich. Und ich brauche dich doch. Wir wollen auch weiterhin unseren Frieden haben. Niemand wirft dir etwas vor, nicht wahr, meine Herren?" wandte sie sich an Spengler und Friedberg.

Die schüttelten den Kopf.

„Und denk an die junge Frau hier", sie zeigte auf Yvonne. „Was soll die von dir halten?"

„Na gut. Aber nur unter Protest." Er setzte sich wieder, das Gewehr quer über den Knien. „Was wollen Sie noch von mir wissen?" fragte er freundlich.

„Was Sie am Sonntagabend vor einer Woche gemacht haben", sagte Friedberg unerschrocken.

„Wurde da Buchmann ermordet?" fragte Kramer interessiert.

„So ist es", bestätigte Friedberg.

„Wir haben trainiert und anschließend Tennis gespielt, bis es dunkel wurde. Danach haben wir noch ein wenig ‚Jauch' gesehen und sind pünktlich um elf ins Bett."

„Können Sie das bestätigen?" fragte Friedberg die Frau.

„Voll und ganz", sagte sie und legte ihrem Mann die Hand auf den Arm.

„Das wäre es dann für den Moment", sagte Friedberg und erhob sich. „Sollten wir noch Fragen an Sie haben, melden wir uns. Haben Sie vor, Bremen in absehbarer Zeit zu verlassen?"

„Nicht daß ich wüßte." Frau Kramer erhob sich ebenfalls. „Wird es Folgen für meinen Mann haben, daß er Sie mit einer Waffe bedroht hat?" fragte sie ängstlich.
„Das wird sich finden", sagte Friedberg vieldeutig.
Auch Spengler stemmte sich mühsam aus dem Sessel. „Haben Sie zufällig eine Parzelle?" fragte er heiser.
„Warum wollen Sie das wissen?" kam die Gegenfrage von Kramer, der ebenfalls aufstand und das Gewehr neben sich an die Wand lehnte.
„Würde uns eben interessieren, um das Bild abzurunden", sagte Spengler lächelnd.
„Verstehe ich nicht. Aber bitte: ja, wir haben eine Parzelle, weil wir hier den Garten nicht benutzen dürfen, und in so einer kleinen Wohnung fällt einem oft die Decke auf den Kopf."
„Und wo, wenn ich fragen darf?"
„An der kleinen Wümme."
Sie ließen sich die Lage und den Weg dorthin genau beschreiben, auch wenn Kramers Kopf erneut rot anschwoll vor Ärger. Bevor er wieder lostoben konnte, räumten sie schnell das Feld.

„Ein Choleriker, wie er im Buche steht", sagte Friedberg und lenkte den Wagen den Weidedamm am Torfkanal entlang Richtung Parzellengebiet an der kleinen Wümme. Der Garten der Kramers zeichnete sich durch besonders viele bunte Zwerge in allen Größen und durch zwei Plastikbambis aus. Er bildete somit den absoluten Kontrast zu dem Waffenarsenal in der Wohnung. Ein schmuckes Gartenhäuschen mit einer weißen Bank neben der Tür komplettierte die Idylle. Rasen und Blumenbeete waren makellos. Hier verlebten Menschen ihre Freizeit, um sich gegen die schnöde Welt da draußen abzuschotten, denn das Grundstück war von hohen Ligusterhecken vor nachbarlichen Einblicken geschützt.
Friedberg umkreiste die Laube und entdeckte ein Seitenfenster, das nicht fest verschlossen war. Mit einem Taschenmesser hebelte er es auf und kletterte hinein.

„Was für ein Kitsch", sagte Yvonne und zeigte auf einen Gartenzwerg mit Schubkarre, in der eine kleine Fuchsie wuchs.

„Jedenfalls kein Ort für Verbrechen", sagte Spengler kopfschüttelnd.

Schnell war Friedberg zurück. „Nichts." Er schloß das Fenster wieder. „Da drin ist keine Julia Blome versteckt worden."

„War einen Versuch wert. Immerhin haben wir einen Blick ins Paradies werfen können", sagte Spengler lachend.

„Bleibt Kramer weiterhin ein Tatverdächtiger?" wollte Friedberg wissen.

„Wer weiß", sagte Spengler vieldeutig.

„Einiges spricht dafür. Der Mann ist fit bis zum Gehtnichtmehr. Er liebt Waffen, ist jähzornig und bis heute geladen auf Buchmann."

„Und die Gartenzwerge?"

„Das ist die Welt seiner Frau, nehme ich an. Die braucht die Idylle, um sich gegen diesen Brutalo zu wehren."

„Aber die hat ihn doch völlig in der Hand", sagte Yvonne. „Er ist ein Kindskopf, und sie hat die Hosen an." Erschrocken schaute sie zwischen den Männern hin und her, als hätte sie sich zu weit vorgewagt. „Jedenfalls ist das meine Meinung", fügte sie leise hinzu.

„Da ist was dran." Spengler nickte ihr ermunternd zu.

„Na, ich weiß nicht", sagte Friedberg skeptisch. „Wir sollten ihn unbedingt im Auge behalten."

„Tu das." Spengler stieg ins Auto.

Pünktlich um sechs fuhren sie auf das Gelände des Großen Kurfürsten, um Freia Buchmann erneut zu vernehmen. Dafür hatte sich noch ein weiterer Grund ergeben, denn bei einer Überprüfung der Konten des Herrn von Brunk hatte sich herausgestellt, daß der Mann ein beträchtliches Vermögen besaß und daß er von einem Girokonto Anfang der Woche zehntausend Euro an Freia Buchmann überwiesen hatte.

Die Frau empfing sie mit einem müden, gequälten Lächeln. Die Sonnenbrille verbarg wie immer die Augen „Mit Ihnen hätte ich nun nicht gerechnet", sagte sie unsicher, „aber kommen Sie rein. Mein Sohn ist auch da, wenn Sie mit ihm sprechen wollen."

Sie trat beiseite und wies die Polizisten ins Wohnzimmer, wo sie wieder am Eßtisch Platz nahmen.

„Mirko ist in seinem Zimmer. Soll ich ihn holen?"

„Im Moment nicht. Wir haben noch ein paar Fragen an Sie und zwar im Zusammenhang mit Herrn von Brunk, den Sie ja kennen", eröffnete Spengler das Gespräch.

Sie nickte.

„Wie gut kennen Sie Herrn von Brunk?"

„Er war der Freund meines Mannes und oft bei uns zu Besuch", sagte sie vorsichtig und schaute mißtrauisch zwischen Spengler und Friedberg hin und her.

„Hatten Sie in letzter Zeit noch Kontakt mit ihm?"

„Nein." Sie schüttelte energisch den Kopf.

„Wir haben ihn als dringend tatverdächtig festgenommen."

„Oh!" Sie hielt sich erschrocken die rechte Hand vor den Mund.

„Wieso überrascht Sie das?" fragte Friedberg.

„Weil ich ... das kommt so unerwartet ...", stotterte sie.

„Weil er nicht nur der Freund Ihres Mannes, sondern auch Ihr Geliebter war?" setzte Friedberg nach.

„Das ist nicht wahr!" wehrte sie mit beiden Händen ab. „Wer behauptet so etwas?!"

„Von Brunk selbst. Er hat uns ausführlich von Ihrer Ehe zu viert, von Ihrem Partnertausch erzählt."

„O mein Gott!" Sie zerrte an ihrer Brille. „Sprechen Sie bitte leise!" flehte sie. „Wenn mein Sohn davon erfährt ..." Sie verstummte.

„Was dann?" fragte Friedberg.

Sie antwortete nicht, raufte sich die Haare.

„Was dann?" wiederholte Friedberg.

„Er könnte es nicht ertragen. Er ist so überaus empfindlich."

„Sie haben also ein rechtes Doppelleben geführt. Einerseits die brave Hausfrau und Mutter, andererseits die Beteiligte an Sexspielchen zu viert. Und dazu noch die Frau eines Betrügers, der letztendlich der Rivalin den Vorzug gab. Schwer nachzuvollziehen für einen gewöhnlichen Sterblichen."

„Für mich auch", sagte sie leise. „Ich wollte meiner Tochter unbedingt den Vater erhalten. Deshalb habe ich mich damals auf diese Sache eingelassen. Ich habe mich dabei nie wohl gefühlt."

„Bei Herrn von Brunk klingt das anders. Er behauptet, daß es zu einer engen Beziehung zwischen Ihnen und ihm gekommen ist."

„Ich kann mir über seine Gefühle kein Urteil erlauben."

„Zu einer Beziehung, die bis heute andauert."

„Unsinn."

„Und weshalb hat er Ihnen dann vor ein paar Tagen zehntausend Euro überwiesen?"

„Schnüffeln Sie auf meinen Konten herum?" wurde sie ärgerlich.

„Das war nicht nötig. Sein Konto gibt Auskunft genug. Warum also das Geld?"

„Für Ennos Beerdigung, wenn Sie endlich mal seine Leiche freigeben", sagte sie aggressiv.

„Das passiert in den nächsten Tagen", schaltete sich Spengler ein. „Herr von Brunk fühlt sich also noch irgendwie verantwortlich für Sie und Ihren Mann?"

„Ja, und dafür hat er allen Grund!" sagte sie gehässig.

„Warum? Schließlich wurde ja auch er von Ihrem Mann hereingelegt."

„Unsinn. Die haben alles zusammen ausgeheckt. Herbert spielt nur das Opfer, hat das selbst vor Gericht so gemacht, und mußte deshalb nicht ins Gefängnis."

„Warum reden Sie so abfällig von einem Mann, der über Sie nur positiv spricht und offensichtlich immer noch freundschaftliche Gefühle für Sie hegt?"

„Weil er ein Heuchler ist. Mein Mann war ein Schürzenjäger und Betrüger, aber er war immer offen und hat zu seinen Verbrechen gestanden."

„Ist das ein Zeichen von Offenheit, wenn er unbescholtene Menschen hereinlegt und mit deren Geld bei Nacht und Nebel verschwindet?"

„Sie mißverstehen mich. Enno war ein Lebemann und hat nie einen Hehl daraus gemacht. Er liebte den Luxus und hat dafür alles riskiert. Er hat dafür gebüßt und jetzt sogar mit dem Leben bezahlt. Herbert war immer ein Heimlichtuer und hat nie was riskiert, nur immer mitkassiert und den guten Schein gewahrt."

„Immerhin hat er seine Anwaltslizenz verloren."

„Ja, und? Das hat ihn wenig gekratzt. Der hat schon immer das große Geld woanders verdient."

„Wo?"

„Fragen Sie ihn selbst. Ich weiß jedenfalls, daß er's dicke hat. Sie brauchen sich ja nur sein Haus anzuschauen."

„Warum versuchen Sie, von Brunk zu belasten? Von was wollen Sie ablenken?" fragte Friedberg.

„Sie können meine Konten gern überprüfen. Ich habe keine Millionen versteckt." Sie ging zum Wohnzimmerschrank und zog aus einer Schublade zwei Hefter mit Kontoauszügen, die sie auf den Tisch warf. „Das eine ist mein Girokonto, das andere mein Tagesgeldkonto mit ein paar Rücklagen für Mirkos Studium. Bedienen Sie sich." Sie setzte sich wieder.

Friedberg blätterte in den Auszügen, legte sie auf den Tisch zurück. „Man kann Geld auch anders aufbewahren", sagte er leise.

„Im Strumpf oder unter der Matratze?" fragte sie höhnisch. „Bitte, mein Schlafzimmer steht zu Ihrer Verfügung. Sie können es ohne jede Formalität sofort durchsuchen." Ihr Gesicht war rot angelaufen. Sie konnte sich nur noch mit Mühe beherrschen.

„Wir wollten Ihnen nicht zu nahe treten", sagte Spengler sanft. „Wir fragen uns nur, weshalb Sie einen Freund, der Sie sogar finanziell unterstützt, so verächtlich machen."

„Weil er ein Schuft ist von ganz anderen Dimensionen als der arme Enno. Auch damals, als wir zu viert ... Sie wissen ja ... schon zu der Zeit hat er seinen wahren Charakter offenbart. Ach, ich mag nicht mehr davon reden." Sie schlug die Hände vors Gesicht.

„Mehr als verständlich", sagte Spengler leise. „Aber Sie müssen uns helfen. Schließlich geht es um den Tod Ihres Mannes. Was hat von Brunk offenbart?"

„Er ist gewalttätig. Er ist ein Sadist. Es macht ihm Spaß, Menschen zu quälen." Sie stockte.

„Wie äußert sich das?"

„Wenn er mit mir schlafen wollte und ich mich ihm verweigert habe, wurde er brutal und hat den Sex erzwungen."

„Er hat Sie vergewaltigt?"

„Wenn Sie meinen. Obwohl – letztlich mußte ich ja nachgeben, weil es so verabredet war. Ich wollte auf keinen Fall, daß er sich bei Enno über mich beschwert. Meine Ehe ging mir über alles."

„Sie haben sich Gewalt antun lassen, um Ihre Ehe nicht zu gefährden?"

„Klingt verrückt, nicht wahr? Aber so war es. Ich war in diesen Dingen so unsicher."

„Sie sprachen vorhin davon, daß Sie Ihrer Tochter den Vater erhalten wollten ..."

„Ja, ich hatte nur das im Kopf, konnte allerdings nicht ahnen, daß sich dieser saubere Herr von Brunk genau in dem Moment, als Enno seine Haftstrafe antreten mußte, an die nun vaterlose Petra heranmachen würde."

„Nach Aussage von Herrn von Brunk war es umgekehrt. Er behauptet, daß Ihre Tochter sich ihm an den Hals geworfen hätte."

„Infam. Schlicht infam. Aber so ist er. Vergewaltiger und Heuchler."

„Trotzdem nehmen Sie das Geld von ihm an?"

„Natürlich. Das ist er Enno und mir einfach schuldig. Wenn es gerecht zuginge auf dieser Welt, müßten ganz andere Summen auf meinem Konto eingehen."

„Noch mal zurück zu der Zeit, als Sie Ihren Partnertausch betrieben haben", übernahm Friedberg das Gespräch. „Gab es damals schon Mirko?"

„Am Anfang noch nicht", sagte sie zögernd.

„Aber Sie sind sicher, daß er der Sohn von Enno Buchmann ist?"

„Unverschämte Frage", empörte sie sich.

„Doch berechtigt, finde ich."

„Ich will jetzt nicht mehr, ich kann nicht mehr." Sie wischte sich unter der Brille über die Augen. „Kommen Sie ein andermal wieder, wenn es denn sein muß."

„Ist Mirko der Sohn von Enno Buchmann?" wurde Friedberg lauter.

Sie legte den Kopf über die gekreuzten Arme auf den Tisch und weinte.

„Sie müssen uns schon umfassend informieren", sagte Spengler behutsam.

„Damit es morgen in der Zeitung steht", schluchzte sie.

„Wir werden das so vertraulich behandeln, wie es irgend geht", versprach Spengler.

„Wie es irgend geht", wiederholte sie. „Wenn Mirko das erfährt, ist alles aus."

„Also ist von Brunk sein Vater?" flüsterte Spengler.

„Gott sei Dank sieht er ihm überhaupt nicht ähnlich."

Das Schweigen füllte den Raum bis in die letzte Ecke. Spengler und Friedberg starrten vor sich auf die Tischplatte, Yvonne betrachtete ihre Fingernägel, während Freia Buchmann sich das Gesicht mit einem Tempo trocknete.

Spengler fand als erster Worte: „Wer außer uns weiß das mit Mirko?"

„Enno natürlich, denn er konnte sich ausrechnen, daß das Kind nicht von ihm stammte. Vielleicht Herbert, denn auch er wußte, daß in der fraglichen Zeit nur er mit mir verkehrt hatte. Der Feigling hat mich aber nie darauf angesprochen, zumal ja Enno ohne Zögern den Jungen als sein Kind akzeptiert hat. Er hatte sich immer einen Sohn gewünscht und war tolerant genug, die Umstände der Zeugung nicht zu hinterfragen."

„Was für ein edler Zug", konnte sich Friedberg nicht verkneifen.

„Ja, Sie können sich Ihre Ironie sparen. Er hat Verantwortung übernommen im Gegensatz zu von Brunk, der das Kind nicht einmal liebevoll, sondern mit Gewalt gezeugt hat."

„Wenn Mirko das Ergebnis einer Vergewaltigung war, warum haben Sie das Kind ausgetragen?" fragte Spengler.

„Weil Enno es so wollte. Er hatte kein Problem mit der Situation, er hat sich auf den Sohn gefreut und war ein zärtlicher Vater."

„Das haben wir schon von Mirko gehört. Aber über die spätere Entwicklung seines ‚Vaters', wenn wir Buchmann denn so nennen wollen, war er alles andere als glücklich."

„Das stimmt. Mirko ist eben ein Moralist. Er hat sehr konservative Ansichten."

„Eigentlich kein Wunder, wenn man bedenkt, was er schon als Kind und Jugendlicher erleben mußte."

„Vielleicht liegt es auch ein bißchen an mir", sagte sie. „Ich habe mir größte Mühe gegeben, ihm den Vater zu ersetzen und für Stabilität in seinem Leben zu sorgen. Ich wußte immer, daß er auch auf die schiefe Bahn hätte geraten können. Alkohol und Drogen haben nie eine Rolle für ihn gespielt, obwohl ja Jugendliche heutzutage ständig damit in Berührung kommen. Und ganz besonderen Halt gibt ihm seine Beziehung zu Kevin Köhler."

„Aber könnte es für Mirko nicht eine Entlastung bedeuten, wenn er erführe, daß der so sehr von ihm verachtete Enno Buchmann gar nicht sein Vater ist?" fragte Spengler.

„Damit er vom Regen in die Traufe kommt? Wäre von Brunk ein besserer, ein ehrenhafterer Vater? Und was wäre mit mir? In welchem Licht stünde ich da? Unsere ganze unselige Vergangenheit würde aufgedeckt, mit Recht müßte er mich für ein Flittchen halten."

„Wie ist es mit Ihrer Tochter Petra? Die hat ja vermutlich damals schon viel mehr mitbekommen als der kleine Mirko. Kinder haben einen sechsten Sinn für Probleme ihrer Eltern."

„Kann sein, daß sie etwas geahnt hat. Nachdem Enno mit Julia Blome verschwunden war, wollte sie mehr wissen über unser Viererverhältnis, über meine Beziehung zu Herbert. Ich habe natürlich die Wahrheit verschwiegen, aber ich war schon immer eine schlechte Lügnerin. Vielleicht habe ich unbewußt doch mehr verraten, als

ich wollte. Jedenfalls hat sie mich später mal gefragt, ob Enno wirklich der Vater von Mirko und ihr sei. Ich bin aus allen Wolken gefallen und wollte wissen, wie sie auf so etwas käme. Weil es schön wäre, nicht das Kind dieses Verbrechers zu sein, war ihre Antwort."
„Läßt tief blicken", sagte Spengler nachdenklich. „Könnte es sein, daß Petra auch mit Mirko über ihre Zweifel an Buchmanns Vaterschaft gesprochen hat?"
„Ich weiß es nicht. Ich hoffe nicht."
„Hat von Brunk sein Verhalten Ihnen und Enno gegenüber verändert, nachdem Mirko auf der Welt war?"
„Rein äußerlich nicht. Aber ich habe mein Verhalten ihm gegenüber verändert. Ich habe die Schwangerschaft benutzt, um die sexuelle Beziehung zu ihm zu beenden. Und er hat das ohne Protest akzeptiert."
„Aber daraus kann man schließen, daß er von seiner Vaterschaft wußte."
„Vermutlich ja. Aber er hat nie gefragt, und ich habe es ihm verschwiegen. Und Enno wohl auch, denn er hat immer von ‚seinem' Kind gesprochen. Es war für alle das Bequemste, die Realität zu ignorieren. Ich habe schlicht verdrängt, daß Enno nicht der Vater war."
„Was glauben Sie empfindet von Brunk für seinen Sohn?"
„Ist der überhaupt zu Empfindungen fähig? Der läßt nichts an sich heran."
„Und welche Rolle spielte Julia Blome bei diesen Verwicklungen? Könnte sie etwas geahnt oder sogar gewußt haben in Bezug auf Mirkos Zeugung?"
„Diese personifizierte Oberflächlichkeit? Der war doch alles scheißegal, solange sie ihr Luxusleben führen konnte."
„Sie wissen, daß sie verschwunden ist?"
„Ich hab die Vermißten-Anzeige gelesen. Wer weiß, mit wem sie diesmal durchgebrannt ist. Wird schon wieder auftauchen."
„Sie war am Abend des Mordes mit Ihrem Mann zusammen. Wir müssen davon ausgehen, daß er in ihrem Haus getötet wurde. Er hat

versucht, sie zu überreden, wieder mit ihm nach Spanien zu gehen. Er hatte wohl eine größere Summe Geldes bei sich, vermutlich noch von der Unterschlagung."

„Das glaube ich Ihnen nicht. Ein zweites Mal wäre er nicht mit Julia abgehauen. Nein, nein. Das muß ein Irrtum sein. Daß er noch Geld hatte, mag sein, aber mit Julia war er durch." Sie konnte ihre zitternden Hände nur bändigen, indem sie sie faltete.

„Er hat auch vorher eine Inge Kersten, mit der er eine Zeitlang zusammengelebt hat, eingeladen, mit ihm nach Spanien zu reisen."

„Hören Sie auf! Ich flehe Sie an!"

„Offensichtlich fühlte er sich hier in Bremen bedroht und wollte sich absetzen, und das in weiblicher Begleitung."

„Nein, das muß ein Irrtum sein. Ich hatte über all die Jahre immer einen gewissen Kontakt zu Enno, wie ich Ihnen schon gesagt habe. Dabei habe ich einen Mann erlebt, der solche Flausen nicht mehr im Kopf hatte. Er hat für seine Taten gebüßt und danach bescheiden und unauffällig gelebt. Ich habe ihn nur wegen der Kinder nicht wieder bei mir aufgenommen. Nie wäre er auf die Idee gekommen, mit dieser Schlampe Julia noch einmal wegzugehen."

„Wenn man Sie heute so reden hört, kann man sich nicht vorstellen, daß Sie einmal mit Herbert von Brunk und Julia Blome eng befreundet waren. Sie lassen keine Gelegenheit aus, die beiden schlecht zu machen", schaltete sich Friedberg ein.

„Es waren Freunde von Enno, die mir quasi aufgedrängt wurden. Ich hätte mir bestimmt andere ausgesucht."

„Aber Sie haben mit von Brunk sogar geschlafen."

„Wie oft soll ich Ihnen noch sagen, daß ich mich dafür schäme?!"

„Und daß Sie uns Ihren Mann jetzt quasi als geläutert verkaufen wollen, hat wenig mit der Realität zu tun. Er hat sein Verhältnis mit Julia Blome nie beendet. Sie und Frau Blome gaben sich in Syke im Wohnwagen oft die Klinke in die Hand, wie wir vom Eigentümer des Stellplatzes wissen.

„Das ist nicht wahr!" schrie sie.

„Was ist nicht wahr, Mama?" hörte man eine Stimme vom Flur. Mirko erschien in der Tür.

„Ach nichts, mein Junge", schaltete sie sofort auf einen anderen Ton um. „Wir unterhalten uns gerade über die Geschäfte deines Vaters, und da rege ich mich immer ein bißchen auf."

„Was ist nicht wahr?" wiederholte der Junge. Er würdigte die Polizisten keines Blickes, war nur auf seine Mutter fixiert.

„Daß Enno Geld beiseite geschafft hat und deshalb ermordet wurde."

„Aber das haben wir doch die ganze Zeit vermutet. Wieso stellst du das in Frage?"

„Weil er uns dann unterstützt hätte."

„Was soll diese unnötige Diskussion? Warum sollte er uns unterstützen? Ein Mann, der sich nie seiner Verantwortung für seine Familie bewußt war. Du hast eine Eigentumswohnung, einen Job, Petra wird von ihrem Freund ausgehalten, und ich stecke Werbung in Briefkästen. Ich habe das Gefühl, daß du dich von den Polizisten wieder hast völlig verwirren lassen. Was wollen Sie eigentlich immer noch von uns?" wandte er sich an Spengler.

„Wir suchen einen Mörder und eine vermißte Frau", sagte Spengler ruhig.

„Hier bei uns?" fragte Mirko höhnisch. „Statt ihr Beistand zu leisten, setzen Sie meine Mutter immer wieder unter Druck, als hätte sie meinen Vater beseitigt und Frau Blome versteckt."

„Woher wissen Sie, daß wir Frau Blome suchen?" fragte Friedberg.

„Stand doch in der Zeitung."

„Ja, die Vermißten-Anzeige."

„Außerdem habe ich im Radio davon gehört und bei ‚Buten und Binnen' einen Bericht gesehen. Ist sie entführt worden?"

„Möglich. Genaueres wissen wir noch nicht."

„Irgendwie liegt es doch auf der Hand, daß es dabei um eine Entführung geht. Frau Blome ist nicht irgendeine Demenzkranke, die sich verirrt hat, oder eine Selbstmordkandidatin, die jetzt auf dem Grund des Werdersees liegt."

„Sie scheinen sich ja mit der Dame gut auszukennen?"

„Klar. Immerhin war sie die Komplizin meines Vaters. Für so eine Person interessiert man sich schon. Ich habe mich oft gefragt, weshalb mein Vater sie meiner Mutter vorgezogen hat. Ich habe bis heute keine Antwort darauf gefunden." Er zog einen Hocker an den Tisch, setzte sich neben Freia Buchmann und legte ihr den Arm um die Schultern.

„Sie hängen sehr an Ihrer Mutter?" Friedberg lächelte lieb.

„Dämliche Frage. Als vaterloser Sohn braucht man ja wohl eine Bezugsperson. Und diese Frau hat ihren Kindern gegeben, was sie brauchten, um ihren Platz im Leben zu finden." Er küßte sie auf die Wange. Sie wehrte ihn behutsam ab.

„Haben Sie Frau Blome persönlich kennengelernt?"

„Als Kind natürlich. Sie ging ja mit Herrn von Brunk bei uns ein und aus. Ich erinnere mich vor allem an ihre langen Beine, denn sie trug seinerzeit ausschließlich Miniröcke. Später dann habe ich mich mit Fotos begnügen müssen. Aber außer daß die vielleicht als Wichs-Vorlagen gut gewesen wären, jedenfalls die Bikini-Bilder, haben sie mir keine tieferen Einblicke in das Wesen dieser Person ermöglicht."

„Das hört sich so an, als würden Sie Frau Blome nicht mögen."

„Hätte ich nicht allen Grund dazu?"

„Vielleicht hätten Sie Grund, ihr ein wenig das heimzuzahlen, was sie Ihrer Familie angetan hat."

„Ich bin nicht nachtragend." Er lachte. „Aber ich muß jetzt los. War nett, mit Ihnen zu plaudern, vor allem mit der bezaubernden jungen Dame, auch wenn sie sich in Schweigen hüllt. Bis später, Mama. Ich bin bei Kevin." Er sprang auf.

„Moment, wir sind noch nicht fertig", sagte Spengler.

„Aber ich", sagte Mirko arrogant. „Ich sehe nicht ein, daß Sie uns dauernd belästigen, obwohl wir als Opfer und Leidtragende dieser ganzen Affäre Schonung verdienten. Schauen Sie sich meine

Mutter an. Die ist nur noch ein Nervenbündel. Mama, worüber regst du dich so auf?" Er nahm ihre zitternde rechte Hand und setzte sich wieder neben sie.

„Ach laß nur, mein Junge. Es tut so weh, wenn in der Vergangenheit herumgewühlt wird. Was man mühsam verdrängt hat, steht plötzlich in seiner ganzen Bedrohlichkeit erneut vor einem."

„Da sehen Sie, was Sie angerichtet haben. Daß Ihr Job eine gewisse innere Verrohung mit sich bringt, sei zugestanden. Aber es gibt Grenzen. Ich möchte Sie bitten, jetzt endlich zu gehen."

„Warum sind Sie so aggressiv, junger Mann? Müssen Sie etwas vor uns verheimlichen?" fragte Friedberg lächelnd.

„Toll, dieser herablassende Ton. Muß ich mir den gefallen lassen?"

„Warum nicht? Wir müssen ja auch Ihre schnöselige Art ertragen. Man merkt, daß Ihnen väterliche Autorität und Grenzen fehlen. Wir wüßten nun gern, wer sich hinter dieser Fassade von Arroganz und Überheblichkeit verbirgt."

„Oh, jetzt wird's psychologisch. Soll ich mich auf die Couch legen?"

„Wäre eine Möglichkeit. Aber vielleicht fehlen Ihnen auch nur ein paar hinter die Löffel."

„Ich darf doch sehr bitten", sagte Spengler energisch.

„Worum wollen Sie bitten? Daß ich stillschweigend hinnehme, von Ihrem Kollegen körperlich bedroht zu werden? Dafür könnte ich ihn anzeigen. Es würde mir schon Spaß machen, mich mit der Polizei anzulegen."

„Warum?"

„Ich finde es notwendig, die allmächtige Polizei und Justiz herauszufordern. Ich mag Leute, die diesen Staat und seine Vertreter nicht einfach als gegeben hinnehmen."

„Das tun auch die Neonazis," stellte Spengler fest.

„Ab einem gewissen Intelligenzquotienten hat man für diese Dumpfbacken nichts übrig. Ich finde deren Outfit schon so deprimierend. Ich mag halt lange Haare. Also verschonen Sie mich mit den Glatzen."

„Wenn ich Sie richtig verstehe, sehen Sie sich aber durchaus im Gegensatz zu der bürgerlichen Gesellschaft und ihren Spielregeln."
„Keine Angst, ich nehme keine Drogen." Er lachte.
„Aber Sie könnten das Gesetz selbst in die Hand nehmen zum Beispiel."
„Wie meinen Sie das?"
„Jemanden bestrafen, der Ihrer Meinung nach Strafe verdient hat, aber von der normalen Rechtssprechung verschont bleibt."
„Wenn Sie die Börsenmakler und die Banker meinen, stimme ich Ihnen zu. Dieses Gesindel gehört komplett hinter Gitter."
„Ich meine es generell. In Amerika ist es öfter passiert, daß Verbrecher aufgrund von Verfahrensfehlern freigesprochen wurden, obwohl ihre Schuld quasi erwiesen war. Würden Sie sich da aufgerufen fühlen, der Rechtssprechung nachzuhelfen?"
„Solche Urteile sind ein Schlag für das Gerechtigkeitsempfinden jedes Menschen. Die Welt verkommt immer mehr in Rechtlosigkeit und Terrorismus. Die Leute stumpfen ab und nehmen für ein kleines bißchen Alltagsglück jede Illegalität in Kauf."
„Sind Sie für die Todesstrafe?"
Mirko lächelte verschmitzt. „Soll das eine Fangfrage sein?"
„Ich wüßte nicht weshalb. Sie haben so interessante Ansichten und eine politische Intelligenz, die weit über das hinausgeht, was man sonst so von jungen Männern Ihres Alters erwarten kann. Und zu dieser Diskussion gehört natürlich auch die Frage der Todesstrafe."
„Mag sein. Aber das hatten wir noch nicht in Staatsbürgerkunde. Und jetzt müssen die Herrschaften wirklich ohne mich zurechtkommen. Ich kann meinen Freund nicht länger warten lassen." Er verließ das Zimmer und die Wohnung.
Die Mutter schaute ihm seufzend nach. „Ich danke Ihnen, daß Sie das heikle Thema nicht angeschnitten haben."
„Ist mir schwergefallen", sagte Friedberg.

Sie fuhren direkt vom Großen Kurfürsten hinaus nach Sagehorn, um die Geldübergabe zu beobachten. Es wurde ein langer Abend und eine lange Nacht, ein wenig erträglich gemacht durch Schnittchen und Getränke.

Das ‚Geld' wurde wie gefordert aus dem Zug geworfen, aber nichts tat sich. Als es hell wurde, lagen die beiden Reisetaschen immer noch unangerührt im Gras.

VIII

Vom Atlantik zog ein Tiefdruckgebiet heran und kündigte sich mit schwüler Hitze und bleigrauem Himmel an. Spengler und Friedberg hatten ihre Jacken ausgezogen und ließen die Schweißflecken unter den Armen sehen. Yvonnes einziges Zugeständnis an die Treibhausluft war ein geöffneter Knopf ihrer Bluse.

„Ich hatte ja gleich den Verdacht, daß sich da irgendwelche Trittbrettfahrer einen Scherz mit uns erlauben. Die Polizei um eine Million erpressen – so eine hirnrissige Idee", sagte Spengler gähnend.

„So etwas würde ich dem Mirko Buchmann zutrauen." Friedberg wischte sich die Stirn.

„Ich weiß, daß du den nicht leiden kannst. Dabei predigst du immer, daß man sich nicht von Emotionen leiten lassen soll. Mir imponiert der Junge. Sein fröhlicher Anarchismus hat doch was Befreiendes."

„Wie bitte? Seit wann sympathisierst du mit potentiellen Terroristen?" Friedberg schüttelte den Kopf.

„Nicht jeder, der sich gegen diese erstarrte Gesellschaft auflehnt, ist gleich ein Terrorist."

„Ich kann nur staunen. Auf deine alten Tage entwickelst du dich zum Revoluzzer. Hast du Krach mit Irmgard, oder sind das erste Anzeichen von Altersdemenz?" Friedberg lachte.

Spengler dachte an seinen Vorsatz, sich nicht provozieren zu lassen, und schwieg.

Dafür meldete sich Yvonne zu Wort. „Das war ja wohl ganz schön unter der Gürtellinie, Herr Kollege", wandte sie sich an Friedberg. „Auch wenn mir der Mirko ein wenig unheimlich ist, kann ich verstehen, daß man ihn faszinierend findet. Im übrigen gefällt mir, daß Herr Spengler versucht, sich in die Denkweise eines Jugendlichen hineinzuversetzen. Man erlebt doch immer wieder, daß die

Älteren vor lauter Lebenserfahrung innerlich veröden. Leider ist das auch bei meinen Eltern so."

„Danke, Yvonne", sagte Spengler lächelnd. „Gerade wir Polizisten haben die Pflicht, jung und verständnisvoll zu bleiben und nicht den Mangel an Prügel dafür verantwortlich zu machen, wenn Kinder aufmüpfig sind."

„Volltreffer, Herr Kollege", sagte Friedberg grinsend. „Ich bitte untertänigst um Entschuldigung. Es liegt wohl an dieser unerträglichen Schwüle. Außerdem bin ich einfach sauer, daß wir uns für nichts die Nacht um die Ohren geschlagen haben. Wie wollen wir weiter vorgehen?"

„Ich will diesem von Brunk noch mal auf den Zahn fühlen, bevor ihn der Haftrichter womöglich laufen läßt."

„Gut. Das Vernehmungszimmer ist wenigstens klimatisiert."

„Mein Anwalt wird dafür sorgen, daß ich heute noch freikomme", war das erste, was von Brunk von sich gab, als er hereingeführt wurde. „Es ist ein Skandal, daß Sie mich hier widerrechtlich festhalten." Er warf sich auf den Stuhl, streckte die Beine weit von sich und verschränkte die Arme.

„Wir hatten gestern ein längeres Gespräch mit Frau Buchmann und Sohn Mirko", eröffnete Spengler die Vernehmung. „Dabei kam einiges ans Tageslicht, was auch Sie betrifft."

„Da bin ich aber gespannt", sagte von Brunk patzig.

„Zunächst einmal möchten wir wissen, weshalb Sie Frau Buchmann zehntausend Euro überwiesen haben."

„Sie haben meine Konten eingesehen?" fragte von Brunk verärgert.

„Mit richterlichem Beschluß. Hat alles seine Ordnung. Also wofür das Geld?"

„Um ihr unter die Arme zu greifen. Schließlich hat sie Unkosten durch den Tod von Enno."

„Oder war das ihr Anteil von dem Geld, das Sie Buchmann abgenommen haben?"

„Wenn Sie meine Konten überprüft haben, wissen Sie sicher, daß ich es nicht nötig habe, Buchmanns Geld an mich zu bringen."

„Wer viel hat, möchte immer noch mehr. Außerdem war es für Sie vielleicht eine Frage der Ehre, sich das Geld, um das Buchmann Sie damals betrogen hat, zurückzuholen und der ebenfalls geschädigten Freia von Buchmann davon abzugeben."

„Ihre Unterstellungen werden nicht wahrer dadurch, daß Sie sie wiederholen. Ich habe Freia das Geld vor allem für Ennos Beerdigung überwiesen."

„Also schon wieder eine gute Tat wie damals bei Frau Olfers?"

„Und wenn es so wäre?"

„Sie sind nicht der Typ Mann, der Gutes ohne jede Gegenleistung tut."

„Vor allem bin ich kein Dummkopf, der einen Beuteanteil über sein Konto laufen läßt. Hätte ich Buchmann das Geld abgenommen und mit Freia teilen wollen, hätten wir das bar abgewickelt."

„Okay. Aber ansonsten weisen Ihre Konten beträchtliche Summen auf, dazu ein Luxusanwesen in Oberneuland. Wie sind Sie zu diesem beachtlichen Vermögen gekommen?"

„Darüber muß ich keine Auskunft geben. Ich arbeite hart und besitze eine gutgehende Firma."

„Solche Beratungsfirmen existieren oft nur zum Schein, um dahinter illegale Geschäfte zu verbergen oder auch um Geld zu waschen", sagte Friedberg.

„Ich weiß nicht, worauf Sie hinaus wollen."

„Darauf, daß Sie schon immer über mehr Geld verfügt haben, als sich durch Ihre Tätigkeit als Anwalt oder Berater erklären läßt."

„Es gibt viele wohlhabende Anwälte und Berater. Es ist doch alles nur eine Frage der Tüchtigkeit, des Engagements. Seit wann ist es ein Verbrechen, gut zu verdienen?"

„Wir haben von mehreren Seiten erfahren, daß Sie auch andere Geschäfte gemacht haben", log Friedberg.

„Wer behauptet so etwas?" Von Brunk richtete sich auf und beugte sich vor.

„Zuverlässige Informanten, deren Namen nichts zur Sache tun."
„Ich habe mich nie außerhalb der Legalität bewegt."
„Sie als ausgebildeter Jurist wissen natürlich, wie man krumme Geschäfte abwickelt, ohne daß etwas an einem hängen bleibt. Höchstens Steuerhinterziehung, aber das ist ja ein Kavaliersdelikt. Sie geben also zu, daß Sie neben Ihren normalen Jobs auch anderweitig aktiv waren."
„Das klingt alles so dubios, dabei ging es damals nur darum, mir eine Praxis aufzubauen. Außerdem wollte ich nicht hinter meinem Freund Enno zurückstehen, der von Anfang an recht gut verdiente mit seiner Baufirma."
„Also nicht nur eine Freundschaft, sondern auch eine Art Konkurrenzverhältnis."
„Wenn Sie so wollen." Von Brunk lachte. „Wir hatten eine Wette abgeschlossen, wer zuerst Millionär wird. Am Anfang hatte Enno die Nase vorn, aber schon bald hab ich mit ihm gleichgezogen."
„Als Anwalt sicher nicht. Womit also?"
„Wir haben Autos in den Osten verkauft. Damals nach der Wende war das ein lukratives Geschäft."
„Wer wir?"
„Ein Autohändler aus Sebaldsbrück und ich. Er hat die technische Seite abgewickelt und ich die logistische und vertragliche."
„Verraten Sie uns seinen Namen?"
„Nein."
„Heißt die ‚technische Seite‘, daß er für den Diebstahl der Fahrzeuge zuständig war?"
„Unsinn. Er hat die Wagen günstig gekauft, repariert und renoviert."
„Und Sie?"
„Ich habe mich um Kontakte in die ehemaligen Ostblockstaaten gekümmert und den Papierkram erledigt."
„Heißt ‚Papierkram‘ Fälschung der KFZ-Briefe, um die äußere Verjüngung der frisierten Fahrzeuge auch amtlich zu machen?"
„Ihre Phantasie möchte ich haben."

„Wer hat schließlich die Wette gewonnen?" wollte Spengler wissen.

„Ich."

„Hat dieses Wettrennen zwischen Ihnen beiden Buchmann möglicherweise dazu angestiftet, den Betrug mit den Chemnitzer Immobilien zu planen?"

„Könnte sein."

„Auf jeden Fall haben Sie über ihn triumphiert, nur nicht bei den Frauen."

„Auch in der Beziehung war ich kein Verlierer. Bevor er mit Julia durchbrennen konnte, hatte ich mit Freia ebenfalls so meine kleinen Triumphe."

„Die Sie sich des öfteren mit Gewalt geholt haben."

„Hat Freia mich wieder bei Ihnen angeschwärzt?" Er schüttelte den Kopf.

„Von einem sehr harmonischen Verhältnis war jedenfalls nicht die Rede."

„Ich kann es nicht leiden, wenn jemand nach der Devise ‚wasch mir den Pelz, aber mach mich nicht naß' handelt. Daß Freia unsere Verabredungen durch Zickigkeit zu unterlaufen versuchte, hat mich manchmal wütend gemacht. Da mußte ich dann meinen Wünschen einen gewissen Nachdruck verleihen."

„Eine nette Umschreibung für Vergewaltigung. Jedenfalls scheinen Sie bei Ihrer sexuellen Befriedigung nicht bedacht zu haben, daß die auch Folgen haben kann, zumal wenn Sie Ihre Partnerin zu ungeschütztem Verkehr gezwungen haben."

„Was wollen Sie damit sagen?" Von Brunk verlor schlagartig seine Selbstsicherheit.

„Tun Sie doch nicht so, als ob Sie nicht wüßten, daß Mirko Ihr Sohn ist."

„Wieso behauptet Freia das?" fragte von Brunk leise.

„Weil es die Wahrheit ist. Weil Frau Buchmann das Lügen leid ist. Und Sie können doch stolz sein. Was für ein Triumph über Enno Buchmann, ihm ein Kuckucksei ins Nest zu legen, einen Sohn zu zeugen, für den Sie noch nicht einmal Alimente zahlen mußten. Was für ein Triumph, Ihre Exgeliebte Freia nach Buchmanns Prozeß mit ihren Problemen allein zu lassen. Sie, der Sie in Geld nur so schwimmen, konnten seelenruhig zusehen, wie Frau Buchmann sich abquälen mußte, ihre Tochter und Ihren Sohn durchzubringen. Und als Petra Buchmann zu Ihnen kam, um Sie um Hilfe zu bitten, hatten Sie nichts Besseres zu tun, als dem Mädchen an die Wäsche zu gehen."

Pause. Schweigen. Schließlich räusperte sich von Brunk und sagte leise: „Wenn man Sie so hört, hat man den Eindruck, als sitze hier ein Monstrum vor Ihnen. Ich gebe zu, daß der Schein gegen mich spricht. Aber ganz so einseitig zu meinen Lasten kann man die Angelegenheit nicht sehen. Ich habe mir vorzuwerfen, daß ich Freia manchmal gezwungen habe, mit mir zu schlafen. Doch das war die Ausnahme, nicht die Regel. Die ganze Initiative zu dem Vierer-Verhältnis ging von Buchmann aus, der freie Bahn haben wollte für sein Verhältnis mit Julia. Freia und ich wurden mehr oder weniger zu unserem Glück gezwungen, obwohl wir beide nicht unbedingt aufeinander scharf waren. Es war, wenn Sie so wollen, ein Notbehelf. Freia blieb deshalb mir gegenüber oft reserviert, und ich habe meinen Frust abreagiert, indem ich sie dann zum Verkehr zwang. Wir waren beide Opfer von Buchmanns Sex-Gier."

„Mir kommen gleich die Tränen", schimpfte Friedberg.

„Ich will ja gar nichts herunterspielen oder beschönigen. Natürlich haben wir uns beide schuldig gemacht. Wir hätten uns ja auf die ganze Liaison nicht einlassen müssen, es zum Bruch kommen lassen können. Aber Freia wollte ihre Ehe retten, nicht zuletzt wegen Petra, und ich wollte auch nicht leer ausgehen, zumal Freia damals einen gewissen Reiz hatte."

„Wie schön, daß Sie trotz Ihres Opfergangs wenigstens noch ein bißchen Vergnügen dabei hatten", sagte Friedberg wütend. „Eine Frage an Sie, Yvonne. Können Sie die Ausführungen dieses Herrn noch länger ertragen?"

„Es fällt schwer, aber ich gebe mir Mühe." Sie hatte den oberen

Knopf ihrer Bluse wieder geschlossen.

„Reden wir jetzt über Mirko, Ihren Sohn", übernahm Spengler das Gespräch. „Warum haben Sie sich nicht zu Ihrem Kind bekannt?"

„Weil das nicht gewünscht war. Zunächst habe ich mit Freia über meinen Verdacht gesprochen, daß ich der Vater des zweiten Kindes sei. Sie hat es vehement bestritten. Dann habe ich versucht, Enno von meiner Vaterschaft zu überzeugen, aber der hat mich nur ausgelacht. Er hatte endlich den Sohn, den er sich immer gewünscht hatte. Das Verrückte war ja, daß Enno bei all seinen sexuellen Eskapaden immer größten Wert auf den Zusammenhalt der Familie gelegt hat. Beide haben mich völlig abblitzen lassen, so daß ich mich damit abfinden mußte."

„Und wie fühlt man sich so, wenn man das eigene Kind heranwachsen sieht und doch nie mehr ist als der nette Onkel?"

„Das hält man nur aus, indem man das Rollenspiel akzeptiert. Ich habe mir antrainiert zu vergessen, daß ich Mirkos Vater bin."

„Und damit waren Sie so erfolgreich, daß Sie sich auf Ihre Vaterrolle auch nicht zurückbesonnen haben, als Buchmann in den Knast wanderte und die Familie in Not geriet."

„Ich habe Freia wiederholt finanzielle Hilfe angeboten, aber sie hat sie abgelehnt."

„Und weshalb kam dann Petra zu Ihnen?"

„Aus freien Stücken. Ohne ihre Mutter vorher informiert zu haben. Ich habe Freia danach angerufen. Aber inzwischen hatte Petra ihr von meinem angeblichen sexuellen Übergriff erzählt, so daß keine Verständigung mehr möglich war."

„Und damit war der Fall für Sie erledigt."

„Nein. Da direkte Hilfe nicht möglich war, habe ich ein Konto für Mirko angelegt, über das er für sein Studium verfügen kann, wenn Freia das zuläßt. Außerdem habe ich Mirko zu meinem Alleinerben eingesetzt. Das Testament können Sie bei meinem Anwalt einsehen."

„Wenn Sie durch einen Vaterschaftstest offiziell feststellen ließen, daß Mirko Ihr Sohn ist, würde er sowieso alles erben. Oder haben Sie noch andere Kinder?"

„Nein, Mirko ist das einzige. Aber ein Test käme nur mit Zustimmung von Freia in Frage. Und die kann ich mir nicht vorstellen."

„Da haben Sie recht. Frau Buchmann hat höllische Angst, ihren Sohn zu verlieren, würde die Sache ruchbar. Aber vielleicht läßt sich Mirkos Studiengeld in kleinen Portionen auf das Konto von Frau Buchmann transferieren, so daß sie diese Sorge los ist."

„Daran habe ich auch schon gedacht. Mir ist nur wichtig, daß bei Ihnen nicht der Eindruck entsteht, ich hätte mich völlig aus der Verantwortung für meinen Sohn gestohlen."

„Hatten Sie in letzter Zeit mal Kontakt mit ihm?"

„Nein, leider nicht."

„Ein ganz erstaunlicher Bursche. Sehr intelligent und sehr originell."

„Freut mich zu hören. Es ist schon bitter, wenn man sich nicht zu seinem eigenen Kind bekennen darf."

„Ehe wir uns hier nun alle in Tränen auflösen, möchte ich noch einmal zurückkommen auf Ihren Konkurrenzkampf mit Enno Buchmann", sagte Friedberg angewidert. „Diese sogenannte Freundschaft war also ein erbitterter Wettstreit um Erfolg und Frauen. Sie sind zwar finanziell der Sieger, was Ihre Konten belegen, aber ansonsten waren Sie Buchmann immer unterlegen, bis hin zu der Tatsache, daß er Ihre Vaterschaft schlicht ignoriert hat. Irgendwann muß Ihnen doch mal der Kragen geplatzt sein."

„Ich bin ein sehr duldsamer Mensch."

„Einen Haß, der aus ständiger Demütigung erwächst, beherrscht auch der Duldsamste nicht. Sie haben vorhin selbst ausgeführt, daß Ihre Beziehung zu Freia Buchmann nur eine Notlösung war, daß Sie sich Ihre Rechte als Liebhaber oft mit Gewalt erkämpfen mußten. Und schließlich zeugen Sie ein Kind, das Ihnen vorenthalten wird. Aber damit nicht genug: Buchmann benutzt Sie für seine miesen Geschäfte, ruiniert Ihren Ruf als Anwalt und brennt mit Ihrer Lebensgefährtin durch. Sie haben sich selbst als Opfer bezeichnet. Ich bezeichne Sie als den totalen Verlierer, der sich irgendwann mal rächen muß, spätestens dann, wenn ihm sein Todfeind die Frau ein zweites Mal abspenstig machen will."

„Klingt logisch und ist doch falsch, weil Sie eines unberücksichtigt lassen: unsere Freundschaft. Ich habe diesen Mann geliebt."

„Ach, hören Sie auf! Sie sind doch nicht schwul."

„Es gibt Emotionen zwischen Männern, die sich nicht körperlich niederschlagen. Bis zu einem gewissen Grad war ich Enno hörig."

„Und gerade aus solch einer Abhängigkeit kann bei ständiger Demütigung tödlicher Haß entstehen."

„Ich gebe ja zu, daß Ihre These einiges für sich hat. Aber ich bin ein friedfertiger Mensch."

„Ja, davon kann Frau Buchmann ein Lied singen. Wenn Sie Frauen gegenüber zu Gewalttätigkeit neigen, warum dann nicht auch gegenüber Männern? Sie mußten es ihm endgültig heimzahlen, als er sich wieder absetzen wollte und wieder mit Julia Blome. Es ging Ihnen dabei nicht ums Geld, davon haben Sie ja mehr als genug, es ging Ihnen darum, sich endlich aufzulehnen gegen so viel Bevormundung und Demütigung. Schon Ihr Versuch, seiner geliebten Tochter Petra etwas anzutun, richtete sich nicht so sehr gegen das Mädchen als vielmehr gegen ihn. Sie wollten etwas, das ihm viel bedeutete, beschädigen. Langer Rede kurzer Sinn: Sie haben Enno Buchmann getötet und Frau Blome irgendwo versteckt."

„Warum sollte ich Julia verstecken? Wenn ich der Täter bin, hätte ich Julia als Zeugin gleich mit beseitigen müssen. Wenn sie aber Mittäterin wäre, gäbe es keinen Grund, sie zu verbergen."

„Als Zeichen des Triumphes über Buchmann brauchen Sie Frau Blome lebend. Sie halten sie so lange versteckt, bis Sie sicher sein können, daß sie Sie nicht verrät."

„Jetzt wird Ihre Argumentation abenteuerlich." Von Brunk grinste frech.

Ein Polizist betrat den Raum und verkündete, daß der Anwalt von Herrn von Brunk eingetroffen sei und seinen Mandanten zu sprechen wünsche. Spengler beendete die Vernehmung und ordnete an, Herrn von Brunk in seine Zelle zu führen, wo er mit dem Anwalt reden könne.

„Ich habe meinen Ohren eben nicht getraut", sagte Spengler, als sie sich wieder im Büro einfanden. „Du hast ja ordentlich in der Psycho-Kiste gekramt, um von Brunk in die Enge zu treiben. Ich hätte nicht gedacht, daß du dich auf so dünnes Eis wagst."

„Eine abenteuerliche Argumentation, um mit seinen Worten zu reden? Ich dachte, dir gefiele so was."

„Täte es auch, wenn ich bei dir dahinter nicht zu viel Befangenheit spüren würde. Du kannst den Kerl nicht ausstehen."

„Du triffst den Nagel auf den Kopf. So hat eben jeder seine Sym- und Antipathien. Mich kotzt ein Kerl wie dieser von Brunk an, während du zum Beispiel den Lümmel Mirko Buchmann in den Himmel hebst. Ist doch schön, daß wir uns immer wieder bei menschlichen Unzulänglichkeiten ertappen. Was sagen Sie dazu, Yvonne?"

„Wenn wir es nur mit dem Mord an Buchmann zu tun hätten, würde ich diesen widerlichen von Brunk für höchst verdächtig halten. Aber das Verschwinden von der Blome ist dabei mehr als nur ein Schönheitsfehler."

„Wir dürfen nach der Erfahrung der letzten Nacht nicht mehr nur von einer Entführung ausgehen. Es ist durchaus denkbar, daß die Blome von sich aus untergetaucht ist, um ihren Freund nicht zu belasten. Ich glaube, wir haben mit von Brunk den Richtigen."

„Hoffentlich kannst du den Haftrichter davon überzeugen. Wir haben keine konkreten Beweise, und deine psychologische Begründung muß nicht unbedingt auf Gegenliebe stoßen, zumal von Brunk einen guten Anwalt hat. Und unsere anderen beiden Galgenvögel müssen wir wohl auch freilassen. Ich sehe schon, heute abend sitzen wir mit leeren Händen da."

„Pessimist."

„Realist."

Sie saßen beim Mittagessen in der Kantine, als sie benachrichtigt wurden, daß Julia Blome aufgefunden worden war. Ein Landwirt hatte sie in den Weser-Wiesen bei Hemelingen in ziemlich derangiertem Zustand entdeckt. Sie stand unter Schock und war nicht ansprechbar. Man hatte sie ins Klinikum Links der Weser gebracht. Offensichtlich war sie mißhandelt und brutal mißbraucht worden.

„Endlich ein Fortschritt", seufzte Spengler. „Nach dem Essen fahren wir sofort in die Klinik."

„Wollen wir nicht warten, bis uns die Ärzte grünes Licht geben?" fragte Friedberg.

„Ich möchte dabei sein, wenn sie zu sich kommt. Ich möchte unmittelbare Äußerungen und nicht sorgfältig Überlegtes hören. Dein von Brunk kann jedenfalls erst einmal aufatmen, denn für ihre Freilassung und das Verbringen an die Weser kann er nicht verantwortlich gemacht werden, weil er eingesessen hat."

„Langsam, Herr Kollege. Vielleicht hat sich die Blome selbst befreit. Es gibt ja in der Gegend viele Gartenhäuschen. Wer weiß, wie lange sie schon herumgeirrt ist. Für mich ist von Brunk erst endgültig aus dem Schneider, wenn wir von der Blome ernstzunehmende Hinweise auf einen anderen Täter erhalten."

Man hatte Julia Blome ein Einzelzimmer in der Intensiv-Station gegeben und einen Polizisten in grünem Isolierkittel auf dem Flur davor gesetzt. Der Stationsarzt war sofort zur Stelle, nachdem man ihm die Ankunft von drei Kriminalbeamten gemeldet hatte. Er begrüßte sie mit Handschlag.

„Sie ist noch nicht vernehmungsfähig", sagte er gleich und machte ein sorgenvolles Gesicht. „Wir haben ihren Kreislauf stabilisiert und ihr ein Beruhigungsmittel gegeben. Sie ist völlig apathisch und nicht in der Lage, Auskunft zu geben über die Art und Weise, wie ihr die Verletzungen zugefügt worden sind. Sie schläft jetzt."

„Wir möchten abwechselnd bei ihr im Zimmer sein, um nicht den Augenblick zu verpassen, wenn sie zu sich kommt."

„Das kann ich nicht verantworten. Solange sie in diesem Zustand ist, kann jede Aufregung für sie gefährlich sein."

„Die Verantwortung übernehme ich als Leiter der Sonderkommission im Mordfall Buchmann. Frau Blome ist eine wichtige Zeugin, und ihre ersten Reaktionen nach ihrem Erwachen sind für uns von eminenter Bedeutung."

„Okay. Ich habe meine Bedenken vorgetragen. Aber bitte jeweils nur eine Person."

„Versprochen. Noch eine Frage. Sind die Verletzungen von Frau Blome jüngeren Datums?"

„Nein. Einige Blessuren an Armen und Beinen und die Verletzungen im Vaginalbereich sind schon mehrere Tage, wenn nicht eine Woche alt. Einige ganz frische Schrammen und Kratzer hat sie sich vermutlich erst heute nacht oder heute morgen zugezogen."

„Haben Sie Spermaspuren gefunden?"

„Nein. Entweder ist sie mit Kondom penetriert oder mit harten Gegenständen mißhandelt worden. Die Art der Verletzungen läßt keine genauen Rückschlüsse zu."

„Und worauf führen Sie ihren momentanen Zustand zurück?"

„Schwer zu sagen. Sie hat offensichtlich längere Zeit weder feste noch flüssige Nahrung zu sich genommen, sie war hochgradig dehydriert und geschwächt."

„Wir gehen davon aus, daß man sie irgendwo gefangen gehalten hat, ohne sie mit Lebensmitteln und Getränken zu versorgen. Und jetzt müssen wir annehmen, daß man sie obendrein noch mißhandelt und sexuell mißbraucht hat."

„So sieht es aus. Sie scheint in eine Art Koma gefallen zu sein."

„Und wie lange kann es dauern, bis sie aufwacht?"

„Schwer zu sagen. Das kann jeden Moment passieren, kann aber auch Tage und Wochen auf sich warten lassen."

„Zauberhaft. Trotzdem herzlichen Dank für Ihre Auskünfte."

„Gern. Nur eine Bitte: sollte sie aufwachen, gehen Sie unbedingt schonend mit ihr um und rufen Sie mich sofort. Über das Schwesternzimmer bin ich jederzeit erreichbar. Und stellen Sie bitte Ihr

Handy aus, bevor Sie das Zimmer betreten."

„Aber wir müssen jederzeit erreichbar sein."

„Nur über das Stationstelefon. Ich werde die Schwestern bitten, daß es immer besetzt ist."

Spengler bedankte sich noch einmal und sah dem Arzt nach, der mit wehendem weißen Kittel enteilte, als schwebte er ein paar Zentimeter über dem Boden.

„Wer übernimmt die erste Schicht?" fragte er.

„Immer wer fragt", sagte Friedberg schnell. „Yvonne und ich fahren derweil nach Hemelingen und schauen nach dem Stand der Suchaktion. Ist dir doch recht, wenn du nicht so viel draußen herumlaufen mußt, zumal es heute bestimmt noch ein Gewitter gibt."

„Okay. Nehmt euch jedes Gartenhaus, jede leer stehende Garage, Wohnung oder Fabrikhalle vor. Na ja, das Übliche eben", fügte er resigniert hinzu. Er beneidete die beiden um ihre Tätigkeit im Freien, denn nichts war ihm mehr zuwider als ein Krankenhaus-Aufenthalt, sei es im oder am Bett. Allein der Geruch nach Desinfektionsmitteln machte ihn fertig.

Er schickte den Polizisten nach Hause, begleitete die beiden Kollegen bis in die Eingangshalle, kaufte sich im Kiosk mehrere Zeitschriften und Rätselhefte und zog einen grünen Overall an.

Das Zimmer hatte zwar ein Fenster, aber eine Jalousie war heruntergelassen und das Tageslicht ausgesperrt. Um das Bett herum standen mehrere technische Geräte mit Bildschirmen, die alles Mögliche kontrollierten. Spengler erkannte nur die Pulsfrequenz und den Blutdruck, die übrigen dramatisch flackernden Kurven und Signale erschlossen sich ihm nicht.

Er zog einen Stuhl neben das Bett und setzte sich so, daß er das Gesicht von Julia Blome im Auge hatte. Sie lag auf dem Rücken, an alle möglichen Schläuche angeschlossen. Die bleichen ebenmäßigen Züge und das volle blonde Haar auf dem Kopfkissen verliehen ihr etwas Engelhaftes. Unvorstellbar, daß dieses edle Geschöpf ein liederliches Flittchen sein sollte, auch wenn die verschrammten und fleckigen Arme nicht zu übersehen waren.

Daß Friedberg sich wieder einmal eine blöde Bemerkung über seine eingeschränkte Gehfähigkeit nicht hatte verkneifen können, wurde ihm jetzt erst so recht bewußt, als er neben der lädierten Frau zur Ruhe kam und ihren unregelmäßigen Atemzügen lauschte. Er hatte heute so viel über männliche Konkurrenzkämpfe gehört, daß er diese kleine Gemeinheit des Kollegen nicht einfach wegstecken konnte. Und weil er jetzt zu absoluter Untätigkeit verurteilt war, so daß er sich nicht ablenken konnte, nahm der Ärger übertriebene Ausmaße an. Friedberg würde ihn ohne Skrupel von seinem Platz verdrängen, wenn sich ihm die Gelegenheit dazu böte. Er durfte nicht auf Fairness oder Rücksichtnahme zählen. Auch seinetwegen war damals ein älterer Kollege vorzeitig in den Ruhestand geschickt worden, weil er den Anforderungen des Jobs nicht mehr gewachsen gewesen war. Und er, Spengler, hatte keine Gewissensbisse dabei verspürt, weil die Notwendigkeit dieser Personalentscheidung jedermann einleuchtete. Ob der Kollege darunter gelitten hatte, als man seine Diensttauglichkeit in Frage stellte, hatte sich Spengler nie gefragt. Und nun war er selber dran, und da war niemand, der ihm eine Träne nachweinen würde.

„Werd bloß nicht sentimental", flüsterte er. Wenn er wenigstens wüßte, woher die Schmerzen in den Beinen kamen und ob man etwas dagegen tun konnte. Aber der Termin beim Orthopäden war erst in einer Woche. Solange mußte er sich weiter herumquälen und sich nichts anmerken lassen.

Er versuchte zu lesen, aber er konnte sich nicht konzentrieren. Erst das Lösen von Rätseln brachte ihn auf andere Gedanken. So verbrachte er Stunden und ließ sich nicht stören von den Schwestern, die in regelmäßigen Abständen nach der Patientin schauten, und auch nicht vom Gewitter, das sich vor dem Fenster austobte.

Am späteren Abend löste ihn Friedberg ab, um die Nacht bei Julia Blome zu verbringen. Das rührte Spengler und ließ ihn sich ein ganz klein wenig schämen für die Unterstellung böser Absichten seines Kollegen. Eigentlich war Friedberg doch ein anständiger Kerl. Daß sie sich gelegentlich anfrozzelten, war nicht mehr als ein Spiel.

Friedberg informierte ihn, daß die Suche nach dem ‚Gefängnis' der Blome bei Einbruch der Dunkelheit ergebnislos abgebrochen worden war und bei Sonnenaufgang fortgesetzt würde. Man hatte mit Hunden die Spur der Frau nur ein Stück in den Wiesen verfolgen können bis zu einem befestigten Weg. Offensichtlich war Julia Blome mit einem Wagen bis zu diesem Punkt gefahren worden, war dann noch auf der Wiese herumgeirrt, bis sie zusammengebrochen war. Es sei also wahrscheinlich, daß es keinen räumlichen Zusammenhang zwischen Fundort und ‚Gefängnis' gebe. Die Frau konnte überall in Bremen und Umgebung gefangengehalten worden sein.

„Scheiße!" war Spenglers Kommentar. „Warum dann noch die Suche in der Gegend fortsetzen?"

„Für alle Fälle. Auch Hunde können irren."

„Na dann gute Nacht. Wo steht der Wagen?"

„Direkt am Eingang auf dem Taxen-Parkplatz."

Spengler schlief nur ein paar Stunden. Im Morgengrauen wälzte er sich aus dem Bett und tappte taumelnd durch die Wohnung, die von der Hitze der letzten Tage trotz weit geöffneter Fenster immer noch aufgeheizt war. Die Wärme steckte in den Wänden.

Er stellte die Kaffeemaschine an, entleerte sich, duschte kalt und rasierte sich flüchtig. Essen konnte er noch nichts, und der heiße Kaffee sorgte für einen kräftigen Schweißausbruch. So fühlt sich ein Siebzigjähriger, dachte er mit Grausen und vermied einen Blick in den Flurspiegel, als er seine Jacke griff und die Wohnung verließ.

Um diese Zeit hielt sich der Verkehr noch in Grenzen. Als Spengler über die Erdbeerbrücke fuhr, sah er eine Kolonne von Polizeiwagen am Werdersee parken. Man war also wieder auf der Suche. Immerhin tröstlich zu wissen, daß nicht nur er seinen Dienst unausgeschlafen versehen mußte.

Friedberg hatte es eilig, ins Auto und ins Bett zu kommen. „Nichts. Sie rührt sich nicht. Ich komme heute mittag wieder, oder kann Yvonne dich ablösen?"

„Nee, das würde sie überfordern. Es muß schon einer von uns beiden sein, der Blomes Aufwachen begleitet."

„Wie du meinst." Friedberg verschwand.

War da nicht wieder eine gewisse Gereiztheit aus Friedbergs letzten Worten herauszuhören? Ach, fang nicht von neuem an, schalt er sich und war froh, als eine Schwester hereinschaute und fragte, ob er frühstücken wolle.

Er nahm dankend an, auch wenn das Brötchen pappig war und der Aufschnitt nach nichts schmeckte. Die Aprikosenmarmelade ließ er unangerührt, und vom faden Kaffee trank er nur eine halbe Tasse. Trotzdem fühlte er sich gestärkt und widmete sich wieder seinen Rätselheften. Doch da gab es nicht mehr viel zu raten. Friedberg hatte ganze Arbeit geleistet. Der Rest füllte höchstens noch eine Stunde, und der Kiosk wurde erst viel später geöffnet. Zunächst machte Spengler sich daran, Rätsel, an denen Friedberg wegen mangelnden Wissens gescheitert war, zu Ende zu lösen. Dabei verschaffte ihm jeder Erfolg eine kleine Genugtuung. Es war einfach unverkennbar, daß sein Bildungsniveau wesentlich höher war als das des konkurrierenden Kollegen.

„Wo bin ich?"

Spengler zuckte zusammen, die Hefte klatschten zu Boden, der Kugelschreiber rollte unters Bett. Julia Blome hatte die Augen geöffnet und blickte verwirrt um sich.

„In Sicherheit", sagte Spengler behutsam und überlegte verzweifelt, ob er sofort nach einem Arzt rufen oder die Frau erstmal reden lassen sollte. Jedenfalls stellte er das kleine Diktiergerät, das er immer bei sich trug, auf den Nachttisch und drückte auf Aufnahme.

„Ist das ein Krankenhaus?" fragte die Blome und richtete sich ein wenig auf.

„Ja, Links der Weser. Hier sind Sie in guten Händen."

„Sind Sie der Arzt?"

„Nein, ich bin von der Kripo Bremen. Spengler ist mein Name."

„Polizei?"

„Ja, wir gehen davon aus, daß Sie Opfer eines Verbrechens wurden." Spengler hatte sich dafür entschieden, das Gespräch erst einmal laufen zu lassen.

„O Gott." Sie fiel zurück in die Kissen und bedeckte mit dem linken Unterarm, an dem keine Schläuche hingen, ihr Gesicht.

Spengler ließ einige Zeit verstreichen, bevor er sie fragte: „Wollen Sie ein bißchen erzählen über das, was Ihnen passiert ist?"

Sie schüttelte den Kopf.

Nach einer erneuten Pause sagte er: „Kann ich gut verstehen. Es war zu schrecklich, nicht wahr?"

Sie stöhnte.

„War Enno Buchmann bei Ihnen, als das alles passierte?"

„Vor meinen Augen haben sie es getan", stammelte sie.

„Waren es mehrere?"

„Zwei. Mit der Gardinenschnur. Vor meinen Augen."

„Zwei Männer?"

„Ein Mann und eine Frau."

„Haben Sie sie erkannt?"

Sie schüttelte den Kopf. „Ich kann nicht mehr", flüsterte sie. Ihr Kopf sank zur Seite. Entweder war sie erneut in Ohnmacht gefallen oder eingeschlafen.

Mit schlechtem Gewissen stellte Spengler das Bandgerät ab und steckte es in die Tasche. Immerhin ein erstes Ergebnis: Mord und Entführung waren nicht das Werk eines Einzeltäters.

Er lief zum Schwesternzimmer und bat, den Stationsarzt zu rufen, der wenige Minuten später erschien. Spengler erzählte ihm, daß Frau Blome für einen kurzen Moment aufgewacht sei, nur wissen wollte, wo sie sich befinde und sofort wieder eingeschlafen sei. Der Arzt nickte, ordnete an, die Patientin zu untersuchen, und schickte den Polizisten in den Aufenthaltsraum. Man werde ihn rufen, sobald er wieder zu Frau Blome zurückkommen könne.

Spengler gehorchte, betrat den leeren Raum, streckte sich in einem Sessel aus und schlief sofort ein. Er wurde geweckt von einer freundlichen Frauenstimme. „Sie können jetzt wieder zu Frau Blome", sagte ein hübsche blonde Schwester mit Pferdeschwanz, deren

Anblick ihm die Rückkehr in die Realität versüßte. Sie reichte ihm sogar die Hand, als sie ihm aus dem Sessel hoch half. Sie hat dich behandelt wie einen alten Mann, dachte er Sekunden später und stellte fest, daß die Schwester zu dicke Beine hatte.

Julia Blome war wach und trank aus einer Schnabeltasse. Der Arzt bat im Hinausgehen, Spengler möge das Gespräch kurz halten, die Patientin sei noch sehr geschwächt. Spengler versprach es, setzte sich und wandte sich Julia Blome zu, die halb aufrecht saß und deren Gesichtszüge sich belebt hatten.

„Hallo, Frau Blome. Ich bin der Kriminalbeamte, der vorhin schon mit Ihnen gesprochen hat."

„Ich weiß. Was wollen Sie von mir?"

„Sie bitten, mir Näheres zu erzählen über das, was Sie durchmachen mußten."

„Wo soll ich anfangen? Es wirbelt alles in meinem Kopf herum. Es tut so weh, daran zu denken", sagte sie kläglich. Das war nicht mehr die Frau, die Männern den Kopf verdrehte, das war eine hilflose, bemitleidenswerte Person.

„Was ist an jenem Sonntag genau geschehen, als Enno Buchmann Sie besucht hat?"

„Ja, Enno hat mich besucht. Er wollte mich überreden, daß ich wieder mit ihm nach Spanien gehe. Er sagte, daß er bedroht würde. Daß er seines Lebens in Deutschland nicht mehr sicher sei. Er war in einem völlig konfusen Zustand und ziemlich betrunken. Entschuldigung." Sie nahm ein Pappschälchen vom Nachttisch und spuckte hinein. „Mir ist so übel. Ich werde künstlich ernährt und muß erst langsam wieder an feste Nahrung gewöhnt werden. Die haben mich tagelang hungern und dursten lassen."

„Ihre Entführer, der Mann und die Frau."

„Ja. Ein gespenstisches Paar. Beide maskiert und stumm wie Fische."

„Wie sind die in Ihr Haus gekommen?"

„Sie haben ganz normal geklingelt. Der Mann hat gesagt, sie hätten sich verlaufen und wollten nur nach dem Weg fragen. Ich war so dumm, die Tür zu öffnen. O nein, es ist einfach zu schrecklich!" Sie lehnte den Kopf zurück und schloß die Augen.

Spengler wartete ein paar Sekunden, bevor er weiter fragte: „Die beiden stürmten also ins Haus und vermutlich ins Wohnzimmer. Richtig?"

„Wobei der Mann mich mitschleppte und mir eine Pistole an die Schläfe hielt. Die Frau richtete ihre Waffe sofort auf Enno. Sie zeigte auf die Couch und zwang ihn, sich hinzulegen. Ich wurde auf einen Stuhl gepreßt. Sie zogen unter ihren Pullovern Stricke, Klebeband und Knebel hervor und fesselten uns blitzschnell bis auf die Füße. Die konnten wir noch bewegen."

„Warum haben Sie nicht um Hilfe gerufen?"

„Das kam so überraschend. Und außerdem hatte ich Angst, sie würden uns töten. Und Enno wohl ebenso. Dann waren wir ja auch schon geknebelt."

„Und das alles lief völlig stumm ab?"

„Ja. Nur der Mann gab manchmal ein paar Laute von sich."

„Was trugen sie für Masken?"

„Wollmützen mit Augenschlitzen."

„Und woran haben Sie die Frau erkannt?"

„Sie trug Leggins und Damenschuhe und ein kurzes Röckchen."

„Wirkte die Frau eher jung oder alt?"

„Jung. Die Beine waren schlank und gut geformt."

„Was geschah dann?"

„Dann begann der Höllentrip. Wir wurden mit den Waffen nach oben ins Schlafzimmer dirigiert und auf das Bett gestoßen. Die Frau richtete ihre Pistole auf uns, und der Mann lockerte die Fesseln an unseren Schenkeln und Unterleibern. Er entblößte uns untenherum ..." Sie schluckte und stöhnte gequält. „Nein, ich kann das nicht erzählen. Es war zu grausam."

Nach einer Pause fragte Spengler behutsam „Hat er Sie beide zum Geschlechtsverkehr gezwungen?"

„Er wollte es. Aber es klappte natürlich nicht. Enno lag nur hilflos auf mir und weinte."

„Was für eine grauenhafte Situation. Ich finde es großartig, daß Sie sich diesen schrecklichen Erinnerungen stellen."

Sie nickte und zerbiß sich die Lippen. „Ich brauche jetzt eine Pause", flüsterte sie.

Gleich darauf kam der Arzt mit einer Schwester herein. „O mein Gott, wie sehen Sie denn aus, Frau Blome!" Wütend wandte er sich an Spengler: „Ich hatte Sie doch um ein kurzes, schonendes Gespräch gebeten. Was haben Sie mit der Frau gemacht?"

„Nur was meine Pflicht ist, um ein Verbrechen aufzuklären. Es tut mir leid, daß das eine Belastung für Frau Blome ist."

„Warten Sie im Aufenthaltsraum auf mich!" befahl der Weißkittel, der mindestens zwanzig Jahre jünger war als Spengler.

„Diesen Ton verbitte ich mir. Wir sind hier nicht auf dem Kasernenhof."

Spengler schlich mit hängenden Schultern über den kahlen Flur. Was dachte dieser Schnösel sich? Er würde liebend gern auf solche Gespräche verzichten. Er ging die Treppe hinunter und durch die Halle nach draußen. Es hatte sich abgekühlt nach dem abendlichen Gewitter, und die Luft ließ sich gut atmen. Mit dem Handy wählte er die Nummer seines Dienstapparats und hatte sofort Yvonne dran.

„Wie steht's?" fragte sie eifrig.

„Sie ist bei Bewußtsein. Es handelt sich um zwei Täter, einen Mann und eine Frau. Offensichtlich nicht nur Vandalen und Mörder, sondern auch Sadisten. Ich mußte das Gespräch auf ärztliche Anordnung hin erst einmal abbrechen, aber ich bleibe am Ball. Und was gibt es bei euch Neues?"

„Vom Versteck noch keine Spur. Aber der Haftrichter hat alle unsere Galgenvögel frei gelassen."

„Da wird sich Bobby aber freuen."

„Bobby? Ach, ja der Hund."

„Endlich kommt er aus dem Tierheim."

„Wie schön. Auch mal was Positives."

„So ist es. Ist Friedberg schon aufgetaucht?"

„Nichts zu sehen."

„Dann bitten Sie doch mal den Kollegen Schreiner, mich auf meinem Handy anzurufen."

Er mußte nicht lange warten. Schreiner meldete sich sofort. Spengler ordnete an, die drei aus der Haft Entlassenen ab sofort rund um die Uhr zu überwachen, besonders von Brunk. Sollte der versuchen, die Stadt zu verlassen, mußte er unbedingt daran gehindert werden.

In der Halle kaufte er sich den ‚Weser Kurier' und kehrte zurück in den Aufenthaltsraum. Das von der Blome Gehörte ging ihm dauernd im Kopf herum. Bei dem Mann hatte sie keine Altersangabe gemacht, also konnte es auch ein älterer wie von Brunk sein. Aber wer war die junge Frau? Eine neue Freundin? Warum sollte sich die an einem solchen Tötungsritual beteiligen? Inge Kersten und Reinhold Becker schieden beide aus. Er war solch einer Aktion körperlich nicht gewachsen, und sie war zu mollig. Aus demselben Grund schied auch Christa Olfers aus. Außerdem hatten alle drei kein Motiv für eine derartige sexuelle Folter. Eher schon die Kramers, aber die Beine von ihr konnten in Leggins das Alter kaum noch verheimlichen. Bei Freia Buchmann war das anders. Sie war schlank und hatte noch einen jugendlichen Körper. Und beide, auch von Brunk, hatten ein Motiv, ihre sexuelle Demütigung auf diese Weise abzureagieren.

Spengler schlug die Zeitung auf, als der Arzt in den Raum stürzte. Warum müssen Krankenhausärzte ständig mit ihrer Schrittgeschwindigkeit betonen, daß sie es eilig haben und in wichtiger Mission unterwegs sind? fragte sich Spengler und hielt sich den ‚Kurier' schützend vor die Brust.

„Frau Blome ist so einem Verhör noch nicht gewachsen. Offensichtlich hat sie traumatische Erlebnisse zu verkraften und bedarf der Schonung. Medizinisch können wir nicht viel für sie tun außer den labilen Kreislauf zu stabilisieren, aber psychologische Betreuung ist unabdingbar. Ich möchte Sie bitten, sie für heute in Ruhe zu lassen. Morgen ist auch noch ein Tag."

„Unsere Interessen sind andere als Ihre, Herr Doktor. Ich muß darauf bestehen, Frau Blome heute noch einmal kurz zu sprechen. Es sind nur noch wenige Fragen, die ich ihr stellen muß, und ich werde das so schonend wie möglich tun."

„Ich werde meinen Protest gegen Ihre Methoden schriftlich festhalten, denn ich möchte nicht haftbar gemacht werden, falls es zu Komplikationen kommt, die auf Ihre Zudringlichkeit zurückzuführen sind."

„Tun Sie das. Ehe Sie damit fertig sind, bin ich schon weg, und Sie haben Ihre Patientin wieder ganz für sich." Spengler faltete seine Zeitung zusammen, stand auf und drängte sich an dem Arzt vorbei, der sich vor ihm aufgebaut hatte, als wollte er ihm jeden weiteren Zutritt zur Station und zu Frau Blome verwehren.

„Sie handeln unverantwortlich!" rief ihm der Arzt nach.

„Gehört manchmal zu meinem Job dazu."

Julia Blome sah ihn ängstlich an, als er den Raum betrat. Sie zog die Bettdecke bis unters Kinn, als wollte sie sich damit schützen.

„Tut mir leid, daß ich Sie noch einmal quälen muß, aber Sie verstehen sicher, daß wir die Täter so schnell wie möglich fassen wollen und deshalb auf Ihre Auskünfte angewiesen sind."

Sie nickte und zog die Schultern hoch.

„Wir waren stehengeblieben bei der schrecklichen Situation, als die Täter Sie und Buchmann zum Sex zwingen wollten. Was passierte, als die beiden feststellen mußten, daß die Sache nicht funktionierte?"

„Sie haben uns nebeneinander gelegt, Enno mehrmals ins Gesicht geschlagen und mich mit einer leeren Flasche malträtiert." Sie konnte nicht weitersprechen, zitterte am ganzen Körper.

„Beide oder nur der Mann?"

„Sie hat mir die Beine auseinander gehalten, und er hat mir die Flasche ...", sie schluchzte auf, „... bis ich blutete."

Spengler seufzte und hatte Schwierigkeiten, weiter zu fragen.

„Lassen Sie es hinter uns bringen", sagte sie schnell. „Der Mann hat eine Gardinenschnur abgerissen und eine Schlinge damit gebunden, die er Enno um den Hals legte. Dann haben sich beide über das

Bett gestellt und die Schnur ganz langsam nach oben gezogen. Als ich in Ohnmacht fiel, lebte Enno noch. Als ich wieder zu mir kam wegen des fürchterlichen Krachs im Haus, lag er tot neben mir, die Schlinge um den Hals. Das Schlafzimmer war völlig verwüstet, und dem Krach nach zu urteilen, haben sie auch in den anderen Räumen alles kurz und klein geschlagen. Mir wurde wieder schwarz vor Augen und ich fand erst zu mir, als ich gefesselt im Kofferraum eines fahrenden Autos lag." Sie verstummte, wischte sich mit der rechten Hand immer wieder über den Mund.

„Können Sie abschätzen, wie lange Sie in dem fahrenden Auto zubrachten, wie lange Sie unterwegs waren?"

„Es kam mir endlos vor, aber vielleicht waren es auch nur ein paar Minuten. Ich hatte jedes Zeitgefühl verloren."

„Verständlich."

„Ich hatte allerdings auch keine Angst. Ich fühlte mich nur völlig leer und hoffte, daß sie es mit mir möglichst schnell zu Ende bringen würden."

„Auf Rettung haben Sie nicht gehofft?"

„Nein. Jedes normale Leben war so weit weg, daß ich mir eine Rückkehr nicht mehr vorstellen konnte."

„Aber man hat Sie schließlich aus dem Auto herausgeholt?"

„Es war noch dunkel. Sie zerrten mich aus dem Wagen und führten mich durch einen Garten, in dem es stark nach Rosen duftete. Durch einen separaten Kellereingang schleppten sie mich in ein Haus. Sie leuchteten nur mit einer Taschenlampe, als sie mich in einen Kellerraum schleppten, in dem es nach Heizöl roch. Sie legten mich, gefesselt und geknebelt wie ich war, auf eine Matratze, die auf dem Boden lag. Sie schlossen die Tür ab und verschwanden. Kurz darauf hörte ich, wie ein Auto wegfuhr."

„Hörten Sie sonst irgendwelche Geräusche aus dem Haus?"

„Nein. Es war absolut ruhig. Und so blieb es auch. Ich hatte das Gefühl, daß es leer war."

„Als Sie durch den Garten geführt wurden, gingen Sie da auf einem festen Weg?"

„Nein, es knackte unter meinen Füßen."
„Wie wenn man über Split geht?"
„Genau."
„Hatte der Keller ein Fenster nach draußen?"
„Ja. Es war zwar verhängt, ließ aber genug Licht hindurch, so daß ich mich orientieren konnte. Es war ein weiß getünchter Raum mit einem Regal voller Kartons, leerer Bierkästen und ausgedienter Haushaltsgeräte. Mir gegenüber hatten sie einen Karton an die Wand gehängt, auf dem in großen schwarzen Buchstaben stand: ‚Dies ist die letzte Station deines schändlichen Lebens. Um dir Zeit zu geben, über deine Verbrechen nachzudenken, töten wir dich nicht sofort, sondern lassen dich allmählich verhungern'."
„Hatten Sie denn zu trinken?"
„Es war eine Flasche Wasser da, aber ich war ja gefesselt und geknebelt."
„Also Sadismus ohne Ende. Hat man Sie besucht?"
„Ja, einmal am Tag kam jemand vorbei. Wenn es die Frau war, durfte ich wenigstens ein bißchen trinken, aber nie genug, um meinen Durst wirklich zu löschen. Danach sofort wieder ein Knebel."
„Und der Mann?"
„Der gab mir nicht mal zu trinken."
„Durften Sie auf die Toilette?"
„Nein."
„Haben Sie irgendetwas von draußen gehört?"
„Ja, manchmal Hubschrauber oder Flugzeuge, aber keine Autos. Einmal einen Rasenmäher weiter weg und ... ach, ja: Schiffstuten ab und an."
„Also ein Haus in Wesernähe."
„Das ist möglich."
„Wie sind Sie frei gekommen?"
„Das weiß ich nicht mehr so genau. Ich hab allmählich immer mehr das Bewußtsein verloren, geriet in einen totalen Dämmerzustand. Wahrscheinlich vor Hunger. Ich erinnere mich nur noch, daß es die Frau war, die mich aus dem Keller geschleppt und in ein Auto

gezerrt hat. Ich lag auf der Rückbank und wurde mit einer Decke zugedeckt."

„War das nachts oder am Tag?"

„Es war jedenfalls dunkel. Ich muß eingeschlafen sein und wurde erst wieder wach, als das Auto hielt."

„Was war das für ein Auto? Dasselbe, mit dem Sie in das Haus gebracht worden waren?"

„Nein. Es war viel kleiner. Und es roch leicht nach Parfüm."

„Haben Sie das Parfüm erkannt?"

„Nein. Ich weiß nur, daß ich es als angenehm empfand, so verdreckt und verkommen wie ich war."

„Wo hielt das Auto?"

„Irgendwo am Wiesenrand. Wahrscheinlich da, wo man mich später gefunden hat. Ich wurde aus dem Auto gezogen und ins Gras gesetzt. Die Frau nahm mir die Fesseln und den Knebel ab und fuhr weg. Ich habe mich hochgerappelt und bin einfach losgelaufen, glücklich, wieder frei zu sein und nur von dem einen Gedanken getrieben, möglich schnell auf Menschen zu stoßen, die mir helfen könnten. Aber ich kam nicht weit. Plötzlich knickten mir die Beine weg, ich schlug lang hin und verlor das Bewußtsein. Sie waren der erste Mensch, den ich dann gesehen habe."

„Ein Bauer hat Sie in der Hemelinger Marsch gefunden und dafür gesorgt, daß Sie hierher gebracht wurden."

„Es gibt also auch noch nette Menschen." Sie lächelte, während sich ihre Augen mit Tränen füllten.

„Ich werde Sie jetzt nicht länger mit Fragen quälen ..."

„Sie quälen mich nicht. Ich bin froh, daß Sie da sind. Das beruhigt mich. Der Arzt und die Schwestern haben es nur eilig, aber Sie nehmen sich Zeit für mich. Für einen Polizisten sind Sie sehr nett."

Spengler lachte. „Danke. Trotzdem brauchen Sie jetzt Ruhe."

„Finden Sie nicht, daß ich genug Ruhe gehabt habe? Lassen Sie mich jetzt bitte nicht allein." Sie streckte die Hand nach ihm aus. Ihre anfängliche Apathie war einer nervösen Aufgeregtheit gewichen. „Ich habe Angst vor Krankenhäusern, und ich kann die Augen nicht zumachen, ohne wieder die schrecklichen Bilder mit Enno vor mir zu sehen."

„Ist Ihnen irgend etwas Besonderes an den beiden aufgefallen, was uns helfen könnte, sie zu identifizieren?"

„Sie waren ja maskiert und trugen Allerweltsklamotten, weite Pullover, er Jeans und Turnschuhe, sie dunkle Leggins, braune Ballerinas und ein graues Röckchen. Wirklich erstaunlich war die ungeheure Präzision, mit der die beiden vorgingen. Sie waren völlig aufeinander eingespielt. Jeder Handgriff saß, die Grausamkeit ihrer Aktionen ließ sie anscheinend ungerührt. Die waren wie Roboter."

„Das zeigt, daß offensichtlich alles von langer Hand vorbereitet und einstudiert war. Da wurde nicht improvisiert."

„Nein, das Programm wurde eiskalt durchgezogen."

„Später im Keller sind die beiden nicht noch einmal zusammen erschienen?"

„Nein. Der Mann kam nur zweimal, ansonsten die Frau, und diesem Umstand verdanke ich wohl mein Leben, denn andernfalls wäre ich verdurstet."

„Und die beiden trugen immer dieselbe Kleidung?"

„Ja. Ich glaube. Ich habe nicht so darauf geachtet. Ich wollte nur überleben. Und es war schließlich die Frau, die mich freigelassen hat. Bei der gab es vielleicht noch so etwas wie menschliche Regungen."

„Gut, dann danke ich Ihnen, daß Sie mir so mutig Rede und Antwort gestanden haben. Ich darf mich dann zurückziehen und Ihren medizinischen Betreuern Platz machen."

„Bitte gehen Sie noch nicht. Ich habe Angst vor diesen Weißkitteln." Wieder streckte sie die Hand nach ihm aus.

„Möchten Sie, daß ich jemanden benachrichtige, der Sie besuchen könnte? Freunde oder Verwandte? Vielleicht Herbert von Brunk?"

„Nein, bloß den nicht!" rief sie und hob die Hände abwehrend.

„Sind Sie nicht mehr mit ihm befreundet?"

„Schon lange nicht mehr."

„Aber Sie hatten noch Kontakt mit ihm. Hatte er Sie nicht angerufen an dem Sonntag, als der Überfall stattfand?"

„Ich will mit diesem Menschen nichts mehr zu tun haben. Und jetzt brauche ich Ruhe." Sie legte sich auf die Seite, mit dem Rücken zu Spengler, der sich zur Tür schlich.

„Und was ist mit Herrn Breuer?"

„Den will ich auch nicht sehen", sagte sie dumpf. „Niemanden will ich sehen."

IX

Freia Buchmann wartete schon im Vernehmungsraum, als Spengler und Friedberg eintraten. Ein Streifenwagen hatte sie aus der Wohnung geholt, wobei Mirko heftig protestiert hatte. Man solle seine Mutter endlich in Ruhe lassen, sie habe mit all dem nichts zu tun.

Als Spengler die Sonnenbrille in dem verängstigten Gesicht sah, fragte er sich, was sie damit bei ihrer Maskierung gemacht hatte, denn von einer Brille war bei der Blome nicht die Rede gewesen. Vielleicht mußte sie sie nicht immer tragen, vielleicht war sie mehr Tarnung als medizinische Notwendigkeit.

„Weshalb werde ich wie ein Verbrecher abgeführt und in einem Polizeiwagen hierhergebracht?" fragte sie mit unsicherer Stimme.

„Es hat sich einiges ereignet, über das wir mit Ihnen sprechen müssen. Frau Blome ist wieder aufgetaucht."

„Wie schön für sie, aber was habe ich damit zu tun?"

„Frau Blome ist entführt und schwer mißhandelt worden. Sie hat nur mit Mühe überlebt."

„Das tut mir leid. So etwas habe ich ihr trotz allem nicht gewünscht."

„Darüber wird zu reden sein", sagte Friedberg.

„Ich wäre allerdings froh, wenn sie endlich aus meinem Leben verschwinden würde. Nach Ennos Tod gibt es keinen Grund, auch nur einen Gedanken an sie zu verschwenden."

„Einer der beiden Täter war eine Frau", sagte Spengler langsam und fügte nach einer Pause hinzu: „Eine Frau etwa Ihrer Größe und Figur. Sie war maskiert und hat nicht gesprochen, was für uns ein Zeichen ist, daß Julia Blome diese Frau gekannt hat. Vermutlich sind beide Täter im Umfeld des Opfers zu suchen."

„Und da liegt es natürlich nahe, mich zu verdächtigen, weil ich eine Frau bin, körperlich der Täterin entspreche und ein Motiv habe: Rache. Und wer ist der Mann dazu? Wer soll mein Komplize sein?"

„Sagen Sie es uns", sagte Friedberg frech.

„Das ist wirklich ungeheuerlich!" rief sie und schaute sich hilfesuchend um, als könnten ihr die kahlen Wände Beistand leisten.

„Wer hat Ihnen zum Beispiel erst unlängst Geld zukommen lassen?" drängte Friedberg.

„Herbert von Brunk", sagte sie kläglich.

„Sehen Sie. Und die Beschreibung des Opfers legt die Vermutung nahe, daß von Brunk Ihr Komplize war."

„Das ist der pure Wahnsinn. Sie wollen mich aus der Fassung bringen, damit ich irgendwann ein Geständnis, und sei es auch ein falsches, ablege."

„Frau Buchmann", sagte Spengler ruhig, „es will Sie hier niemand zu irgend etwas nötigen. Wir gehen ganz kühl und distanziert an die Sache heran. Wir haben die Aussage des Opfers, und wir überblicken den Kreis der Verdächtigen. Wir fragen uns: wer hat ein Motiv? Und dann zählen wir zwei und zwei zusammen und landen bei Ihnen und Herbert von Brunk."

„Aber Sie irren sich. Ich habe zwar viel in meinem Leben erdulden müssen, habe aber nie Rachegelüste verspürt."

„Besitzen Sie braune Halbschuhe, sogenannte Ballerinas?" fragte Friedberg.

„Ja. Warum?"

„Die Frau trug solche Schuhe. Und dunkle oder schwarze Leggins?"

„Ja."

„Und einen grauen Minirock?"

„Kann sein. Ich trage schon seit vielen Jahren solche Röcke nicht mehr."

„Aber für einen besonderen Anlaß?"

„Ich werde Ihnen nicht mehr antworten", sagte sie und stützte den Kopf in die Hände.

„Das steht Ihnen frei. Wissen Sie, was mir die ganze Zeit schon auffällt?"

Sie zuckte die Achseln.

„Sie haben noch nicht einmal nach den genaueren Umständen der Entführung von Frau Blome und vor allem nicht der Ermordung Ihres Mannes gefragt."

„Und was schließen Sie daraus?"

„Daß Sie gar nicht fragen müssen, weil Sie dabei waren."

Sie schüttelte den Kopf und suchte Zuflucht in Tränen. „Gott, ist das infam", flüsterte sie.

„Aber vielleicht kommen Sie mit einem blauen Auge davon, wenn Sie kooperativ sind. Frau Blome ist Ihnen bis zu einem gewissen Grade dankbar, weil Sie dafür gesorgt haben, daß sie nicht verdurstet ist und weil Sie sie letztendlich freigelassen haben."

„Sie hat von menschlichen Regungen bei der Täterin gesprochen", fügte Spengler hinzu.

„Wir müssen jetzt nicht alle Einzelheiten der Tat besprechen, dazu werden wir noch ausführlich Gelegenheit haben. Im Moment möchten wir nur wissen, wo das Haus liegt, in dem Julia Blome gefangengehalten wurde, und welchen Wagen Sie bei der Freilassung benutzt haben."

„Hört dieser Albtraum nie auf?" flüsterte sie und wischte sich Tränen mit der Hand aus dem Gesicht. „Ich weiß von keinem Haus und besitze kein Auto."

„Also keine Kooperation. Ihr Problem, wenn Sie unser Angebot ablehnen."

„Was mich besonders interessieren würde", sagte Spengler liebenswürdig lächelnd, „weshalb haben Sie und Ihr Komplize das ganze Haus verwüstet?"

„Vielleicht, um endlich tabula rasa zu machen", sagte sie verzweifelt.

„Sie geben also zu, die Täterin zu sein?" fragte Friedberg schnell.

„Ich will nur endlich meine Ruhe haben."

„Bei Ihnen kann ich ja verstehen, daß Sie alles zerschlagen wollten, aber weshalb hat Herbert von Brunk, für den das Haus so etwas wie eine zweite Heimat war, Kleinholz gemacht?"

„Fragen Sie ihn. Er wird seine Gründe haben. Julia Blome war schon eine hassenswerte Person."

„Im Moment ist sie eher in einem bedauernswerten Zustand, aber immerhin lebt sie", sagte Spengler langsam. „Das ist ein merkwürdiger Widerspruch. Einerseits hassen Sie diese Frau und andererseits halten Sie sie am Leben und befreien sie schließlich. Vielleicht wollten Sie sie nur leiden sehen aber den letzten Schritt nicht tun: sie töten."

„Ich möchte jetzt nach Hause. Sie reden ständig so, als stünde es schon fest, daß ich die Täterin bin, und schließlich, wenn ich genervt und müde genug bin, mache ich irgendeinen Fehler, und Sie nageln mich fest. Man weiß doch, wie falsche Geständnisse zustande kommen. Ich habe nichts mehr zu sagen." Sie lehnte sich weit zurück und legte die Hände über die Augen.

Ein Polizist kam herein und flüsterte Spengler ins Ohr: „Draußen wartet ein gewisser Mirko Buchmann, der unbedingt zu seiner Mutter will."

„Lassen Sie ihn herein", sagte Spengler zu ihm und zu Frau Buchmann: „Jetzt erhalten Sie Beistand. Ihr Sohn kommt zu Ihnen."

„Nein, ich will nicht, daß er in diese Sache hineingezogen wird."

„Zu spät." Spengler zeigte auf die Tür, durch die Mirko hereingeführt wurde.

„O Mama!" rief er, eilte zu ihr und setzte sich neben sie. „Was haben sie mit dir angestellt? Du siehst ja schrecklich aus."

„Ach, Mirko." Sie verbarg ihr Gesicht an seiner Schulter. „Sie halten mich für die Mörderin deines Vaters und die Entführerin von Julia Blome."

„Das ist doch hirnrissig! Eine zarte kranke Frau wie du eine Mörderin!"

„Aber es war eine Frau dabei."

„Woher wollen die das wissen?"

„Von Julia Blome. Sie wurde heute gefunden."

Für einen Moment schien Mirko irritiert zu sein. „Julia Blome wurde gefunden?" fragte er.

„Ja. Heute morgen", sagte Spengler. „Und von ihr wissen wir, daß die Täter ein Mann und eine Frau waren."

„Und die Frau trug Sachen, wie ich sie auch im Schrank habe."

Mirko richtete sich auf. „Mach dir keine Gedanken, Mama. Dabei muß es sich um einen Irrtum handeln!" sagte er großspurig. „Ich werde dafür sorgen, daß das unwürdige Schauspiel hier sofort beendet wird."

„Darf ich fragen wie?" sagte Spengler lächelnd.

„Weil Ihre Verdächtigungen jeder vernünftigen Logik entbehren, bloß weil in Ihren Augen Frau eben Frau ist, auch wenn Milliarden davon auf dieser Welt herumlaufen."

„Ich verstehe Sie nicht."

„Weil es allein hier in Bremen hunderttausende von Frauen gibt, die Sie verdächtigen können."

„Außer dem Geschlecht gibt es noch gewisse andere Kriterien, die den Kreis der Verdächtigen schnell verkleinern: Alter, Figur und nicht zuletzt: ein Motiv."

„Wen haben Sie sich denn als den männlichen Täter ausgedacht?"

„Von Brunk", sagte Freia Buchmann.

„Wie einfallsreich!" Mirko lachte. „Das Loser-Paar auf dem Kriegspfad. Da muß man erst einmal drauf kommen. Mama und Onkel Herbert schlagen zurück! Wenn das das Ergebnis Ihrer bisherigen Ermittlungen ist, kann man nur gratulieren!"

„Oft ist das Naheliegende auch das Richtige", sagte Spengler und trat Friedberg leicht auf den Fuß, um ihn von einer deftigen Replik abzuhalten.

„Meistens ist das Naheliegende banal und lächerlich. Ich war bisher immer der Meinung, daß es bei Ihrem Job auch um Kreativität und Phantasie geht."

„Möglicherweise ein Irrtum. Aber vielleicht können Sie uns ein wenig auf die Sprünge helfen. Lassen Sie doch mal Ihrer Phantasie freien Lauf. Sie kennen die Fakten, die familiären und soziologischen Hintergründe. Sie haben sich bestimmt auch schon Gedanken gemacht, wer Ihren Vater getötet haben könnte. Also los! Wir sind gespannt."

„Ich Ihre Arbeit machen? Nee, meine Herren, das läuft nicht. Aber weil Sie mich so nett bitten, ein kleiner Tip: was macht Sie so sicher, daß die Mittäterin wirklich eine Frau war?"

„Die Aussage von Frau Blome."

„Frau Blome befand sich doch sicher in einem Ausnahmezustand und kann sich vertan haben. Was, wenn diese sogenannte Frau ein verkleideter Mann war?"

„Interessante Idee. Ich muß gestehen, ich bin überrascht, vor allem daß sie von Ihnen kommt, weil Sie sich damit selbst belasten."

„Wieso?"

„Wenn die Klamotten aus dem Schrank Ihrer Mutter stammen, liegt es doch nahe, daß Sie sie genommen und angezogen haben."

„Stimmt. Dann hätte ich wohl jetzt einen Bock geschossen", sagte Mirko lächelnd. „Aber sehen Sie selbst." Er hob das rechte Bein und zog die Hose nach oben. Eine besonders kräftige muskulöse Wade kam zum Vorschein. „Sieht so ein Frauenbein aus?"

„Wohl nicht", sagte Spengler gespielt enttäuscht. „Aber wir werden Ihre Idee weiter bedenken bei unseren Recherchen."

„Dann können wir ja jetzt gehen." Mirko sprang auf. „Komm, Mama!" er nahm ihren Arm.

„Sie können jederzeit gehen. Aber Ihre Mutter bleibt hier. Sie ist vorläufig festgenommen", sagte Spengler ruhig.

„Das können Sie nicht machen, dazu haben Sie kein Recht!"

„Doch, wir können und haben das Recht."

„Das ist reine Willkür. Es gibt nichts Absurderes, als meine Mutter unter Mordverdacht festzunehmen. Was hat sie ertragen müssen durch meinen Vater, wie hat sie sich aufgeopfert, um uns Kinder durchzubringen, nachdem der Gauner von Ehemann sich abgesetzt hatte. Sind Sie blind für all ihre Leistungen, die ihre Gutmütigkeit und Sanftmut unter Beweis stellen? Aber Sie müssen der Öffentlichkeit jemanden zum Fraß hinschmeißen, weil Ihre Ermittlungen auch nach zehn Tagen zu keinem Ergebnis geführt haben. Sie müssen Ihre Unfähigkeit kaschieren mit einer Verhaftung, die völlig sinnlos ist, aber Ihre Vorgesetzten und die Medien beruhigt. Ich werde das nicht zulassen." Er setzte sich wieder.

„Und was wollen Sie tun?"

„Ich weiche meiner Mutter nicht mehr von der Seite. Wenn Sie sie einsperren, tun Sie das bitte auch mit mir."

„Wir haben hier keine Mutter-Kind-Betreuung", sagte Friedberg sarkastisch. „Außerdem müssen Sie wohl nicht mehr gestillt werden."

„Dieser Ton wird Ihnen noch vergehen. Ich sehe Sie schon winselnd auf den Knien liegen, wenn Sie meine Mutter wegen erwiesener Unschuld freilassen müssen."

„Sie übernehmen sich, junger Mann."

„Und was tun Sie? Und was tut dieser Staat mit seinen Bürgern? Das ganze politische und juristische System ist eine einzige Anmaßung. Es geht nicht um vernünftigen, respektvollen Umgang miteinander, es geht nur um Bevormundung, Einschränkungen aller Art, um Betrug und Volksverdummung sondergleichen. Wir leben nicht in einer Demokratie, sondern in einer Diktatur der Bürokratie. Ich will gar nicht davon reden, welche Macht die Wirtschaftsbosse und Bankmanager haben …"

„Wir auch nicht", sagte Spengler energisch. „Sie gehen jetzt hübsch nach Hause, und Ihre Mutter wird uns noch ein wenig Gesellschaft leisten. Guten Abend." Spengler stand auf und verließ den Raum. Friedberg folgte ihm.

„Aber Sie können uns hier nicht einfach sitzen lassen!" rief ihnen Mirko Buchmann nach.

„Doch, können wir. Ihre Mutter wird gleich abgeholt. Und Sie kennen ja den Ausgang", rief Friedberg.

Ein Polizist erhielt den Auftrag, die beiden im Auge zu behalten, bis jemand vom UG sich um Frau Buchmann kümmerte.

„Großer Gott, hat der eine Schau abgezogen", sagte Yvonne, die im Nebenraum die Vernehmung verfolgt hatte und sich jetzt im Flur zu ihnen gesellte.

„Sie und unser Chef bewundern doch diesen Lümmel", sagte Friedberg verdrossen.

„Der treibt ein Spiel mit uns. Dieser Hinweis auf einen verkleideten Mann war sicher kein Zufall. Wir müssen ihn beobachten."

„Ihn und diesen Kevin. Das sind zwei ganz Ausgekochte", brummte Friedberg.

„Ich glaube, die Sache mit der Transe war nur ein Ablenkungsmanöver. Der ist in Panik und will seine Mutter retten. Sie war bisher vermutlich der einzige Halt in seinem Leben. Er kann es nicht ertragen, daß dieser Mensch plötzlich in einem schlechten Licht da steht", sagte Yvonne.

„Seit wann hält man große politische Vorträge, wenn man in Panik ist?" fragte Friedberg unwillig.

„Wie gesagt, alles Ablenkungsmanöver", beharrte Yvonne auf ihrer Meinung.

„Quatsch mit Soße!" schimpfte Friedberg.

„Laß deine schlechte Laune gefälligst nicht an einer jungen Kollegin aus", sagte Spengler bedächtig.

„Entschuldigung. War nicht so gemeint. So ein Typ wie dieser Mirko bringt mein Blut zum Kochen." Friedberg legte Yvonne kurz die Hand auf die Schulter.

Im Büro wurde die Observierung von Mirko angeordnet und der Streifenwagen angerufen, der vor dem Haus von von Brunk Stellung bezogen hatte. Es gab keine Auffälligkeiten. Von Brunk war zu Hause und sah offensichtlich fern, denn man konnte das Bildschirmlicht durch die Wohnzimmer-Gardinen erkennen.

„Dann nichts wie hin. Vielleicht guckt er sich gerade bei ‚Buten und binnen' den Bericht über Julia Blome an", sagte Spengler munter zu Friedberg. Auch wenn seine Beine durch den Wetterwechsel stärker schmerzten, hatte er Lust, diesem Mann noch ein wenig zuzusetzen. Obwohl er sich von Antipathien nicht leiten lassen durfte, empfand er den unverschämten Reichtum dieses Mannes immer wieder als Provokation, zumal man davon ausgehen mußte, daß er nicht auf redliche Weise erworben wurde.

„Der Neid der Besitzlosen", flüsterte er, als sie im Auto saßen.

„Was sagst du?" fragte Friedberg, der sich mit einem Abendessen in der Kantine wieder in friedliche Stimmung versetzt hatte.

„Ach nichts, ich bereite mich nur innerlich auf die nächste Vernehmung vor."

„Schade, daß wir ihn nicht gleich wieder einlochen können."

„Wer weiß."

Als von Brunk sah, wer sich da vor seinem Haus eingefunden hatte, wollte er nicht öffnen. „Ich bin ein freier Mann und will meine Ruhe!" schrie er durch die Glastür. „Halten Sie sich an meinen Anwalt!"

„Sie sind einfach unersetzlich. Ohne Sie geht es nicht!" rief Spengler.

„Hauen Sie ab!"

„Wir verstehen ja, daß Sie mit der Polizei nichts zu tun haben wollen!" brüllte Friedberg.

Das wirkte, denn die Aufmerksamkeit der Nachbarn wollte von Brunk vermutlich nicht auf sich lenken. „Was wollen Sie schon wieder?" zischte er, als er die Tür aufriß.

„Wir hatten einfach Sehnsucht nach Ihnen", sagte Spengler und machte sich auf den Weg ins Wohnzimmer.

„Ein Gespräch mit Ihnen entspannt und ist das ideale Betthupferl", merkte Friedberg an. „Ich bin so frei." Auch er stapfte munter mitten hinein in den gehobenen Wohnluxus. Beide setzten sich in komfortable Sessel, ohne dazu aufgefordert zu werden.

„Sie erwarten hoffentlich nicht, daß ich Ihnen etwas zu trinken anbiete." Von Brunk blieb im Türrahmen stehen und verschränkte die Arme.

„Nein, das würde dem unfreundlichen Charakter unserer Unterhaltung nicht entsprechen", sagte Spengler lächelnd.

„Mal abgesehen von der Tatsache, daß Sie offensichtlich mit Ihren Verdächtigungen in Bezug auf meine Person fortfahren wollen, stelle ich fest, daß Ihr Umgangston immer unverschämter wird."

„Woran das wohl liegt?" fragte Friedberg gespielt naiv.

„Das wüßte ich auch gern."

„Vielleicht weil Sie einfach nicht sympathisch sind", bot Friedberg an.

„Spielt so etwas bei Ermittlungen neuerdings eine Rolle?"

„Oder vielleicht weil Sie schlicht widerlich reich sind."

„Haben Ihre Vorgesetzten eigentlich eine Ahnung davon, mit welch zynischen Methoden seitens der Polizei gegen unbescholtene Bürger vorgegangen wird?"

„Das ‚unbescholten' soll jetzt ein Gag sein, oder?" Friedberg schüttelte überdeutlich den Kopf.

„Schluß mit dem Geplänkel!" forderte Spengler. „Wir wollten Sie davon in Kenntnis setzen, daß Julia Blome aufgetaucht ist."

„Ist mir bekannt."

„Woher?"

„Im Radio gehört. Wie geht es ihr?"

„Nicht so besonders. Sie hat viel durchmachen müssen. Nicht nur, daß man Enno Buchmann in ihrer Gegenwart umgebracht hat, man hat auch sie selbst mißhandelt, sexuell mißbraucht und gefoltert. Sie wäre ums Leben gekommen, wenn es nach dem Willen des Täters gegangen wäre, aber der hatte gottlob eine Komplizin, die sie gerettet und befreit hat."

„In welcher Klinik liegt sie?"

„Ist geheim. Außerdem möchte sie von Ihnen nicht besucht werden, wie sie uns gesagt hat. Haben Sie eine Erklärung dafür?"

„Nein. Ich wäre bereit, sie in jeder Beziehung zu unterstützen."

„Geld genug haben Sie ja", warf Friedberg ein.

„Bei der Komplizin handelt es sich um eine mittelgroße, zierliche Person, von der Figur her etwa wie Frau Buchmann."

„Und Frau Blomes Beschreibung des Täters würde genau auf Sie passen", fügte Friedberg hinzu.

„Ach, daher weht der Wind. Freia und ich sind nun noch mehr im Visier Ihrer Ermittlungen."

„Deshalb sitzen wir hier."

„Wollen Sie mich wieder verhaften?"

„Diesmal erst nach Ihrem Geständnis. Genießen Sie noch, so lange es geht, Ihren Luxus. Ansonsten ist dafür gesorgt, daß Sie uns nicht verloren gehen", sagte Friedberg betont höflich.

„Sie meinen das Auto vor dem Nachbargrundstück, aus dem von Zeit zu Zeit Rauchwolken aufsteigen?"

„Ich weiß nicht, wovon Sie reden. Jedenfalls wird es nicht gern gesehen, wenn Beamte während des Dienstes rauchen."

„Wollen Sie jetzt alles noch einmal durchkauen, was wir schon besprochen haben, alles bis zum Erbrechen wiederholen?"

„Eine beliebte Zermürbungstaktik. Den Verdächtigen mit immer denselben Fragen löchern, bis er entnervt aufgibt." Friedberg rieb sich die Hände.

„Wir hatten bei unserem letzten Gespräch ausführlich über die Motive gesprochen, die Sie als Täter bewegt haben könnten", sagte Spengler.

„Motive, die Sie konstruiert haben, ja. Aber konkrete Beweise sind Sie schuldig geblieben. Haben Sie da jetzt mehr in den Händen?"

„Besitzen Sie oder Freunde von Ihnen ein Haus in Wesernähe?"

„Nein. Weder noch. Dieses Haus ist alles, was ich habe. Und meine Freunde leben mehr im Nordosten der Stadt."

„Kommen wir noch mal zurück auf Ihre dubiosen Autogeschäfte ..."

„Nein, tun wir nicht. Ich verweigere alle weiteren Auskünfte. Stellen Sie Ihre Fragen, aber erwarten Sie keine Antworten."

Es läutete an der Haustür. Von Brunk löste sich vom Türrahmen, verschwand im Flur und kehrte sofort zurück. „Für Sie." Er zeigte hinaus, kreidebleich im Gesicht.

Spengler quälte sich aus dem tiefen Sessel und ging mit weichen Knien zur Haustür. Zwei Uniformierte erwarteten ihn, zwischen sich Mirko Buchmann und Kevin Köhler. Die Polizisten salutierten. „Die beiden Burschen haben wir gerade auf diesem Grundstück festgenommen. Sie sind mehrfach ums Haus geschlichen und haben fotografiert."

„Vielen Dank, Kollegen. Dann mal rein in die gute Stube mit den jungen Herren."

Mirko wehrte sich. „Ich geh da nicht rein!"

„Dann müssen meine Kollegen wohl etwas nachhelfen." Er nickte den Uniformierten zu, die die jungen Männer vor sich her ins Haus schoben, vorbei an Spengler und von Brunk, der an der Wohnzimmertür wartete und fassungslos auf das Geschehen blickte.

Im Wohnzimmer zeigte Spengler auf zwei Stühle und befahl barsch: „Setzt euch!" Die Jungen gehorchten.

„Darf ich fragen, was hier vor sich geht?" Von Brunk schaute ratlos von einem zum anderen, während die Polizisten sich zurückzogen.

„Darf ich vorstellen", sagte Spengler: „Mirko Buchmann und sein Freund Kevin Köhler. Herr von Brunk." Er setzte sich wieder.

„Hallo, Onkel Herbert", sagte Mirko.

„Guten Abend, Herr von Brunk", sagte Kevin.

„Du bist also Mirko", wandte sich von Brunk an seinen Sohn. „Erinnerst du dich noch an mich?"

„Ein bißchen", sagte Mirko abwehrend.

„Eigentlich schade, daß wir keinen Kontakt mehr hatten seit damals. Erst jetzt durch den Tod deines Vaters ..."

„Er war nicht mein Vater. Mein Vater bist du!"

„O Gott, was redest du da?" stammelte von Brunk.

„Stell dich nicht blöd. Du weißt genau, wovon ich spreche. Du hast mich doch beobachten lassen."

„Wie beobachten?" fragte Spengler.

„Er hat mir Detektive auf den Hals geschickt. Hat manchmal selbst herumgelungert vor der Schule. Ich habe ihn trotz der Sonnenbrille erkannt."

„Dazu gleich. Zunächst möchte ich hören, woher Sie wissen, daß Herr von Brunk Ihr Vater ist?"

„Von meinem anderen ‚Vater'. Mit dem hatte ich noch manchmal Kontakt. Wir haben gelegentlich ein Bier zusammen getrunken."

„Und der hat Ihnen das einfach so erzählt?"

„Ich habe ihn danach gefragt. Meine Schwester hat damals mitgekriegt, daß da was war zwischen meiner Mutter und diesem Herrn. Und in einer schwachen Stunde, als Enno schon ziemlich zugedröhnt war, hat er es gestanden."

„Wann war das?"

„Keine Ahnung. Vor ein paar Wochen vielleicht. Kannst du dich noch genau erinnern, Kevin?"

Der zuckte die Achseln.

„War Ihr Freund bei diesem Gespräch dabei?"

„Kevin ist immer dabei. Wir unternehmen alles gemeinsam. Castor und Pollux, wenn Sie so wollen."

„Warum haben Sie das Haus von Ihrem Vater fotografiert?" fragte Friedberg.

„Es lag so schön da in der Abenddämmerung. Ich wollte einfach ein stimmungsvolles Bild haben von meinem zukünftigen Vaterhaus. Du hast doch nichts dagegen, Onkel ... äh ... Papa?"

„Nein. Ich freue mich, wenn du dich dafür interessierst. Du sollst es später mal erben."

„Oh, tolle Neuigkeit! So wird man quasi über Nacht reich. Ich danke dir, werter Erzeuger." Mirko verbeugte sich tief.

„Klingt wenig überzeugend. Sie wissen schon seit längerem von der Vaterschaft dieses Herrn, Sie bemerken, daß er Sie beobachten läßt, daß er selbst nach Ihnen Ausschau hält, und schleichen hier heimlich ums Haus herum, statt offen und ehrlich den Kontakt zu Ihrem Vater zu suchen. Ich behaupte, Sie wollten hier etwas auskundschaften, vielleicht für einen Einbruch, für einen Überfall oder sonst welche üblen Machenschaften."

„Wirken wir so kriminell?" fragte Mirko ironisch.

„Mich stört es nicht, daß Mirko sich das Haus angesehen hat. Ich kann gut verstehen, daß er es zunächst heimlich getan hat. Schließlich dürfte es nicht so leicht für ihn sein, plötzlich einen neuen Vater serviert zu bekommen."

„Zumal der andere Papa erst vor kurzem ins Jenseits befördert wurde", fügte Friedberg sarkastisch hinzu.

„Wie haben Sie die Eröffnung von Ihrem falschen Vater aufgenommen?" fragte Spengler freundlich.

„Wie nimmt man so etwas auf? Mit Freude sicher nicht. Aber ich war ja über die Jahre ziemlich abgehärtet, was Übles in unserer Familiengeschichte anbetrifft, so daß ich auch diese hübsche Neuigkeit einigermaßen gefaßt zur Kenntnis nehmen konnte."

„Immerhin betraf es diesmal Ihre Mutter, die ja für Sie eine Art Gegenwelt zu der kriminellen Vergangenheit verkörpert."

„Ja, das ist wahr. Da braucht man schon ein paar Jogging-Runden mehr durch den Stadtwald, um das zu verkraften. Und wenn man dann wieder einigermaßen klar im Kopf ist, kann man sich auch vorstellen, wie so etwas zustande gekommen sein könnte. Meine Mutter war bestimmt nicht der aktive Teil dieser Beziehung zu Onkel Herbert. So etwas geht immer von Männern aus, stimmt's, Väterchen?"

Von Brunk nickte.

„Meine Mutter ist mißbraucht worden, war Opfer, nicht Täter."

„Haben Sie jetzt mit Ihrer Mutter über die neue Situation gesprochen?"

„Wie könnte ich? Daß ich ihr Sohn bin, wird ja wohl von niemandem angezweifelt. Und ein Sohn kann unmöglich mit seiner Mutter über seine Zeugung sprechen."

„Warum nicht?"

„Weil es so etwas wie Scham und Ehrfurcht gibt. Wenn meine Mutter ein Leben lang verschwiegen hat, daß ich nicht Buchmanns Sohn bin, wird sie ihre Gründe dafür haben, die ich respektieren muß. Wenn sie ein Gespräch darüber mit mir sucht, ist das okay, aber umgekehrt steht da zu viel im Wege. Eine Mutter ist mehr als nur ein biologisches Wesen, dessen Gebärmutter mich für neun Monate beherbergt hat, eine Mutter ist eine Institution, die Verkörperung einer positiven Welt."

„Aber Sie können ihr doch jetzt nicht mehr völlig unbefangen gegenübertreten."

„Man schauspielert eben. Außerdem bin ich kaum noch zu Hause. Ich bin die meiste Zeit bei Kevin, der Gott sei Dank aus einem völlig normalen Elternhaus stammt."

„Du kannst jederzeit zu mir ziehen", bot von Brunk an.

„Das fehlte noch. Eure Schweinereien nachträglich legitimieren. Nein, danke."

„Ich habe immer versucht, Klarheit zu schaffen. Wenn es nach mir gegangen wäre, würdest du längst als mein Sohn durch die Welt spazieren. Aber deine Mutter und Enno waren strikt dagegen."

„Versuch jetzt nicht, dich auf Kosten meiner Mutter reinzuwaschen!" schrie Mirko, hatte sich aber sofort wieder in der Gewalt. „Entschuldigung", sagte er mit einem verschämten Lächeln zu Spengler.

„Zurück zu Ihrem Foto-Shooting hier im Garten", sagte Friedberg. „Planten Sie irgendeinen Racheakt an Herrn von Brunk, so wie Sie sich ja auch an Buchmann gerächt haben für dessen vorgetäuschte Vaterschaft?"

Mirko lachte. „Doppeltes Nein. Ich plante keinen Racheakt, und ich habe mich auch an meinem Pseudo-Vater nicht gerächt."

„Herr Köhler, Sie sitzen die ganze Zeit dabei und müssen sich alles anhören. Was sagen Sie denn zu dem Familienchaos, das sich hier auftut?" wandte sich Spengler an den Jungen.

„Geht mich nichts an", sagte Kevin mit heller Stimme.

„Aber es betrifft Ihren besten Freund."

„Der kann sich selber wehren."

„Greift ihn denn jemand an?"

„Natürlich. Sie von der Polizei haben ihn auf dem Kieker, wie man deutlich spürt, und dieser Dreckskerl", er zeigte auf von Brunk, „hat nur Angst, daß Mirko Ansprüche anmelden könnte. Was hier zur Diskussion steht, sind Auswüchse einer völlig heruntergekommenen Gesellschaft. Eigentlich sollte es unter unserer Würde sein, uns überhaupt damit zu beschäftigen. Was für eine Schmach für meinen Freund, von einer Kreatur gezeugt worden zu sein, der jede Legitimation, in einer besseren Gesellschaft zu leben, fehlt."

„Ist Ihnen schon mal gesagt worden, daß Sie sehr hübsch sind?"

„Von einem Polizisten jedenfalls noch nicht. Da hat das sofort einen üblen Beigeschmack."

„Ich glaube, wir sollten jetzt gehen." Mirko sprang auf.

„Warum so eilig?" fragte Spengler.

„Meine Eltern machen sich Sorgen, wenn wir so spät nach Hause kommen", sagte Kevin. „Die sind in solchen Sachen etwas altmodisch."

„Und die haben nichts gegen eure Beziehung?" fragte Friedberg.

„Warum sollten sie?"

„Altmodisch eingestellte Eltern haben oft Probleme mit schwulen Söhnen."

„Ich weiß nicht, wovon Sie reden."

„Zum Beispiel davon, daß Sie in entsprechender Kleidung ohne weiteres als Mädchen durchgehen könnten."

„Wir müssen jetzt wirklich los", drängte Mirko.

„Einen Moment, Mirko. Ich möchte diesem netten Polizisten nur noch sagen, daß er in entsprechendem Affenkostüm ohne weiteres als Urwald-Bewohner durchgehen könnte. Guten Abend, die Herrschaften." Die beiden verschwanden blitzschnell.

Friedberg wollte ihnen nach, aber Spengler hielt ihn zurück. „Laß sie laufen."

„Aber da steckt doch mehr dahinter", protestierte Friedberg.

„Verdächtige haben wir genug. Was uns fehlt, sind Beweise, nicht wahr, Herr von Brunk?"

„Allerdings. Und deshalb möchte ich Sie bitten, ebenfalls zu gehen. Ich habe jetzt so einiges zu verdauen. Und wenn es möglich ist, schicken Sie auch Ihre Kollegen nach Hause. Ich bin ein wenig besorgt wegen der Nachbarschaft."

„Das doch lieber nicht. Uns fehlen zwar Beweise für Ihre Täterschaft, aber genauso fehlen Ihnen solche für Ihre Unschuld. Also belassen wir es beim Status quo. So können Sie sich auch sicher vor Ihrem Früchtchen fühlen. Guten Abend." Spengler lüftete einen Hut, den er nicht auf hatte.

Freia Buchmann geriet in Panik, als sie ihr eröffneten, daß Mirko über seine wahre Abstammung informiert war. Sie hockte im Büro auf einem Stuhl und knetete die Hände. Die dunkle Brille war auf die Nasenspitze gerutscht, so daß man ihre geröteten, kranken Augen sah.

„Und Sie sind sicher, daß er es schon seit längerem weiß?" fragte sie nach.

„So behauptet er jedenfalls."

„Aber er hat sich mir gegenüber nichts anmerken lassen. Wie ist das möglich?"

„Er scheint über ein ausgeprägtes schauspielerisches Talent zu verfügen", sagte Friedberg.

„Daß er Kontakt zu Enno hatte, ist mir total entgangen. Die Sache wird ständig verworrener. Mirko war immer aufrichtig zu mir. Und nun das! Und was um Himmels willen wollte er bei Herbert?"

„Das fragen wir uns auch", sagte Friedberg. „Sie scheinen ein falsches Bild von Ihrem Sohn zu haben. Wie übrigens auch einige meiner Kollegen."

Danke für die Blumen, dachte Spengler. „Ja, wir müssen davon ausgehen, daß Mirko auf eigene Faust seine Herkunft zu erforschen versucht hat. Er ist in einem Alter, wo man sich nicht mehr mit dem zufrieden gibt, was einem so erzählt wird. Offensichtlich hat er bei Ihrer Tochter mit seinen Recherchen begonnen."

„Petra hat mir nie etwas davon gesagt, daß ihr mein Verhältnis mit Herbert nicht verborgen geblieben ist."

„Ja, lieber Gott, was erwarten Sie denn?!" erregte sich Friedberg. „Bei allem, was Ihren Kindern zugemutet worden ist, mußten die sich doch vor der Realität verkriechen, einen Schutzwall um sich bauen. In so verkorksten Familien ist Offenheit das erste, was auf der Strecke bleibt."

„Ich habe mir so viel Mühe gegeben, den Kindern trotz allem ein ordentliches Zuhause zu bieten", schluchzte sie. „Ich habe mein Leben ganz in ihren Dienst gestellt."

„Und sich nebenbei mit dem Verbrecher Enno Buchmann zu fröhlichen Bumsabenden getroffen."

„Davon haben beide nichts bemerkt!" beteuerte sie.

„Was macht Sie da so sicher? Eltern unterschätzen immer wieder die Findigkeit ihrer Sprößlinge."

„Warum quälen Sie mich?" fragte sie verzweifelt.

„Das ist nicht unsere Absicht. Wir wollten Ihnen nur sagen, daß Sie jetzt nach Hause gehen können."

Spengler zuckte zusammen und suchte den Blick seines Kollegen, der aber ostentativ zur Seite schaute auf Frau Buchmann, die sich wie ein Wurm wand und die Arme umeinander wickelte.

„Kann ich dich einen Moment draußen sprechen?" sagte Spengler und öffnete die Tür zum Flur.

„Wenn es sein muß", knurrte Friedberg und folgte.

„Du preschst ja ganz schön vor!" zischte Spengler den Kollegen an.

„Weil ich die Faxen dicke habe!" zischte Friedberg zurück.

„Du kannst nicht ohne Rücksprache mit mir den Haftbefehl gegen Frau Buchmann aufheben!"

„Und du kannst nicht ohne Rücksprache mit mir die beiden höchst verdächtigen Burschen laufen lassen!"

„Das habe ich getan, weil weitere Gespräche mit den Knaben vor allem in Gegenwart von von Brunk nichts gebracht hätten. Denen muß man anders auf die Schliche kommen."

„Also auch für dich Verdächtige?"

„Ja. Nur haben die noch weniger ein Motiv als die Buchmann und von Brunk."

„Hast du dir mal die Beine und die Figur von diesem Kevin angesehen? Stell dir den mal in Frauenklamotten vor. Perfekt, kann ich nur sagen."

„Nur hat der als Außenstehender überhaupt kein Motiv. Und auf einer Skala der Sympathiewerte heben sich beide Jungen mehr als positiv von den beiden Alten ab."

„Okay, tut mir leid wegen meiner Voreiligkeit."

„Entschuldigung angenommen. Lassen wir sie trotzdem frei.

Könnte spannend werden, wenn Mutter und Sohn gleich aufeinander treffen. Das lassen wir uns nicht entgehen. Wir fahren sie nach Hause."

Sie kehrten ins Büro zurück und nahmen ihre Plätze wieder ein. Freia Buchmann schaute sie ängstlich an. „Was passiert jetzt?" fragte sie heiser.

„Wir bringen Sie nach Hause", sagte Spengler väterlich.

„Nein, das geht nicht. Ich bleibe lieber hier in der Zelle."

„Um eine Begegnung mit Mirko kommen Sie so oder so nicht herum. Bringen Sie das so schnell wie möglich hinter sich. Mirko hat übrigens trotz seiner neuen Erkenntnisse nicht eine einzige abfällige Bemerkung über Sie gemacht. Er sieht Sie ganz und gar in einer Opferrolle."

„Wie ihm dabei zumute ist, ist eine Sache, eine zweite, was ich dabei empfinde. Ich habe jede Glaubwürdigkeit als Mutter und jede Autorität eingebüßt. Ich schäme mich maßlos. Und das ist keine Basis mehr für ein Zusammenleben. Ob er will oder nicht, er kann mich nur verachten."

„Warten Sie's ab."

In der Wohnung im Großen Kurfürsten gab es keine Spur von Mirko. Ein fehlender Koffer, aufgerissene Schubladen und Schranktüren sprachen eine eindeutige Sprache. Der Junge war geflohen. Auf dem Küchentisch ein Zettel mit einer Notiz: „Mama! Ich kann in der nächsten Zeit nicht mit dir unter einem Dach wohnen. Ich muß mich erst an den Gedanken gewöhnen, daß meine Mutter mich mein Leben lang hintergangen hat. Mirko"

„Da sehen Sie, was Sie angerichtet haben!" Sie hielt Spengler die Notiz unter die Nase.

„Wieso sind wir jetzt die Schuldigen?" fragte er erstaunt.

„Durch Ihre ständige Fragerei haben Sie alles ans Tageslicht gezerrt, was längst verjährt und vergessen war. Sie zerstören Menschenleben, nur weil Sie keine Ruhe geben!" schrie sie gehässig.

„Ich verstehe ja, daß Sie sich aufregen, aber jetzt scheinen Sie doch einiges durcheinander zu bringen", versuchte Spengler sie zu beruhigen.

„Erst nehmen Sie mir meinen Mann und nun auch noch meinen Sohn!"

„Komm, wir gehen", mahnte Friedberg. „Hier können wir nichts mehr ausrichten. Laß uns den Jungen gleich zur Fahndung ausschreiben."

„Das wird nicht nötig sein. Suchen wir erst mal in der Heinrich-Heine-Straße bei Kevin Köhler. Sollen wir Ihnen einen Arzt schicken, Frau Buchmann?" fragte Spengler die von Schluchzern geschüttelte Frau, die auf der Couch lag und ihnen den Rücken zugedreht hatte.

„Schert euch zum Teufel, verdammte Bullen!" schrie sie.

Im Haus der Familie Köhler in der Heinrich-Heine-Straße brannte kein Licht. Das Klingeln an der Haustür blieb ohne Reaktion. Aber ein Kleinwagen stand in der Garagenauffahrt.

„Alles ausgeflogen", sagte Friedberg. „Wollen wir mal ein bißchen illegal nachschauen?"

„Nein, lieber nicht. Wir warten einfach mal ab. Ich könnte mir vorstellen, daß die Burschen sich drinnen versteckt haben."

„Aber mal ums Haus gehen ist doch sicher erlaubt, oder?"

„Tu, was du nicht lassen kannst. Nur sollten wir vorher den Wagen ein Stück weiterfahren, die Jungen kennen den inzwischen."

Sie parkten vor dem Nachbargrundstück, und Friedberg machte sich auf den Weg. Schnell war er zurück. „Du hast recht. Die sitzen im Keller. Vor dem Fenster ist zwar ein Rolladen, aber der läßt an einer Stelle etwas Licht durch."

„Na prima. Also heißt es warten, bis die Ratten aus dem Loch kommen", seufzte Spengler und gähnte.

„Ich kann das hier allein weiter verfolgen, wenn du zu müde bist", sagte Friedberg fürsorglich.

„Nein, nein!" wehrte Spengler eine Spur zu heftig ab.

Eine Stunde lang kämpften beide verbissen gegen ihre Schläfrigkeit an, wurden aber schließlich belohnt, als plötzlich die Haustür geöffnet und von außen abgeschlossen wurde. Mirko und Kevin huschten zum Auto, sprangen hinein und fuhren los, Kevin steuerte.

Friedberg wartete, bis der Wagen die Bürgermeister-Spitta-Allee erreicht hatte und rechts abbog. „Die wollen zur Autobahn", sagte er.

„Dann nichts wie hinterher", sagte Spengler betont munter und unterdrückte ein Gähnen.

Die Fahrt ging Richtung Bremer Kreuz und von dort aus auf der A27 nach Hannover. An der Ausfahrt Achim-Ost verließen sie die Autobahn, kreuzten die Weser über die Uesener Brücke und bogen in Lunsen links ab nach Morsum und dort wieder links nach Nottorf.

Sie folgten dem Kleinwagen in großem Abstand und nutzten immer wieder das Mondlicht, um die Scheinwerfer abzustellen, denn es gab kaum noch Verkehr um diese Zeit.

Vor einem reetgedeckten Landhaus mit großem Garten gleich hinterm Weserdeich hielt der Kleinwagen. Die Jungen holten Gepäck aus dem Kofferraum und öffneten die Haustür.

„Weißt du nun, wo sie Julia Blome gefangen gehalten haben?" fragte Friedberg zufrieden. Er hatte den Wagen unweit des Hauses hinter einem Busch geparkt und den Motor abgestellt.

„Vermutlich die Wochenendvilla der Familie Köhler. Bei denen muß auch nicht gerade gespart werden. Bei diesen Ermittlungen stolpert man nur so über Geld."

„Nehmen wir uns die Brüder gleich zur Brust, oder gönnen wir ihnen noch ein paar Minuten, damit sie es sich gemütlich machen können?"

„Bei solchen Leuten fällt man nicht mit der Tür ins Haus. Laß uns noch etwas frische Luft schnappen." Spengler stieg aus und reckte sich. „Was für eine Nacht! Um diese Zeit noch mindestens zwanzig Grad und Mondlicht über den Wiesen wie bei Eichendorff."

„Wer ist das denn?" Friedberg stellte sich neben ihn.

„Banause. Romantik hoch drei. Ich zitiere: ‚Und meine Seele spannte weit ihre Flügel aus, flog durch die stillen Lande, als flöge sie nach Haus.'"

„Paßt wie Faust aufs Auge."

Vorsichtig näherten sie sich dem Haus. Aus der Küche fiel Licht auf den Rasen des Vorgartens. Hinter einem Busch verborgen beobachteten sie Kevin, der eine Flasche Rotwein öffnete und mit zwei Gläsern auf ein Tablett stellte. Er verschwand damit ins Innere des Hauses, und das Licht erlosch.

„Alles wie von der Blome beschrieben. Ein seitlicher Kellereingang und eine mit Split gestreute Auffahrt. Laß uns nach hinten gehen", flüsterte Spengler. „Vielleicht tun sie uns den Gefallen und sitzen draußen."

So war es. Eine erhöhte Terrasse öffnete sich zu einem riesigen Garten mit Blumenbeeten aller Art, die von kleinen Lampen magisch beleuchtet wurden. Kevin und Mirko saßen bequem in großen Korbsesseln, zwischen sich einen Korbtisch mit Glasplatte, darauf die Gläser und der Wein.

Spengler und Friedberg konnten sich im Schutze eines üppigen Rhododendron-Busches an der Hauswand entlang bis an den Rand der Terrasse schieben und sich dort hinter einer halbhohen Holzwand verbergen. Die Jungen waren gut zu verstehen. Friedberg stellte sein Tonbandgerät an.

Kevin schenkte Wein ein, und sie prosteten sich zu.

„Also auf unsere gelungene Flucht. Hier werden sie uns nie finden", sagte Kevin und nahm einen großen Schluck. „Die sind so doof. Genau wie bei der tollen Geldübergabe. Die fallen auf alles rein und schnallen nichts."

„Da bin ich mir eben nicht sicher", sagte Mirko und nippte nur am Wein. „Der jüngere Bulle ist zwar ein Klotzkopf, und das Mädchen kannst du sowieso vergessen, aber der alte ist ein Fuchs. Dem trau ich nicht über den Weg."

„Solange meine Eltern nicht da sind, droht keine Gefahr. Schwierig wird es erst, wenn sie zurückkommen und wir wieder in die

Schule müssen."

„Tust du nur so naiv oder bist du wirklich so bescheuert zu glauben, daß wir in unser altes Leben zurückkönnen? Wir müssen hier für immer verschwinden, am besten untertauchen in Berlin oder so."

„Das würden meine Eltern nicht überleben."

„Dann verrecken sie eben. Diese Generation hat eh nur den Gnadenschuß verdient. Aber wenn du hierbleiben willst, bitte. Wäre sowieso gerecht, wenn du ausbaden müßtest, was ganz allein du zu verantworten hast."

„Bitte, fang nicht wieder damit an. Du hast mir versprochen, daß dies der Abend der Versöhnung sein soll. Also Prost." Kevin hob sein Glas.

Mirko nickte nur, faßte das Glas jedoch nicht an. „Wenn die Blome wie verabredet gestorben wäre, hätte die Polizei keinen Zeugen, niemanden, der dich zum Beispiel als Fummeltrine identifizieren könnte. Daß du zu feige bist, so einen perfekten Mordplan durchzuhalten, hat uns in die Scheiße gebracht."

„Wie oft soll ich mich noch entschuldigen?" jammerte Kevin. „Ich hab mich selbst überschätzt. Der Tod von Buchmann hat mir nicht viel ausgemacht, das weißt du. Aber dieses langsame Krepieren eines Menschen, noch dazu einer Frau, das war einfach zu viel für mich. Ich habe dir immer gesagt, daß ich das zu grausam finde."

„Das stimmt ja nicht. Als wir die Todesurteile gesprochen haben, hast du keinerlei Bedenken angemeldet."

„Das war ja auch mehr ein Spiel, wer denkt dabei an die Wirklichkeit? Es war wie ein Abenteuer im Fernsehen. Aber dieses hilflose, jämmerliche, stinkende Stück Mensch im Keller war eine andere Welt. Dafür bin ich nicht gemacht."

„Weil du irgendwelchen Humanitäts-Duseleien erlegen bist, statt dich von höheren Einsichten leiten zu lassen, von geistigen Prinzipien."

„Steht schon in der Bibel: ‚Der Geist ist willig, aber das Fleisch ist schwach'."

„Das macht's auch nicht besser. Wir haben uns wirklich alle Mühe gegeben, gerecht zu sein. Wozu das ganze Sündenregister, das wir für die beiden Kreaturen vor ihrer Verurteilung aufgestellt haben, wenn du am Ende nicht dazu stehst?"

„Du warst auch nicht immer konsequent, zum Beispiel wenn es um deine Mutter ging. Deren Sündenregister ist ebenso beachtlich wie das der anderen. Bis heute weichst du aus, wenn ich von deren Untreue, von ihrem Verrat an dir spreche."

„Ich habe mit ihr gebrochen."

„Aber sie darf weiterleben, genau wie dein Vater, der Schuft von Brunk. Gehörten die beiden nicht ebenfalls zum Tode verurteilt?"

„Selbst wenn, uns ist durch deine Schwäche jede Möglichkeit genommen, weiterhin zu vollstrecken."

„Ich hab das Gefühl, du willst dich von mir absetzen", klagte Kevin.

„Schon möglich. Du bist jetzt nur noch ein Klotz am Bein."

„Hier setzt sich niemand ab", sagte Spengler und betrat mit Friedberg die Terrasse. Friedberg hatte seine Pistole entsichert in der Rechten.

„Scheiße!" sagte Mirko und hob die Hände.

„Bitte nicht schießen", flehte Kevin und stieß ein Glas Wein um.

„Haben Sie uns belauscht?" fragte Mirko.

„Und alles auf Band." Friedberg klopfte auf seine Brusttasche.

„Dann wissen Sie ja auch, daß ich Frau Blome gerettet habe", beeilte sich Kevin festzustellen. „Überhaupt habe ich nur mitgemacht, weil Mirko es so wollte. Er wollte seinen Stiefvater und dessen Nutte bestrafen, er hat sich alles ausgedacht, zum Beispiel daß wir dem Buchmann ständig aufgelauert und ihn bedroht haben, daß wir ihm das Geständnis wegen Mirkos Abstammung abgepreßt haben. Auch das mit der Bestie vom Bürgerpark und der Fleischgabel für die Wunden war Mirkos Idee."

Kevin war nicht zu bremsen, er legte ein umfassendes Geständnis ab, während Mirko nur störrisch schwieg und von Zeit zu Zeit voller Verachtung ausspuckte.

„Woher hattet ihr die Waffen, mit denen ihr Buchmann und die Blome bedroht habt?" fragte Friedberg.

„Aus dem Spielzeugladen."

„Und wo ist das Geld?"

„Welches Geld?" fragten beide Jungen.

„Mit dem Buchmann sich nach Spanien absetzen wollte."

Ratloses Schweigen. „Keine Ahnung", brummte Mirko schließlich. „Ich auch nicht", beeilte sich Kevin zu versichern.

Beide Jungen ließen sich ohne Widerspruch in den Polizeiwagen verfrachten und nach Bremen transportieren.

Noch kurz bevor die Kneipe in Walle geschlossen wurde, erwischten sie Inge Kersten und sagten ihr auf den Kopf zu, daß sie zusammen mit Reinhold Becker Buchmanns Geld an sich gebracht hätte. Die Zeit im Gefängnis schien sie zermürbt zu haben, jedenfalls brach sie nach einer Viertelstunde halbherzigen Leugnens zusammen und gestand.

Spengler bot ihr einen Ausweg an: „Vielleicht haben Sie nur vergessen, uns über die Tasche zu informieren, die Buchmann bei Ihnen abgestellt hatte. Sie konnten ja nicht ahnen, was sich darin befand."

„Dann muß ich nicht noch mal in den Knast?" fragte sie.

„Kommt darauf an, ob der Richter Ihnen glaubt. Wir werden Sie mit unserer Aussage nicht unnötig belasten." Spengler ignorierte das Kopfschütteln seines Kollegen. Noch eine Humanitäts-Duselei – da mußte Friedberg durch. Er kann es ja auf mein Alter schieben, dachte Spengler, wenn man auf die Sechzig zugeht, schwächeln die grauen Zellen schon mal.

Spengler saß auf einer Bank im Bürgerpark. Nach Erledigung aller Formalitäten zum Mordfall Buchmann hatte er sich ein paar Tage frei genommen, um Überstunden abzufeiern und sich seinen Gesundheitsproblemen zu widmen. Er hatte von seinem Orthopäden erfahren, daß sein fünfter Lendenwirbel verengt war. Um die Beschwerden in den Beinen endgültig abzustellen, so hatte man ihm mitgeteilt, war eine Operation notwendig – eine Operation an der Wirbelsäule direkt am Rückenmark. Spengler hatte sich Bedenkzeit ausgebeten, war aber sofort fest entschlossen, alle Schmerzen in Zukunft zu ignorieren, sich wieder wie ein Vierzigjähriger zu fühlen und sich im Dienst nichts mehr anmerken zu lassen.

Nein, er durfte Friedberg nicht das Gefühl körperlicher Überlegenheit geben. Daß der Kollege im Fall Mirko Buchmann von vornherein den richtigen Riecher gehabt hatte, wurmte Spengler zwar ein wenig, wurde aber unter der Rubrik ‚Zufall' abgelegt. Außerdem hatte sich Friedberg völlig unprofessionell dabei von Gefühlen leiten lassen.

Nein, Spengler beschloß, zuversichtlich in die Zukunft zu schauen und sich körperlich fit zu halten. Er machte wieder morgens Gymnastik und fuhr viel mit dem Fahrrad, jeden Tag einmal ganz um Bürgerpark und Stadtwald herum. Rechnete man die Anfahrt von der Neuen Vahr dazu, kamen einige Kilometer zusammen, so daß er sich unterwegs auch eine Rast gönnen konnte, am liebsten auf dieser Bank am Emma-See.

Er ließ genüßlich den Blick schweifen und entdeckte plötzlich Reinhold Becker mit seinem Hund Bobby, der von Papierkorb zu Papierkorb ging, um nach leeren Flaschen zu suchen. Als er Spengler entdeckte, verzog er angewidert das Gesicht und knurrte: „Sie schon wieder". Auch der Hund knurrte, als wollte er sich mit seinem Herrchen solidarisieren.

„Keine Angst, ich bin privat hier!" rief Spengler den beiden nach.

Das Sich-Privat-Fühlen fiel Spengler wie immer sehr schwer, selbst wenn er sich die größte Mühe gab, sich mit körperlicher Betätigung von Gedanken an den Dienst abzulenken. Auch Irmgard war da keine große Hilfe, obwohl man sich regelmäßig traf und so tat, als habe es keine Verstimmung zwischen ihnen gegeben. Spengler hätte es schön gefunden, wenn sie ihn bei seinen Radtouren gelegentlich begleitet hätte, aber immer war sie irgendwie verhindert.

Außerdem haßte sie Radfahren. So war es bei einer emotional eher verhaltenen gemeinsamen Bootstour während seines Kurzurlaubs geblieben.

Wenn ihm gegen seinen Willen doch wieder Dienstliches einfiel, bemühte er sich, an Positives zu denken. Zum Beispiel an Yvonne Uphoff, die man inzwischen ins Drogendezernat versetzt hatte. Bei ihrem Abschied hatte sie ihn gefragt, ob er ihr auch weiterhin mit Rat und Tat zur Seite stehen könnte. Warum gerade er, hatte er wissen wollen, warum nicht zum Beispiel Friedberg?

Sie hatte gelacht und geflüstert: „Dumme Frage."

KRIMIS IM IGEL VERLAG

In dieser Reihe bisher erschienen

Jürgen Breest:
Tod auf der Wümme.
Bremen-Krimi.
Br., 224 S., 12,- €
ISBN 978-3-89621-219-1

Jürgen Breest:
Nachstellungen oder
Wesermordlust. Bremen-Krimi.
Br., 240 S., 12,- €
ISBN 978-3-86815-010-0

Jürgen Breest:
Die Tote vom Domshof.
Bremen-Krimi.
Br., 280 S., 12,90 €
ISBN 978-3-86815-507-5

Igel Verlag *Literatur*